Michael Gans

Boheims Rhapsodie

Roman

edition
monrepos
Ludwigsburg

Bibliografische Information der Deutschen Nationalbibliothek
Die Deutsche Nationalbibliothek verzeichnet diese Publikation in der Deutschen Nationalbibliografie; detaillierte bibliografische Daten sind im Internet über http://dnb.d-nb.de abrufbar.

Ludwigsburg: Pop, 2014

Edition Monrepos Band 8

ISBN: 978-3-86356-082-9

1. Auflage 2014

Druck: Pressel, Remshalden
Umschlag: T. Pop
Verlag: Pop, Postfach 0190, 71601 Ludwigsburg
www.pop-verlag.com

Boheims Rhapsodie

Meinen Urgroßeltern,
Großeltern und Eltern,
meinem Onkel,
meiner Frau Angela
und meinen Kindern
Christoph und Annika
gewidmet

Wie der Wind

Er ging langsam und vorsichtig und ertastete bei jedem Schritt mit seinen Sohlen den knisternden Grund. Der eisige Wind kroch ihm durch die Kleidung, stach in seine Wangen. Sein hastiger Atem dampfte, in seinen Wimpern hingen kleine Kristalle. Immer wieder hörte er dieses Knirschen. Die Schollen rieben sich. Es knackte und ächzte. War das das wahre Leben, oder spielte ihm die Fantasie einen Streich? Er ging behutsam weiter, Schritt für Schritt. Nein, es gab keinen Ausweg aus dieser Wirklichkeit. Der Neuschnee wirbelte über die gefrorene Fläche. Nie zuvor hatte er solche Angst gehabt, wie in diesem Augenblick. Er konnte sie sehen und hören. Wieder stöhnten die Platten unter seinem Gewicht. Die Gefahr lag unter seinen Sohlen und lauerte. Eine eiskalte Bestie mit trüben Fischaugen. Würde er hier, mitten auf dem See einbrechen, er wäre rettungslos verloren. Und sie waren hinter ihm her, keine Hilfe in Sicht, mitten in dieser Eishölle.

›*Öffne deine Augen! Schau in den Himmel hinauf und sieh!*‹ Die Kälte kroch langsam und unaufhaltsam in ihn hinein: sein pochendes Herz, das Frieren der Angst auf seiner Stirn, der dampfende Atem vor seinem Gesicht. Er legte den Kopf in den Nacken und blickte ins Grau.

›*Ein armer Junge, der kein Mitleid braucht. Nein, brauche ich nicht, brauche ich nicht …*‹ Und dann gab die Zentimeter dicke Eisschicht nach. Wasser kam durch die aufgebrochenen Ritzen. Er legte sich mit ausgestreckten Armen und auseinander gegrätschten Beinen flach auf das Eis und lauschte in die frierende Grausamkeit hinein.

›*Ich bin einfach gekommen und gehe jetzt wieder: ein bisschen oben, ein bisschen unten. Der Wind bläst so oder so. Mir ist das egal.*‹ So lag er auf dem Rücken. Wirre Gedanken pochten an seine Schläfen. War er verrückt geworden?

›*Mama, ich habe gerade einen Mann getötet!*‹ Tränen kullerten über seine Wangen – und froren fest.

›*Gerade habe ich einen Mann getötet! Ich hielt eine Knarre an seinen Kopf, drückte den Abzug. Jetzt ist er tot!*‹ Das Grau über ihm, die Kälte in ihm, unter ihm das trübe, fischäugige Wasser des Sees. Er hatte sich auf Eis gelegt.

›*Mama, das Leben hat doch eben erst begonnen ... – eben erst begonnen! Eben erst bin ich weggegangen, Mama! Und habe das ganze Leben weggeworfen, habe sein Leben weggeworfen und meines dazu, Mama!*‹ Der Wind fauchte über die gefrorenen Tränen auf seiner Wange, kreischte wie ein Verwundeter, ein Sterbender über das Eis.

›*Ich wollte dich nicht zum Weinen bringen* … – das wollte ich nicht, wollte ich doch gar nicht!‹ Nein, er hatte es nicht gewollt. Aber was hätte er machen sollen? Schieß oder stirb! Jeder Schuss ein Russ'! So hatte er es doch gelernt. Und nun lag er da, musste über diesen verdammten See, immer weiter, weiter, weiter, davaj, davaj, davaj …

›*Wenn ich morgen um diese Zeit nicht zurück bin, mach' einfach weiter, als ob nichts wirklich wichtig wäre. Als ob es mich nie gegeben hätte.*‹ Langsam richtete er sich wieder auf. Sein Überlebenswillen trieb ihn an. Hörte er nicht schon die Panzermotoren? Es war höchste Zeit! Wirre Gedanken schossen ihm durch den Kopf.

›*Es ist zu spät! Meine Zeit ist gekommen! Sie schickt mir Schauer über den Rücken. Mein Körper schmerzt überall! Die ganze Zeit schmerzt er – lebt wohl! Ich muss gehen, muss euch alle zurücklassen, muss der Wahrheit ins Gesicht sehen ...*‹ Der Wind blies ihm wieder ins Gesicht. Er kniff die Augen zusammen und sah im Gestöber das andere Ufer.

›*Mama, ich will nicht sterben! Hättest du mich doch nicht zur Welt gebracht!*‹ Dann sah er den Umriss eines kleinen Mannes, eines Jungen, der auf ihn zuging. Er tanzte, der kleine Teufel tanzte einen Fandango! Es blitzte und donnerte, er dachte an Galileo, Figaro, magnifico …

›*Ich bin doch nur ein armer Junge! Niemand liebt mich! Und der andere war doch auch nur ein armer Junge aus einer armen Familie! Erspare ihm sein Leben in dieser Hölle! Komme leicht, gehe leicht ... Werdet ihr mich laufenlassen? Im Namen des Führers, wir werden euch nicht laufenlassen! Lasst mich laufen!*‹ Und er lief los. Unter ihm krachten die Schollen, Wasser spritzte durch die Ritzen. Er sprang über das Bersten hinweg, lief um sein Leben, lief und lief in seiner Todesangst und drehte sich nicht ein einziges Mal mehr um. Hinter ihm das Dröhnen und Stöhnen, das Ächzen, das Kreischen, das Knallen und Fallen …

›*Mama, lasst mich laufen! Beelzebub hat den Teufel ausgetrieben für mich! Oh mein Gott! Du denkst wohl, du kannst mich hier steinigen und mir in die Augen spucken?! Du denkst wohl, du kannst mich lieben und dann hier verrecken lassen? Liebste, das kannst du mir doch nicht antun! Ich muss raus hier, ich muss nur sofort raus hier!*‹ Nichts war mehr wichtig, das konnte jeder sehen. Nichts war wirklich wichtig und der Wind blies sowieso. Dann wurde ihm schwarz vor Augen. Er konnte sich nicht mehr erinnern, lange Zeit nicht. Und dann kamen die Bilder: erst einzelne, blassgrau, ganz ab und zu, dann immer mehr, immer genauer und immer häufiger. Dann waren sie fast ständig in seinem Kopf, dröhnten in seinen Ohren, ließen ihn nicht mehr in Ruhe. Wie der Wind in seine Gedanken fuhr, auch noch nach Jahren …

Ein Mann kommt nach Deutschland.

Er war lange weg, der Mann. Sehr lange. Vielleicht zu lange. Und er kommt ganz anders wieder, als er wegging. Äußerlich ist er ein naher Verwandter jener Gebilde, die auf den Feldern stehen, um die Vögel (und abends manchmal auch die Menschen) zu erschrecken. Innerlich – auch. Er hat tausend Tage draußen in der Kälte gewartet. [...] Und nachdem er nun tausend Nächte draußen in der Kälte gewartet hat, kommt er endlich doch noch nach Hause.

Ein Mann kommt nach Deutschland.

Und da erlebt er einen ganz tollen Film. Er muß sich während der Vorstellung mehrmals in den Arm kneifen, denn er weiß nicht, ob er wacht oder träumt. Aber dann sieht er, daß es rechts und links neben ihm noch mehr Leute gibt, die alle dasselbe erleben. Und er denkt, daß es dann doch wohl die Wahrheit sein muß. Ja, und als er dann am Schluß mit leerem Magen und kalten Füßen wieder auf der Straße steht, merkt er, daß es eigentlich nur ein ganz alltäglicher Film war, ein ganz alltäglicher Film. Von einem Mann, der nach Deutschland kommt, einer von denen. Einer von denen, die nach Hause kommen und die dann doch nicht nach Hause kommen, weil für sie kein Zuhause mehr da ist. Und ihr Zuhause ist dann draußen vor der Tür. Ihr Deutschland ist draußen, nachts im Regen, auf der Straße.

Das ist ihr Deutschland.

Erster Schultag

»So wünsche ich euch, liebe Kinder, viel Erfolg in eurer neuen Schule.« Der Rektor beendete seine Rede und alle applaudierten. Alfred fühlte das kleine Schokoladenosterei in seiner Jackentasche. Ein Wunder, dass es noch nicht geschmolzen war, bei dieser Hitze in der engen stickigen Aula. Eltern und Geschwister, die Kinder aus der Sechsten, die vorher ein Willkommenslied gesungen hatten und natürlich die neuen Fünfer, deren Einschulung heute gefeiert wurde, drängten sich in dem viel zu kleinen Raum. Die Schule, das alte Progymnasium in Leonberg platzte aus allen Nähten. Und langsam wurde das Osterei in Alfreds Hand weich. Er fühlte das Stanniolpapier, ein Überbleibsel vom letzten Wochenende. War das lange her! Am Ostersonntag noch war er in Hopferbach im Allgäu gewesen. Dort war er aufgewachsen, dort hatte er gelebt, dort fühlte er sich zu Hause. Und dann war er mit seinem Vater in den Zug gestiegen und hierher gefahren, ins Württembergische. Weil hier, so hatte Papa ihm erklärt, gab's Arbeit. Die Familie hatte nach der Messe einen Osterspaziergang durch die nähere Umgebung des kleinen Bauerndorfes gemacht und Alfred hatte die kleinen bunten Eier am Wegrand gefunden. Inzwischen wusste er, dass Mama sie kurz vorher dort versteckt hatte und dass es nicht der Osterhase gewesen war. Das war ja Babykram!

»Mach's gut, mein Jonge. Wir kumm ja eim Sommer

nàch.« Mama hatte kleine Tränchen in den Augen gehabt am Bahnsteig, als sie Alfred zum Abschied fest an sich drückte. Ja, sie sie würden nachkommen; im Sommer würde seine Mutter Anna mit dem kleinen Bruder Alfons auch hierher ins Württembergische kommen. Wie sich das anhörte: ›ins Württembergische‹ – irgendwie fremd und ziemlich weit weg von zuhause. Weit weg von allen Freunden und allem, was er kannte und was ihm bis jetzt im Leben wichtig gewesen war.

»Sind auch nur Schwaben!«, hatte Renate ihm ins Ohr geflüstert, als er sich von ihr und seinen anderen Schulkameraden nach dem Ostergottesdienst vor der Kirche verabschiedet hatte. Alfred hatte ihr kurz zugenickt und jedem ein kleines buntes Ei geschenkt.

Und nun saß er nur ein paar Tage später in der Aula der neuen Schule, neben seinen neuen Klassenkameraden in einer neuen Stadt zu Beginn eines neuen Schuljahres. Alfred schaute zu Papa hinüber. Der lächelte und zwinkerte ihm aufmunternd zu. Er ahnte, dass es seinem Sohn gerade nicht wohl war in seiner Haut. Die Leute klatschten und Alfred hatte geschmolzene Schokolade an den Fingern.

»Ihr dürft jetzt mit euren Klassenlehrern in die Klassenräume gehen. Die Eltern warten auf dem Schulhof auf euch.« Herr Seifert stellte seine zweiundvierzig Knaben und Mädchen der 5c in Reih und Glied auf. Alfred musste neben einem Mädchen gehen. Na toll! Und sie sollten sich an der Hand halten. Auch das noch! Er hatte doch Schokoladenfinger von dem Osterei. »Wag's ja nicht!«, zischte ihn das Mädchen mit dem blonden Zopf an, das neben ihm stand. »Keine Sorge, eher hack' ich mir die Hand ab.« Er wunderte sich in dem Augenblick etwas über sich selbst. Manchmal konnte er ja richtig schlagfertig sein, hätte er gar nicht gedacht.

»Immer schön langsam, einer nach dem anderen.« Die 5er gingen brav die Treppenstufen zu ihrem Klassenzimmer hinauf. »Nicht trödeln da hinten!« Herr Seifert legte Wert auf Ordnung und Disziplin. Er war ein Lehrer der alten Schule, das merkte man sofort. Alfred schaute kurz zur Seite. ›Der Zopf‹ neben ihm war in etwa so groß wie er selbst, hatte Sommersprossen im Gesicht und strohblonde Haare. ›Der Zopf‹ streckte ihm die Zunge raus und verzog das Gesicht. Seifert schloss die Türe zum Klassenzimmer auf.

»Immer paarweise an eine Bank, schön der Reihe nach.« Die Kinder stellten noch etwas unbeholfen ihre Ranzen neben die Pulte und setzten sich auf ihre neuen Plätze. Alfred und ›der Zopf‹ nahmen in der letzten Reihe am Fenster Platz. Die Vorderleute drehten sich zu ihnen um und kicherten.

»Was gibt's denn da zu lachen?!« Herr Seifert war die Schadenfreude ebenso wenig entgangen, wie Alfreds hochroter Kopf.

»Hier vorne spielt die Musik.« Alle Schüler drehten sich vor zum Lehrerpult und Alfreds Gesichtsfarbe konnte sich in den nächsten Minuten wieder normalisieren.

»So, Kinder, wir wollen zunächst einmal sehen, mit wem wir es zu tun haben. Einige werden sich aus der Volksschule ja schon kennen.« Herr Seifert rief alle Schüler mit Nachnamen auf. Sie mussten aufstehen, ihren Vornamen ergänzen und sagen, in welche Schule sie vorher gegangen waren.

»Boheim?« Alfred erhob sich »A- A- Alfred. Ich komme aus Ho- Hopferbach.«

»Soso, aus Hopferbach kommst du also, Alfred. Das liegt wohl im Bayerischen, nehme ich an?« Alfred nickte.

»Im Allgäu. Wir sind diese Woche hergezogen.«

»Wie heißt denn dort die nächst größere Stadt, Alfred?«

»Kempten, Herr Seifert.« Der Klassenlehrer nickte, machte sich kurze Notizen in sein rotes Notenbuch und rief den nächsten Nachnamen auf. Nach den vierundzwanzig Jungen in der Klassenliste kamen die Mädchen dran.

»Dambacher?« Der Zopf neben Alfred erhob sich. »Elisabeth. Ich komme von der Spitalschule.« Herr Seifert nickte in sein Notenbuch und machte sich wieder ein paar Notizen.

»Elisabeth Dambacher. Das ist ja alter Leonberger Adel!« Leises Kichern war in der Klasse zu hören, Seiferts Mundwinkel verzogen sich kaum merklich. Lisa senkte den Kopf und wusste nicht so recht, ob sie mit den anderen mitlachen sollte.

»Meim Vater gehört die Metzgerei am Marktplatz.«

»Mein*em* Vater gehört die Metzgerei, Elisabeth, mei*nem* Vater muss es heißen. Gut, setz dich bitte wieder.«

Nach Röckles Waltraut klingelte es. Herr Seifert entließ die Schüler in die Pause.

»A- A- Alfred aus Ho- Ho- Hopferbach im A- A- Allgäu!« Die Jungs aus den vorderen Bänken umringten den Neuling und Alfred kämpfte mit den Tränen. Lisa stellte sich vor ihn und verschränkte die Arme.

»Lasst ihn doch in Ruhe, ihr Seggel!«

»Schaut mal, die Lisa ist verliehibt, die Lisa ist verliehibt!« Unter Gekicher und Schulterklopfen zogen die Jungs ab und gingen in den Flur vor dem Klassenzimmer. Alfred schnäuzte in sein Taschentuch.

»Danke, Elisabeth.« Er schaute seiner Nebensitzerin verstohlen ins Gesicht.

»Nichts für ungut. Diese Blödmänner kenn' ich schon aus meiner alten Klasse – alles Maulhelden. Wenn sie zu mehreren sind, dann reißen sie die Klappe gehörig auf.

Aber wehe, einer von denen begegnet dir allein. So klein mit Hut.« Sie zeigte Alfred mit Daumen und Zeigefinger, was sie meinte.

»Du kannst ruhig Lisa zu mir sagen. Elisabeth klingt irgendwie doof.« Alfred nickte und lächelte. Dann ging auch Lisa in die Pause. Alfred ließ sich auf seinen Stuhl sinken und schaute durchs Fenster in die Frühlingssonne hinaus. In Bayern begann die Schule erst im September. Er sehnte sich jetzt schon zurück in die Volksschule zu seinen Kumpels. Zurück zu Renate, seiner Freundin, mit der er Pferde stehlen gehen konnte. Er musste an die Kühe auf der Weide denken, an die Streiche, die sie dem alten Kiechle immer gespielt hatten. ›Ihr's Lausbuaba, ihr's verreckte, euch wenn i v'rdwisch!‹ Aber der Kiechle erwischte sie nicht. Nie hatte er sie erwischt. Alfred musste an den zornesroten Bauernschädel denken und lächelte.

»Na, geht's wieder?« Herr Seifert war an Alfreds Bank getreten und legte die Hand auf seine Schulter.

»Mach' dir nichts draus. Wirst dich mit denen schon noch anfreunden.« Das glaubte Alfred zwar nicht, war aber doch froh, dass der Lehrer ihm Mut zusprach. Das gab ihm ein wenig Sicherheit. Und die hatte er gerade dringend nötig.

Nach der zweiten Stunde bei Herrn Seifert war die Schule für heute auch schon aus. Die Pennäler packten ihre Ranzen auf den Buckel und zogen ab zu ihren wartenden Eltern.

»Nu, mein Suhn? Wie woar oche da arschte Schultåg?« Alois Boheim nahm seinen Sohn in den Arm und drückte ihn an sich. Das roch nach Papa, nach Geborgenheit, nach Vertrauen. Solche Momente waren selten und Alfred wünschte sich dann, dass Papa ihn nie wieder loslassen würde. Der Vater nahm den Sohn bei der Hand und sie schlenderten schweigend nebeneinander her die Bahnhofsstraße hinauf zu dem Haus, in dem sie seit drei Tagen wohnten. Dort, in einer winzigen Dachwohnung an der Ecke Seestraße, Eltinger Straße, war der Vater fündig geworden. Es war nicht einfach in diesen Zeiten, denn die Stadt war voller Flüchtlinge aus den Ostgebieten. Heuer, im Jahr sechsundfünfzig lebten über dreitausend Vertriebene aus Ostpreußen, Schlesien, dem Sudetenland und Böhmen in der schwäbischen Kleinstadt vor den Toren Stuttgarts. Das war ein gutes Sechstel der Gesamtbevölkerung. Und alle brauchten ein Dach über dem Kopf, alle wollten etwas zu essen, wollten arbeiten und zur Schule gehen. Hier, im mittleren Neckarraum, war es noch bedeutend einfacher als in der Allgäuer Provinz. Die Industrie vor Ort brauchte Arbeitskräfte. In den Bauerndörfern rund um Kempten hatte der Vater monatelang nichts gefunden.

»Su, mein Jonge. Jetzt ass ma earscht amål a Soppe!« Der Vater setzte den vorgekochten Eintopf auf den kleinen Gaskocher und zündete das Feuer an. Die Mutter hatte ihnen für die ersten Tage in der Fremde Verpflegung mitgegeben. Wie das schmeckte! Mutter war die beste Köchin der Welt! »Mechste noch a Stickla Kuch'n?« War das eine Frage! Natürlich wollte Alfred zum Nachtisch eine kleine Ecke von dem leckeren *Quarkstriezel*, den seine Mutter gebacken hatte. Mutter war die beste Bäckerin der Welt! Sie fehlte ihm und beim ersten Bissen liefen Alfred Tränen über die Wangen.

Der Vater rückte seinen Stuhl heran, legte Alfred den gesunden Arm über die Schulter und begann ihm eine Geschichte zu erzählen.

Vater kumm erzähl davo wies eim kriege war
Vater kumm erzähl davo wie de eigerückt bist
Vater kumm erzähl davo wie de geschossen hast
Vater kumm erzähl davo wie de verwundt worn bist
Vaterkummerzähldavowiedeeide Gefangschaftkummbist
Vater kumm erzähl davo wie de uns wieder gefundn hast
Vater kumm er zähl davo und vo danåch

Auferstanden

Es war ziemlich genau vor sieben Jahren gewesen, am Ostersonntag neunundvierzig. Die Mutter Anna hatte mit ihrem vierjährigen Sohn Alfred und ihrer Mutter, die auch Anna geheißen hatte, einen Osterspaziergang unternommen – ähnlich wie am letzten Wochenende vor dem Schuljahresbeginn in Leonberg. Alfred hatte auch damals schon Zuckereier am Wegrand gefunden. Damals hatte er allerdings noch an den Osterhasen geglaubt und nicht gemerkt, dass es immer wieder dieselben Eier gewesen waren, die dort im Gras versteckt gelegen hatten.

Es war ein wunderschöner sonniger Tag. Die Wiesen blühten, die Kühe grasten im saftigen Grün. Schmetterlinge flogen am Wegrand, die Kirschbäume blühten – eine Frühlingsidylle wie aus dem Bilderbuch. Enkel, Mutter und Großmutter pfiffen vergnügt, man begegnete anderen Familien und wünschte sich allerseits ein frohes und gesegnetes Osterfest. Vom Hügel gegenüber sahen sie auf den kleinen Bauernhof am Ortsrand, in dem sie in zwei kleinen Zimmern wohnten. War da nicht jemand vor dem Haus? Die Frauen kniffen die Augen zusammen und blinzelten gegen die Sonne. Keine Frage, da saß eine dunkle Gestalt auf der alten Holzbank.

»Dås wart wohl da ålde Rottinger sin«, stellte die Mutter fest. Gut möglich, dass der Bauer vor seinem Haus ein kleines Nickerchen machte und die Frühlingssonne genoss. Die Frauen waren sich einig und schlenderten zusammen mit Alfred zurück zu dem kleinen Anwesen. Sie bogen um die Ecke und vor ihnen stand ein alter, kranker Mann. Er war abgemagert, hustete schwer und sein rechter Arm war steif. Die Mutter blieb wie angewurzelt stehen, die Großmutter ebenfalls. Alfred sah die beiden Frauen neben sich fragend an, aber die reagierten nicht auf ihn.

»Alois!« Die Mutter stürzte auf den Fremden zu und umarmte ihn schluchzend. Auch die Großmutter hatte Tränen in den Augen. Anna Boheim küsste den Fremden, Alfred war verdutzt.

»Wesste dås noch?«, fragte der Vater seinen Sohn und klopfte ihm auf die Schulter. Wie hätte Alfred diesen Moment je vergessen können? Der fremde Mann war sein Vater gewesen! Alois Boheim hatte diese Geschichte immer wieder erzählt. Er war damals, im Jahr neunundvierzig aus polnischer Kriegsgefangenschaft ins Allgäu gekommen. Die Mutter hatte vier bange Jahre nichts von ihrem Mann gehört oder gelesen. Sie hatte nicht gewusst, ob er noch am Leben war oder nicht – hatte nicht gewusst, wann und ob sie ihren Mann, den Vater ihres einzigen Sohnes, je wiedersehen würde.

Und nun stand er leibhaftig vor ihr: ziemlich ramponiert zwar, aber am Leben. Alfred hatte seinen Vater bis dahin kaum zu Gesicht bekommen. Seit seiner Geburt Ende November vierundvierzig hatte er den Vater nie richtig kennengelernt. Anfang fünfundvierzig war Alois Boheim wieder in den Krieg abkommandiert worden und in Gefangenschaft geraten. Die Mutter hatte nie viel darüber geredet. Es war ihr schwer ums Herz geworden, wenn sie an ihren Mann, an die Ungewissheit, gedacht hatte. Sie hatte Angst vor dem Möglichen gehabt, Angst vor der vagen Zukunft und hatte doch die Hoffnung nie aufgegeben.

Auferstanden von den Toten, aufgefahren in den Himmel; er sitzt zur Rechten Gottes, des allmächtigen Vaters; von dort wird er kommen, zu richten die Lebenden und die Toten. Der Ausschnitt aus dem christlichen Glaubensbekenntnis hatte für die Familie seit jenem Ostersonntag neunundvierzig eine ganz besondere Bedeutung. Alois Boheim war an jenem Tage für seine Familie tatsächlich von den Toten auferstanden.

»Papa, wie war das denn mit unserer Flucht?« Alfred hatte auch diese Geschichte schon ein paar Mal von seiner Mutter gehört, aber er fühlte sich in der neuen Stadt wie ein Flüchtling, der er ja auch war. Ein Flüchtlingskind, das in einer anderen Heimat aufgewachsen, nun an einem neuen Ort der Vertreibung wieder seinen Anfang meistern musste.

»Håt dir dås die Mutter ni erzählt?« Freilich hatte sie das, aber vom Vater hatte er die Geschichte noch nicht gehört.

»Nu, dann woll'n ma amål.« Der Vater nahm sich noch eine Ecke Quarkstriezel und begann Alfred von der Heimat im Sudetenland zu erzählen. Wie er in Buchelsdorf die Schreinerei seines Onkels und dessen Spielschulden übernommen hatte. Wie er das Geld mit viel Fleiß und Arbeit abgestottert hatte und dann, im Juni sechsunddreißig zum tschechischen Militär eingezogen worden war. Wie er die Anna, seine spätere Frau in Dittershof kennengelernt hatte. Wie sie sich im Turnverein, beim Skifahren am Altvater, dem höchsten Berg des Sudetengebirges näher gekommen waren. Wie die Deutschen von den Tschechen unterdrückt worden waren. Wie sie deshalb die Tschechen gehasst hatten und froh darüber waren, als Hitler neununddreißig die Tschechei ›heim ins Reich‹ geholt hatte. Und wie sie, die jungen Männer des Landkreises Freiwaldau, wie die meisten jungen Männer des Sudetenlandes, zu Beginn des Krieges voller Begeisterung freiwillig in die *Waffen-SS* eingerückt waren. Alois Boheim war als Handwerker zu den Pionieren gekommen, hatte den Russlandfeldzug mitgemacht und war im Februar vierundvierzig von einer sowjetischen Handgranate schwer verletzt worden.

»Spier oche, die Splitter hå ich immer noch eim gånzen Kerper.« Alois ließ Alfred wieder einmal die Splitter fühlen, die er vom Kopf bis zum rechten Bein unter der Haut stecken hatte.

Kurz nach dem Heimaturlaub in Buchelsdorf, bei dem Alfred entstanden war, hatte ihn die sowjetische Granate erwischt. Er kam schwer verwundet mit dem Zug aus dem Osten nach Karlsbad zur Kur. Lange war nicht klar gewesen, ob er seinen rechten Arm verlieren würde. Wochenlang hatte er im Lazarett gelegen, bevor er, mit steifem Arm, wieder nach Hause zu seiner hochschwangeren Frau entlassen worden war.

»Dann woars a suweit. Ich hå mit am Fåhrråde eim Schnee einhändig de Hebamme gehult.«

Am dreißigsten November vierundvierzig war Alfred Boheim dann zur Welt gekommen. Das kleine Familienglück währte aber nur kurz. Längst war der Krieg verloren und Alfreds Vater von seiner Verwundung noch lange nicht genesen. Trotzdem musste er wieder an die Front. Er wurde für ›kriegsverwendungsfähig‹ erklärt. Was für ein Wort! Der Soldat Alois Boheim wurde nach Prag beordert und musste dort die Stadt gegen die Sowjets verteidigen: ein sinnloses Himmelfahrtskommando. Die Rote Armee war ein übermächtiger Gegner. Deutsche Soldaten setzten sich kurz vor der Kapitulation im März fünfundvierzig von der Wehrmacht ab und wollten nur noch nach Hause.

Auch die Sudetendeutschen unter ihnen versuchten, nach Norden in die Heimat zurückzukehren. Aber die polnischen Truppen griffen sie auf, verhafteten sie und steckten sie in Straflager nach Posen. Dort musste Alois vier Jahre lang als gelernter Schreiner in Gefangenschaft beinahe einhändig alte Möbel restaurieren.

Im Mai fünfundvierzig war der Krieg endlich vorbei. Nun urteilten die Sieger über die Besiegten. Sie beschlossen, das von den Deutschen sogenannte ›Reichsprotektorat Böhmen und Mähren‹ wieder an die Tschechoslowakei anzugliedern. Der tschechische Regierungschef Beneš erließ einige Gesetze und die Sudetendeutschen wurden Bürger zweiter Klasse. Erst wurde ihnen ihr Hab und Gut weggenommen, dann mussten sie im Frühjahr sechsundvierzig ihre Heimat verlassen. Über drei Millionen Sudetendeutsche wurden aus der Tschechoslowakei vertrieben.

»Und deine Mutter is mit dir und deiner Großmutter mit am Kinderwågn vull Brennholz und a paar wertlosen Dokumenten eim Juni sechsundvierzig eis Allgäu kumm.« Damals waren sie Vertriebene gewesen, Heimatlose ohne Hab und Gut und ohne Vater. Die Familie hatte Glück gehabt. Sie waren bei netten Bauersleuten, den Rottingers in Hopferbach in der Nähe von Kempten untergekommen.

Ein Jahr nach der Rückkehr des Vaters war die Großmutter gestorben. Sie hatte zusammen mit Alfred in einer Kammer geschlafen. Eines Morgens im November hatte Alfred die Oma wecken wollen. Sonst war sie um diese Zeit immer schon auf den Beinen gewesen. Deshalb wunderte sich der Enkel, als die alte Frau immer noch im Bett lag. Schließlich hatte Alfred die Hand seiner Großmutter gestreichelt. Sie war ganz kalt und ihr Gesicht seltsam bleich gewesen. Sie hatte nicht mehr reagiert, war an einem Schlaganfall gestorben. Das war ein harter Schlag für

Alfred gewesen, denn die Großmutter hatte ihn mit großgezogen.

»Warum durfte ich nicht mit zur Beerdigung?« Alfred war damals sehr enttäuscht und wütend darüber gewesen und konnte es bis heute nicht verstehen.

»Wir wollten oche dich ni a su belasten.« Vater versuchte seine Entscheidung von damals zu erklären, aber er merkte, dass er bei Alfred auf Unverständnis traf.

»Das verstehe ich nicht. Der Tod gehört doch zum Leben dazu.« Dagegen konnte Alois Boheim nichts einwenden. Es war immer traurig einen lieben Menschen zu verlieren, aber nicht dabei sein zu dürfen und Abschied nehmen zu können, hatte Alfred damals als Strafe empfunden. Und das hatte er seinen Eltern bis heute nicht verziehen.

»Vielleicht woar's a Fehler.« Vater legte die Hand auf Alfreds Schulter. Der nickte langsam. Das war die Geschichte ihrer Familie, die Geschichte ihres Wiedersehens, die Geschichte eines Anfangs, der sich heute, zum Beginn des neuen Schuljahrs in einer neuen Stadt irgendwie zu wiederholen schien. Alfred schnäuzte sich und kroch dann in seine Dachkammer. Auf seinem Kopfkissen fand er ein kleines rotes Schokoladenei.

Der Wilde Westen

»Alfred, komm raus, spielen!« Alfreds Cousine Bärbel brüllte lautstark durchs Treppenhaus und verhalf seiner Traurigkeit zu einem jähen Ende. Ab und zu waren sich die beiden früher schon begegnet. Bärbel war mit ihrer Familie ein, zwei Mal zu Besuch im Allgäu gewesen. In der Umgebung von Hopferbach wohnten noch andere Verwandte. Man versuchte, in der Fremde zusammenzuhalten. Alfreds Vater war auf Arbeitssuche nach Leonberg gekommen und hatte zunächst bei seinem Schwager Edwin und dessen Familie gehaust. Bärbels Familie wohnte, wie einige andere Flüchtlingsfamilien, in einer Barackensiedlung am Stadtrand. Familie Fietz hatte vier Kinder, Bärbel war die Älteste und mit Abstand die Lebhafteste. Bei allen Streichen der Kinder aus der Barackensiedlung war sie mit von der Partie. Und davon gab es einige. Bärbel war drei Jahre älter als Alfred und wurde in kurzer Zeit zu einer Art großen Schwester.

»Ist gut, ich komme.« Alfred schwang sich aus seinem Bettverschlag, zog seine Schuhe an und nahm die Treppe hinunter immer drei Stufen auf einmal.

»Kummst halt nie gar a su spät häm«, rief ihm der Vater noch nach. Aber Alfred hörte das nur noch von weitem.

»Wird aber auch Zeit, Mann!« Bärbel begrüßte Alfred mit einem kräftigen Schlag auf die Schulter.

»Setz dich auf den Gepäckträger, wir fahren rüber zum

alten Gipswerk.« Alfred stieg auf und versuchte sich auf dem wackligen Gefährt zu halten. Bärbel preschte die Straße entlang und ließ auf dem Weg kaum ein Schlagloch aus.

»Hallo Leute, ich hab' euch jemand mitgebracht.« Bärbel klingelte mit lautem Hallo und legte eine gepflegte Vollbremsung auf den Kiesweg. Alfred war heil geblieben und schwang sich nun elegant vom Gepäckträger.

»Das ist mein Cousin aus Bayern.« Bärbel machte ihn mit dem Rest der Clique bekannt, die den Neuen neugierig umringte.

»Du bist doch der A- A- Alfred aus Ho- Ho- Hopferbach!« Einer seiner neuen Klassenkameraden war also auch Teil des Empfangskomitees. Das konnte ja heiter werden.

»Ich bin der Georg. Nichts für ungut wegen heute Morgen.« Jetzt erkannte er den Lümmel aus der ersten Reihe wieder, der ihn zusammen mit seinen Kumpanen in der Klasse gehänselt hatte. Georg Grischka streckte seinem neuen Klassenkameraden die Hand hin.

»Frieden?« Alfred nickte.

»Wir sind alle aus den Baracken. Ich heiße Peter, Peter Scholz.« Der größte Junge der Gruppe stellte sich breitbeinig vor Alfred und stemmt die Hände in die Hüften.

»Meine Familie ist kurz nach dem Krieg aus Schlesien hierher gekommen.« Plötzlich war das Lachen aus Peters sommersprossigem Gesicht verschwunden.

»Sein Vater war nicht dabei. Er wird seit fünfundvierzig vermisst.« Bärbel legte Peter eine Hand auf die Schulter. Der Junge ließ den Kopf hängen. Alle waren still. Alfred musste an seinen Vater denken. Der war auch erst vier Jahre nach dem Ende des Kriegs aus polnischer Gefangenschaft zurück gekommen. Vielen Familien ging es so. In ganz Europa fehlten die Männer. Sie waren im Krieg geblieben, waren gefallen, in Gefangenschaft geraten, wurden vermisst. Die Mütter und Großmütter mussten die Kinder durchbringen, für den Unterhalt der Familien sorgen, hart arbeiten für meist sehr wenig Geld. Da blieb kaum Zeit für die Kinder. Die waren oft sich selbst überlassen. Die Großen erzogen die Kleinen, fütterten sie, wickelten sie, machten den Haushalt, kochten, putzten und arbeiteten bei den Einheimischen, um ein paar Pfennige dazuzuverdienen.

Ein Mädchen mit blonden Zöpfen und einem hübschen Sommerkleid kam auf Alfred zu und reichte ihm schüchtern die Hand.

»Ich bin Daniela Tobien.« Sie machte einen leichten Knicks. Die anderen kicherten.

»Mensch Daniela, Alfred ist doch nicht dein Onkel.« Das Mädchen bekam einen roten Kopf. Es war ihr offensichtlich peinlich und sie ärgerte sich über ihr wohlerzogenes Benehmen, in das sie immer wieder gegen ihren Willen hineinrutschte. Danielas Onkel war ein Herr, ein Gutsbesitzer aus Ostpreußen. Fast tausend Hektar Land, Dutzende Angestellte, Landarbeiter, Mägde, Handwerker, Gespannführer, Kutscher, Schäfer, Schweinemeister, Melker, Kämmerer und ein Inspektor hatten zum Anwesen gehört. Die Familie Tobien hatte alles Hab und Gut zurücklassen müssen und war auf dem langen Weg nach Westen im Winter fünfundvierzig beinahe umgekommen. Daniela war hier, in der süddeutschen Fremde, streng erzogen worden. Sie siezte ihre Eltern und benahm sich, wie man es von der Nichte eines Gutsbesitzers erwartete.

»Und das sind Paul und Christa. Sie gehen zusammen mit Daniela in die sechste Klasse Volksschule.« Bärbel zeigte auf einen etwas dicklichen Jungen mit roten

Pausbacken und abstehenden Ohren. Neben Paul stand ein zierliches Mädchen mit langen dunkelbraunen Haaren und Hasenzähnen. Für Zahnregulierungen hatte niemand Geld.

»Wir wohnen alle in den Baracken vor der Stadt. Wir sind die Fremden, die Schmuddelkinder, die Zigeuner oder, wie sie hier sagen, die *Reigschmeggde!*« Bärbels Stimme hatte einen verschwörerischen Unterton bekommen.

»Die Einheimischen wollen mit uns eigentlich nichts zu tun haben – Sauschwaben, elendige!«

In der Nähe des Sägewerks Wörz waren vor zehn Jahren Behausungen aus Holz errichtet worden, um nach dem Krieg die vielen Flüchtlinge aus den Ostgebieten unterzubringen. In den kleinen Wohnungen der Barackensiedlung war für die Kinder kaum Platz. So trafen sie sich, wann immer sie konnten, um im Freien zu spielen.

»Und was haben wir jetzt vor?«

»Blöde Frage! Wir klettern durch den Zaun und schauen mal im Steinbruch nach dem Rechten.« Das alte Gipswerk war für die Kinder ein riesiger Abenteuerspielplatz. Im vergangenen Jahrhundert hatten sich die armen Eltinger Kleinbauern etwas dazu verdienen müssen. Die Landwirtschaft brachte nicht genug ein, um die vielen Kinder zu ernähren, und sie waren immer wieder von Missernten betroffen gewesen. So waren sie froh gewesen, als die Geschäftsleute Eppinger und Schüle das Gelände gekauft und vor fast sechzig Jahren direkt am Steinbruch ein Gipswerk errichtet hatten. Der Gips wurde mit einfachem Gerät abgebaut, zermahlen, in Säcke verpackt und mit einem kleinen Zug auf dem *Gleisle* zum Leonberger Bahnhof transportiert.

»›Betreten verboten!‹ steht auf dem Schild hier. Was, wenn die uns erwischen?« Alfred sah seine Cousine besorgt an.

»Tun die nicht. Wir sind schneller als die und haben mehr Grips im Kopf – Ehrenwort!«

»Gips im Kopf?«, fragte Peter mit einem Grinsen im Gesicht.

»Blödmann!«, blaffte Bärbel zurück und lachte. Sie hatte einen Plan. Und der Plan war wie immer gut, daran hatte niemand aus der Gruppe Zweifel. Auch wenn sie ihn noch nicht kannten. Es war Freitagnachmittag. Alle Arbeiter waren bereits nach Hause gegangen. Auch der Besitzer des Gipswerks ließ sich vor dem Wochenende nur sehr selten auf dem Gelände blicken. Sie hatten also freie Bahn. Bärbel schob ihr Fahrrad in einen großen Schlehenstrauch direkt am Zaun. Niemand sollte sich über ein herrenloses Rad am Straßenrand wundern. Hinter dem Busch war ein Loch im Maschendraht. Georg und Bärbel gingen voran. Sie waren die Ältesten und wollten den anderen zeigen, dass sie vor nichts und niemandem Angst hatten. Geübt schlüpften sie durch die unscheinbare Öffnung hindurch und bogen für die anderen die Drähte zurück. Christa und Alfred krochen hinterher. Dann kamen Daniela und Paul an die Reihe.

»Meine Bluse!« Daniela war mit ihrem Ärmel an einem spitzen Drahtende des Zaunlochs hängen geblieben. Es war aber kein Loch oder Riss im Stoff zu sehen. Paul konnte sie beruhigen. Alle Kinder wussten, dass sie ihre Sachen sorgsam behandeln mussten, damit die Kleineren auch noch etwas davon hatten. Ihre Mütter waren Meisterinnen im Ändern von unpassenden Kleidungsstücken. Aber mit Löchern im Ärmel bekam man Ärger und Danielas Mutter war besonders streng. Schließlich waren alle auf das Gelände des Gipswerkes gekrochen. Die Jungen und Mädchen schlichen wie Indianer auf dem Kriegspfad hinüber zur alten Lagerhalle. Vorsichtig schaute Paul durch ein Fenster auf der Rückseite ins Innere. Alles war ruhig, keine Menschenseele zu sehen oder zu hören.

»Runter!«, zischte Paul. Er hatte einen Mann gesehen, der die Römerstraße entlanggekommen war und nun am Zaun stehenblieb und sich umschaute. Hoffentlich hatte er sie nicht entdeckt. Nein, das konnte nicht sein. Das durfte nicht sein! Nicht, bevor Bärbel sie in ihren Plan eingeweiht hatte. Aber der Mann zog nur eine Zigarette aus der Jackentasche und zündete sie sich im Windschutz des Busches mit einem Streichholz an. Dann ging er weiter.

Langsam und vorsichtig schlichen sich die Abenteurer vorbei an den Gebäuden und stiegen zwischen Kieshaufen hindurch hinunter in die große Senke. Sie war in den letzten sechzig Jahren durch den Gipsabbau entstanden. An ihrem Rand ragten die Felswände steil auf, fast wie im Grand Canyon, den einige der Kinder aus den Schilderungen des Wilden Westens aus Karl Mays Romanen zu kennen glaubten. Hier unten in der großen Schlucht konnte man nur gesehen werden, wenn man direkt oben an der Abbruchkante stand. Und wenn es geregnet hatte, bildete sich am Fuß der Senke ein kleiner See. Die Sonne zauberte silberne Glitzerstellen auf die Wasseroberfläche. Ein *Silbersee* – fehlte nur noch der Schatz: *Der Wald spiegelte seine Wipfel im Wasser des Sees, und die Bergeshäupter warfen ihre Schatten über die Flut. Dennoch war dieselbe weder grün noch blau oder überhaupt dunkel gefärbt; sie glänzte vielmehr silbergrau. Kein Lufthauch kräuselte das Wasser. Wenn so etwas möglich wäre, hätte man meinen können, ein mit Quecksilber gefülltes Becken vor sich zu haben.* Alfred sah den Cornel vor sich, jenen Romanschurken, der auf das Silber der Indianer aus war und über Leichen ging. Aber er hatte seine Rechnung ohne Winnetou und Old Shatterhand gemacht.

»Was ist denn das?«, fragte Alfred seine Cousine und zeigte auf einen kleinen Zug, der auf schmalen Gleisen, mitten im Steinbruch stehend, seinen frühen Feierabend verbrachte. Lok und Loren waren hier seit 1908 zwischen Gipswerk und Leonberger Bahnhof unterwegs.

»Tschu, tschu, tschu, die Eisenbahn!« Bärbel blinzelte ihrem Cousin verschwörerisch zu. Eine Eisenbahn mitten in der Prärie. Georg legte sich plötzlich auf den Boden und hielt sein rechtes Ohr auf die Schienen.

»Ich glaube ich höre sie kommen. Mindestens zehn Reiter nähern sich in schnellem Galopp.« Er zeigte auf die Gleise und dann hinauf zu den Gebäuden.

»Sie reiten nach *Gipsy Town*.« Georg war in seinem Element. Er hatte alle Karl May-Bände gelesen, die es in der Stadtbücherei auszuleihen gab. Und er kannte alle Helden: Winnetou, Old Shatterhand, Ribanna, die Komantschen und Apachen, Banditen und die komischen Figuren.

Die Jungen und Mädchen schlüpften nicht zum ersten Mal in ihre Rollen und verwandelten sich vor Alfreds Augen in Helden des Westens. Sie waren die Guten, bekämpften das Böse und verschanzten sich hinter dem Zug. Bärbel zog Alfred am Hemd hinter die hinterste Lore. Den Wagen, der sie unsichtbar machte. Der sie dem bösen Blick des Feindes entzog, der gerade mit zehn Pferden nach *Gipsy Town* ritt und den nächsten Überfall auf den Zug im Sinn hatte. Die Banditen würden sich das Geld nehmen, würden die Reisenden in Angst und Schrecken versetzen. Aber Old Surehand hatte sie bemerkt. Er hatte sein Ohr auf die Schienen gelegt und hörte sie kommen. Und nun brauchten Winnetou, Old Shatterhand, Ribanna und die anderen roten Brüder und Schwestern nur zu warten. Brauchten nur unsichtbar hinter dem Zug auf die Banditen zu warten, um sie unschädlich zu machen, um der

Gerechtigkeit zu ihrem Sieg zu verhelfen. Als Sieger würden sie diesen Platz verlassen, würden der untergehenden Sonne entgegenreiten und hätten zum Schluss den Wilden Westen bezähmt.

»Na Alfred, wer bist du?« Bärbel sah ihren Cousin fragend an. Georg war Old Surehand. Das hatte er gleich zu Beginn verkündet und niemand wollte ihm diese Rolle streitig machen. Paul schlüpfte hier, im Wilden Westen, in die Rolle des Apachenhäuptlings Winnetou. Christa, die heimlich in Paul verknallt war, entschied sich für Nschotschi, Winnetous Schwester. Peters Wahl fiel auf den komischen Kauz Sam Hawkins und die anderen waren der Meinung, dass das eine sehr gute Wahl war. Peter war manchmal ziemlich komisch und das nicht immer freiwillig. Bärbel war der weise Old Shatterhand, Freund und Blutsbruder von Winnetou. Auch das passte, denn sie war der Chef. Sie hatte die besten Ideen. Mehr noch: Sie hatte den Plan. Den Plan die Banditen in die Flucht zu schlagen, den Feind zu besiegen, den Helden zum heldenhaften Triumph zu verhelfen. Daniela war eine namenlose Squaw, war das hübsche Mädchen mit der Bluse. Ihre strohblonden Zöpfe, ihr feines Benehmen, passten eigentlich eher in einen Saloon.

Alfred dachte nach. Er hatte die Winnetou-Romane auch schon gelesen. Hatte sich vom Erzähler mitnehmen lassen in die Weiten der Prärie. Hatte mit dem edlen Häuptling der Apachen gelitten, hatte lesend mit ihm alle Abenteuer überstanden und schließlich seinen Tod beweint. Und er hatte sich über die Mescalero-Apachen in Sachbüchern informiert.

»Ich habe nie Unrecht ohne Grund getan, und wenn ihr von Unrecht redet, so tätet ihr besser daran, an das Unrecht zu denken, das ihr dem roten Manne zugefügt habt und das tief und weit wie ein Ozean ist, durch den niemand waten kann, ohne darin zu ertrinken. Mein Unrecht dagegen ist wie ein kleiner, ausgetrockneter Bachlauf.« Die anderen sahen Alfred verwundert an.

»Wo hast du das denn her?«, fragte Georg.

»Das waren Worte des Häuptlings Geronimo, als er sich ergeben hat. Ich habe sie vor einem Jahr auswendig gelernt, weil sie mir gefallen haben. Die Apachen wurden aus ihrem Land vertrieben. Wurden in ein winziges Gebiet, ein Reservat gesperrt. So wie es unseren Familien ergangen ist. Warum haust ihr in Baracken? Warum sind wir überhaupt hier? Weil Hitler den Krieg verloren hat.« Alfred war sich nicht sicher, ob das bei den anderen gut ankommen würde. Aber nun war es raus.

»Geronimo. Ich bin Geronimo, der echte Häuptling der Apachen.« Die anderen nickten und sahen wieder in die Richtung, aus der bald der Feind herangeprescht kommen würde.

»Lust auf eine kleine Tour?« Old Surehand-Georg achtete nun nicht mehr auf seine Deckung und baute sich breitbeinig vor den anderen auf.

»Wie, ›Tour‹?« Der neue Geronimo verstand die Frage nicht.

»Na mit dem Zug fahren, was denn sonst«, schaltete sich Old Shatterhand ein und schaute verschwörerisch in die Runde.

»Wetten, dass du dich das nicht traust?!« Langsam wurde dem echten Häuptling die Sache klar. Er war der Neue und musste erst eine indianische Mutprobe bestehen, um dazuzugehören.

»Wetten, dass doch?!« Man konnte sich seine Verwandtschaft nicht aussuchen. Aber zu den Freunden seiner Cousine wollte er schon dazugehören. Das war vielleicht seine Chance in der neuen Stadt nicht mehr der stotternde Außenseiter zu bleiben, der rot anläuft und heulen muss, wenn er von Blödmännern geärgert wird.

Alfred stieg auf die kleine Lok und schaute sich die Armaturen an.

»Der Schlüssel steckt.« Old Shatterhand war hinter ihm in den Führerstand geklettert und wies den Eisenbahnneuling in die Handhabung des Gefährts ein.

»Du musst erst vorglühen, das ist eine Diesellok.« Geronimo nickte. Das kannte er schon vom Allgäu. Die Bauersleute hatten sich vor einem Jahr einen kleinen Traktor zugelegt, mit dem die Feldarbeit viel leichter zu erledigen war. Es war ein *Dieselross* der Marke Fendt und musste auch vorgeglüht werden, bevor man ihn anlassen konnte. Alfred war mit zwölf schon ein erfahrener Traktorist.

»Drück auf den roten Knopf da!« Geronimo gehorchte dem verwandten Bleichgesicht.

»Und wie legt man den Gang ein und löst die Bremse?« Old Shatterhand zeigte dem Häuptling die entsprechenden Hebel und Pedale und sprang dann von der Lok.

»Jetzt dreh den Zündschlüssel!« Der Indianer löste den Bremshebel und ganz langsam begann der Zug nach hinten zu rollen.

»Zündung!«, schrie Old Surehand und in dem Moment tuckerte der Motor langsam los. Geronimo drückte den Gashebel nach vorne und legte den Gang ein, wie Old Shatterhand es ihm gezeigt hatte. Und tatsächlich! Das Feuerross setzte sich in Bewegung. Langsam fuhr der indianische Lokführer die Gleise entlang. Geronimo schaute zurück, der Motor tuckerte laut. Da sahen die anderen plötzlich ein erwachsenes Bleichgesicht neben dem Zug auftauchen. Sie winkten Geronimo zu und wollten ihn warnen. Aber der hatte noch nichts gemerkt und winkte lächelnd zurück. Da packte ihn von hinten eine große Hand und schob ihn beiseite. Routiniert wurde die Lok zum Stehen gebracht, der Motor abgeschaltet.

»Ja spinnt ihr denn komplett?!« Geronimo wurde in Sekundenschnelle von der Rothaut zum rot anlaufenden Bleichgesicht und machte den Mund auf und zu wie ein Fisch, den man vom Haken genommen hat. Er brachte keinen Ton heraus. Der Mann ließ ihn nicht entkommen.

»Bürschchen, das wird Folgen haben!« Von den anderen war nichts mehr zu sehen. Na Klasse! Ihn hier zu einer blöden Mutprobe überreden und dann im Stich lassen! Tolle Helden, wirklich!

»Wie heißt du eigentlich? Ich hab' dich hier noch nie gesehen. Bist wohl auch so ein Zigeuner, wie die anderen alle.«

»A- A- Alfred Boheim.« Immer musste er stottern, wenn er aufgeregt war oder etwas gefragt wurde! Der Mann, der ihn immer noch am Kragen gepackt hielt, nickte verächtlich. Der böse weiße Mann würde ihn gefangen nehmen und foltern. Er würde ihn in der Sonne qualvoll krepieren lassen. Die Geier würden über ihm kreisen. Aber Geronimo würde wie ein echter Häuptling sterben. Scheiße, nein! Das würde er nicht tun! Er suchte fieberhaft nach einer Möglichkeit seinen Skalp zu retten.

»Wo sind deine Eltern?« Der Griff an Alfreds Kragen lockerte sich etwas. Musste er sich jetzt zu erkennen geben? Was hätte Geronimo an seiner Stelle getan? Der hätte seinen Vater nicht verraten, sicher nicht! Der wäre schweigend in die ewigen Jagdgründe eingegangen.

»I- i- ich ha- ha- habe nie Unrecht o- o- ohne Grund getan …«, stammelte der ängstliche, bleichgesichtige Häuptling. Da lockerte sich der Griff an Alfreds Kragen.

»Hör zu, du Held! Das hier ist Firmengelände. Hast du

das Schild am Tor vorne gesehen? Sicher hast du das. ›Betreten verboten‹ steht da drauf und genauso ist das auch gemeint. Und wenn ich euch dahergelaufenes Pack hier noch einmal erwische, dann buchte ich euch ein. Ist das klar?« Howgh! Der Feind hatte gesprochen.

»Und jetzt verschwinde, am besten dahin, wo du hergekommen bist!«

Alfred rannte die Gleise entlang hinauf zu den Gebäuden des Gipswerks und schlüpfte hastig durch das Loch im Zaun hinaus in die Schlehenhecke.

»Mann, Junge, das war knapp!« Georg klopfte Alfred anerkennend auf die Schulter. Die anderen fühlten sich alles andere als heldenhaft. Sie hatten den Häuptling im Stich gelassen, waren feige um ihr Leben gerannt. Nun standen sie etwas verlegen auf der Straße herum.

»Jedenfalls hast du die Mutprobe mit Auszeichnung bestanden – Respekt!« Bärbel zückte ihr Taschenmesser und tat so, als würde sie sich in die Handfläche schneiden. Dann reichte sie das Messer weiter. Alle anderen ahmten Bärbels Handschnitt nach und reichten sich am Ende die Hände.

»Blutsbrüder und -schwestern, möge der Geist Manitus mit uns sein. Howgh!« Bärbels Verschwörungsformel wurde von allen wiederholt. Dann gingen sie nach Hause.

Rulaman

Die Wochen zogen ins *Ländle*. Die Sommerferien waren bereits in Sichtweite. Die letzten Klassenarbeiten wurden geschrieben, Klassenlehrer Seifert trug mündliche Noten in sein rotes Buch ein.

Die Klasse las gerade den Steinzeit-Roman *Rulaman* von Christian David Friederich Weinland im Deutschunterricht.

»Waltraut, worum geht es denn in dem Buch?« Seifert zückte seinen Stift und lächelte aufmunternd.

»In dem Buch kommen die ›Aimats‹ vor. Das sind Ureinwohner. Vor Jahrtausendenden haben die in den Höhlen, Wäldern und Schluchten der Schwäbischen Alb gelebt.« Herr Seifert nickte zufrieden.

»Für sie war die Natur ihre Mutter. Sie hat ihnen alles gegeben, was sie zum Leben brauchten: Früchte, Wild, Fische und Pelze. Sie konnten Feuer machen und aus hartem Gestein Speerspitzen und Äxte. Sie jagten Elche, Nashörner und Büffel. Sie kämpften gegen Wölfe, Bären und Mammuts. Sie zogen auf schwierigen Wegen in den Süden zum ›langen Fluss‹, heute nennt man ihn Donau, und zum Bodensee. Dort lebten sie in Pfahlbauten.«

»Prima, Waltraut! Alfred, kannst du bitte noch einmal in eigenen Worten das Kapitel ›Reise an den See‹ zusammenfassen?« Alfred hatte das Kapitel gelesen, sogar zweimal. Er wusste, was die Aimats am See erlebt hatten: Die

Jäger waren auf die Jagd gegangen, Mädchen und Jungen hatten Vögel gejagt. Ein Mädchen war von einer Otter gebissen worden und an den Folgen der Vergiftung schließlich gestorben. Man hatte es in einer Höhle beigesetzt. Alfred wusste das alles, aber bekam mal wieder kein Wort heraus.

»Alfred, hörst du nicht? Du sollst das Kapitel zusammenfassen. Ich brauche noch eine mündliche Note von dir. Du stehst auf der Kippe, das weißt du, also bitte!« Alfred spürte, wie sich sein Kopf in eine Tomate verwandelte. Das hasste er am meisten. Aber es hatte sich doch etwas verändert: Georg und die anderen Jungen in der Klasse lachten nicht mehr hinter vorgehaltener Hand, machten keine doofen Bemerkungen mehr. Das half. Alfred nahm seinen Mut zusammen, bekämpfte den Knoten in seiner Zunge und gab Herrn Seifert die Information, die der von ihm verlangt hatte.

»Gut, Alfred, gut!« Er hatte wie ein Aimat gekämpft, hatte die Stotterbestie besiegt und ließ sich erleichtert auf seinen Stuhl zurücksinken.

In dieser alten Zeit war es, da sehen wir im Geiste an einem warmen Frühsommer-Nachmittag auf dem freien, sonnigen Platz vor dem Eingang einer unserer Albhöhlen, die jetzt einsam und verlassen im Waldesdüster verborgen liegt, ein lustiges, munteres Treiben. Nackte gelbbraune Kinder mit schwarzen struppigen Haaren kollern auf dem weichen Grasboden herum. Auf einem jungen Bären reitet ein mutwilliger Knabe und schlägt mit einem Tannenzweig auf ihn los, während ein anderer ihn an einer Waldrebe, die er um seinen Hals geschlungen hat, vorwärts zerrt. Dort liegt ein zahmer Wolf; daneben ein etwa vierzehnjähriger Junge, der ihm Kopf und Nacken streichelt, während das Tier ihm gutmütig das Gesicht leckt. Andere Knaben jagen sich in den Ästen eines uralten Eibenbaumes herum, der etwas im Hintergrund, nahe dem Eingang der Höhle steht, und dessen schwarzgrün glänzender Nadelwald sich scharf von dem grauen sonnebeschienenen Felsen abhebt. Aufrecht springt dort einer auf einem waagerechten Ast hinaus, die Arme weit ausgestreckt. Jetzt wird der Ast zu dünn, um ihn zu tragen, und wie der Blitz läßt er sich herunter, ergreift ihn mit beiden Händen, hängt frei schwebend in der Luft und schwingt sich im nächsten Augenblick hinab auf einen anderen, den er ebenso geschickt erfaßt, und von dem er in einem mehrere Klafter tiefen Sprung hinunterhüpft auf den Boden und hinein in die Höhle; mit lustigem Lachen ein zweiter, dritter, vierter Knabe ebenso schnell hinter ihm drein.

Alfred las die Geschichte gern. Besonders interessierte ihn die schöne Ara, die die Herzen der Aimat-Jünglinge eingenommen hatte. Das Buch hatte sich aus Geschichten über einen Steinzeitjungen entwickelt, die der Schriftsteller Weiland seinen eigenen Söhnen bei Streifzügen in die Umgebung von Urach und in die nahegelegene Schillerhöhle erzählt hatte.

War er, Alfred, nun ein Kalat, ein Kelte aus dem Osten? Einer, der den einheimischen Aimats gefährlich werden konnte? Alfred musste bei dem Gedanken schmunzeln. Herr Seifert hatte ihnen erzählt, dass Steinzeitmenschen und Kelten sich nie begegnet sind. *Rulaman* war eine Erfindung aus dem letzten Jahrhundert und der Autor hatte bewusst einige Fehler in den Roman eingearbeitet: zwei verfeindete Stämme aus unterschiedlichen Zeiten und ganz unterschiedlichen Kulturen. Alfred sah zu Lisa hinüber. So könnte die schöne Ara ausgesehen haben. Lisa war keine Erfindung. Sie saß neben Alfred am Pult. Sie war hübsch und sie hatte sich als Aimat dem fremden Eindringling gegenüber offen gezeigt. Sie hatte ihn vor den anderen Aimats in Schutz genommen, gleich am ersten Schultag. Das würde Alfred ihr nie vergessen.

»Was glotzt du denn so?« Alfred fühlte sich von Lisa ertappt.

»Ich, ähh … nichts.« Immer dieses verflixte Stottern. Warum fiel ihm nicht mal eine schlagfertige Antwort ein? Das konnte doch nicht so schwer sein. ›Ich schau' Dir in die Augen, Kleines.‹ Gut, das Filmzitat von Humphrey Bogart aus *Casablanca* war vielleicht etwas zu cool. ›Weil ich an Ara denken musste.‹ Das lag zwar dicht bei der Wahrheit, würde Lisa aber nicht überzeugen. Sie lächelte.

»Schon gut, Alfred, schon gut.«

Es war ein heißer Mittwoch im Juli. Alle Schüler hofften auf Hitzefrei, doch der Rektor hatte kein Erbarmen mit den schwitzenden Insassen des aufgeheizten Schulgebäudes. Sie saßen ihre Stunden ab, sehnten die Schulglocke herbei und stürmten mit hochroten Köpfen über den Pausenhof hinaus in den Nachmittag.

»Wir sehen uns nachher im Schwimmbad.« Die Klassenkameraden nickten sich eifrig zu und rannten nach Hause. Mittagessen, Hausaufgaben, Schwimmsachen packen und ab nach Eltingen ins Freibad. Edwin Fietz, Bärbels Vater, war dort Bademeister. Natürlich konnten nicht alle Jungen und Mädchen aus der Barackensiedlung deshalb kostenlos schwimmen gehen. Aber beim Einlass drückte man schon mal das eine oder andere Auge zu. Denn viel Geld hatten sie alle nicht. Alfred hatte kein eigenes Fahrrad, und mit dem Bus zum Freibad zu fahren, war für ihn viel zu teuer. So schnappte er sich sein Handtuch, Badehose und ein paar Äpfel, stopfte die Sachen in eine Tasche und schlenderte die Eltinger Straße entlang.

Alfred sah seinen Klassenkameraden Georg an der Kreuzung zur Römerstraße im Schatten des Tankstellendachs stehen und auf ihn warten. Sie winkten sich freudig zu. Sie hatten sich angefreundet und auch schon die ersten Abenteuer gemeinsam bestanden. Alfred fühlte sich nicht mehr allein in der Fremde, er hatte Anschluss gefunden und wurde inzwischen von einigen respektiert.

»Hallo Alfred!« Georg klopfte seinem Klassenkameraden auf die Schulter. Sie gingen gemeinsam über die Felder weiter zum Freibad am Südrand der Stadt, nahe der Autobahn. Dort trafen sie auf die anderen aus ihrer Klasse und begrüßten einander mit großem Hallo.

Die Mädchen nahmen sich in den Arm – Küsschen links, Küsschen rechts. Die Jungen klatschten sich ab. Es herrschte ein großes Gedränge vor dem Eingang. Bei diesen hochsommerlichen Temperaturen wollten alle ins kühle Nass: Mütter mit ihren kleinen Kindern, Rentner, Veteranen, Schüler, Väter, die sich freigenommen hatten, sogar ein paar Lehrer waren zu sehen.

»Also folgendes …« Georg und die anderen Progymnasiasten steckten die Köpfe zusammen. Man war sich einig: ein guter Plan! Pfeifend und betont unauffällig teilte sich die Gruppe auf. Die einen stellten sich in die Schlange vor dem Kassenhäuschen am Eingang, die anderen gingen den Zaun entlang bis zur Ecke. Dann huschten sie hinter einen Busch und suchten im Dickicht nach einem Loch. Vielleicht gab es hier ja einen ähnlichen Durchschlupf wie beim alten Gipswerk. Lisa war vorausgekrochen und suchte den Zaun im Gebüsch ab.

»Mist! Da kommen wir nicht durch.« Die Enttäuschung war der Fährtensucherin ins Gesicht geschrieben. Auch beim nächsten Strauch am Zaun zur Liegewiese war kein Durchkommen.

»Hier geht's!« Alfred hatte die Lücke entdeckt. Sie war nicht besonders groß – nur ein paar durchgerostete Maschen im Drahtzaun –aber die Fünfer waren gelenkig. Es lagen bereits viele Badegäste auf ihren Handtüchern, nahmen ein Sonnenbad oder spielten im Schatten der Bäume Karten. Kinder kickten einen Fußball hin und her, die älteren spielten Federball und natürlich war im Becken ein dichtes, feuchtfröhliches Gedränge. Kleine Kinder kreischten vor Vergnügen, Mütter kümmerten sich, einige Frauen zogen im Schwimmerbereich gemächlich ihre Bahnen. Ein älterer Mann legte sein Holzbein ab und stieg ins Becken. Alle Badegäste waren beschäftigt. Es war also gar nicht so schwer unbemerkt durch den Zaun zu kriechen. Aber Georg hatte sicherheitshalber vorgesorgt: Die ersten zahlenden Klassenkameraden näherten sich bereits dem Zaun und suchten nach den anderen aus der 5c. Alfred saß noch vor dem Zaun und konnte durch das Gestrüpp Waltraut erkennen, die nach ihnen Ausschau hielt. Nur wenige Freibadbesucher wunderten sich über dic Eulc, die nun leise am Rand der Liegewiese zu hören war. Der Lärm des Badebetriebs übertönte Alfreds Eulenrufe. Waltraut hatte die Klassenkameraden im Dickicht zunächst auch nicht bemerkt. Dann aber folgte sie den lauter werdenden Signalen und sah schließlich Alfreds Gesicht im Gebüsch hinter dem kleinen Loch im Zaun. Waltraut winkte die anderen ›Zahlenden‹ zu sich heran. Manfred und Anton breiteten ihre großen Badetücher aus und bildeten vor der undichten Stelle im Zaun einen Vorhang. Waltraut stellte sich dahinter, sodass nur ihr Kopf zu sehen war. Das konnte als Umkleidestelle durchgehen. Nur wer die Szenerie genau beobachtete, konnte die Kinder entdecken, die nach und nach durch den Handtuchvorhang auf der Liegewiese ihren Auftritt hatten.

»Alfred, mein Jonge. Was iss dås denn?« Manfred und Anton ließen vor Schreck ihren Vorhang fallen. Alfreds Onkel, der Bademeister hatte das seltsame Treiben am Rande des Bades seit ein paar Minuten verfolgt, sich gewundert, und stellte seinen Neffen und den Rest der Klasse 5c nun zur Rede.

»Wir, wir …« Alfreds Gesicht nahm die übliche Verlegenheitsfärbung an. Er stotterte mit hochrotem Kopf, sodass sein Onkel schließlich lachen musste.

»Wie viele von eich sein oche durch dås Loche eim Zaun reinkumm?« Lisa zählte die Häupter der Eindringlinge und streckte dann dem Bademeister die zehn Finger ihrer etwas zerkratzten Hände entgegen. Edwin Fietz nickte und ließ sich die finanzielle Notsituation der ›Zaungäste‹ erklären. Er wusste ja von seiner eigenen Familie, dass das Taschengeld bei vielen Schülern nicht für einen Schwimmbadbesuch ausreichte. Die dreißig Pfennige für den Eintritt musste man erst mal haben. Als Angestellter der Stadt war er andererseits für die regulären Einnahmen des Badebetriebs verantwortlich. Er konnte und durfte nicht allen Armen freien Einlass gewähren – und den unerlaubten Einstieg durch ein Loch im Zaun schon gar nicht.

»Was mach' ich nur mit eich?« Der Bademeister kratzte sich am Kinn und überlegte. Ungestraft konnte er die ›Schwarzbader‹ nicht davonkommen lassen. Geld hatten sie keines. Es machte also keinen Sinn, den Eintritt nachträglich einzufordern. Mit einem Besuchsverbot für die Sommerferien war auch niemandem gedient. Dann hatte er eine Idee. Sie mussten das nicht gezahlte Eintrittsgeld abarbeiten. Herr Fietz versammelte die Schülerschar vor dem Geräteschuppen, drückte ihnen Eimer und Zangen in die Hand und wies sie an, entlang der Wege um das Becken und auf der Liegewiese Müll und weggeworfene

Zigarettenkippen einzusammeln.

»Sauber und ordentlich, ha ma ons verstånden?«

»Jawohl, Herr Bademeister!« Alfred nickte seinem Onkel erleichtert zu. Der hatte die Situation gerettet, hatte ihn nicht vor seinen Klassenkameraden bloßgestellt. Und vor allem würde Onkel Edwin dicht halten. Das war nun ihr kleines Geheimnis, da war er sich sicher. Sein Vater würde von dem Zwischenfall nichts mitbekommen.

»Danke, Onkel!« Edwin Fietz klopfte seinem Neffen mit einem Augenzwinkern auf die Schulter. Der Mülltrupp machte sich an die Arbeit, erledigte die Aufgabe zügig und pflichtbewusst. Nach einer halben Stunde hatten sie das Gelände gründlich durchkämmt und einiges an Abfall in den Eimern gesammelt.

»Hier sind die Zangen und das haben wir gefunden.« Lisa zeigte dem Bademeister die Ausbeute.

»Guck oche, was de Leite ni ålles wegwerfen, a su a Schande!« Dann drückte Edwin Fietz jedem von ihnen ein Kaubonbon in die Hand.

»Und dås nächste Mal will ich keen von eich am Zaune mehr durchwitsch'n seh'n, dass dås klar is'!« Der Bademeister schaute streng in die Runde.

»Ab mit eich, und viel Spaß noch.« Die Mädchen und Jungen hüpften vergnügt zurück zu den zahlenden Gästen der 5c und berichteten.

»Dein Onkel ist echt in Ordnung.« Waltraut nickte Alfred anerkennend zu.

»E- e- echt in O- O- Ordnung.« Georg konnte Alfreds Handtuchschlag gerade noch ausweichen und flüchtete sich mit langen Schritten in Richtung Becken. Die ganze Klasse 5c rannte hinterher und stürzte sich mit lautem Kriegsgeheul ins Wasser. Sie tobten und spritzten und tauchten und schwammen. Die Jungen nahmen die Mädchen auf die Schultern, die sich im berittenen Ringkampf versuchten gegenseitig ins Wasser zu schubsen. Waltraut hatte einen Wasserball dabei, den sie jetzt einander zuspielten. Dann wurde das Dreimeterbrett freigegeben und die Mutigen zeigten ihre Sprungkünste. Gert, der Kleinste in der Klasse, sprang einen lupenreinen Salto und tauchte blitzsauber ins Wasser ein.

»Mensch, Gert, was für ein toller Sprung!« Stolz schwamm der Akrobat an den Beckenrand und badete in Anerkennung. Er nahm seit drei Jahren am Geräteturnen der Turn- und Sportgemeinschaft Leonberg e. V. teil. Durch seine Größe und sein Bewegungstalent war er ein guter Turner und ein begabter Springer.

Irgendwann hatte sich die Meute ausgetobt und ließ sich triefend und glücklich auf ihre Handtücher fallen. *Nackte gelbbraune Kinder mit schwarzen struppigen Haaren kollern auf dem weichen Grasboden herum*, kam es Alfred in den Sinn.

»Hunger!« Georg schrie, was viele dachten. Und tatsächlich hatten einige von zuhause Proviant mitgebracht. Sie breiteten eine Decke in der Mitte aus und bauten in Kürze ein Buffet aus Gurkenscheiben, Apfelschnitzen, Erdbeeren, Brotscheiben und Nüssen auf.

»Ich spendiere eine Runde Pommes!« Klaus-Dieter Müller, ein Dickerchen aus reichem Elternhaus, wollte sich in der Klasse Sympathiepunkte durch eine Nahrungsspende erkaufen. Dagegen hatte niemand etwas einzuwenden. Bereitwillig begleiteten ihn Georg und Alfred zum Kiosk. Die Jäger kamen kurz darauf mit der Beute ins Lager zurück.

»Klausi, du bist ein Schatz!« Waltraut steckte sich eine dicke Pommes in den geschürzten Mund. Und Klaus-Dieter trieb das unverhoffte Kompliment Schweißperlen auf die Stirn.

»Schon gut …«

»Klausi lebe hoch!« Georg ergriff das Wort und dankte als Klassensprecher im Namen aller. Dann stürzte sich die hungrige Meute auf die Pappteller und die Pommes waren im Nu aufgegessen.

»Durst!« Alfred schleckte sich wie die anderen die salzigen Finger ab und schraubte danach den Deckel seiner mitgebrachten Mineralwasserflasche auf.

»Ich spendiere eine Runde Wasser!« Dann ließ er die Flasche kreisen. Nach einer zweiten Baderunde mussten bereits die ersten Mädchen und Jungen nach Hause.

»Alfred, erzähl' doch mal. Wo kommst du her?« Lisa hatte ihr Handtuch neben seinem ausgebreitet, legte sich nun bäuchlings darauf und wartete auf Alfreds Bericht. Der war anfangs noch ziemlich schüchtern. Was wollte Lisa von ihm? Warum interessierte sie sich plötzlich für seine Geschichte? Wollte sie ihn aushorchen? Konnte er ihr einfach vom Allgäu erzählen? Hundert Fragen schossen durch Alfreds Kopf.

»Was hast du?« Lisa schaute ihn fragend an.

»Nichts, nichts, alles gut.« Und dann fasste er sich ein Herz und erzählte von seinem früheren Leben im Süden Bayerns. Wie er mit seiner Mutter und seiner Großmutter bei Bauern untergekommen war.

»Das hat mir meine Mutter erzählt. Ich war da ja noch viel zu klein und kann mich an nichts mehr erinnern. Ich lag im Kinderwagen, unter mir lagen ein paar wichtige Dokumente versteckt.«

»Und die haben die Flucht trocken überstanden?« Lisa grinste.

»Ich denke schon. Naja, dann haben wir eben auf dem Hof mitgeholfen: Wiesen mähen, Gras rechen, auf Heureiter schichten, Kühe melken, Stall ausmisten, Holz aus dem Wald holen – das ganze Programm.« Lisa nickte. Sie half ab und zu auch ihrem Onkel, der eine Landwirtschaft in der Seestraße betrieb.

»Dann kam Vater aus der Gefangenschaft. ›Mama, da steht ein fremder Mann vor der Tür‹, habe ich zu meiner Mutter gesagt. Ich kannte ihn ja nicht.« Lisa schluckte. Was musste das für ein Gefühl sein, plötzlich gesagt zu bekommen, dass ein fremder Mann der eigene Vater ist.

»Als er zu uns kam, war er ziemlich ramponiert, total abgemagert und hatte einen steifen Arm. Er hat jeden Tag trainiert, beim Bauern in der Zimmerei mitgeholfen und so etwas dazuverdient.« Lisa runzelte die Stirn.

»Musstest du die ganze Zeit nur arbeiten oder hattet ihr auch mal Freizeit?« Alfred grinste. Er dachte an die Kinder der Rottingers und wie sie zusammen auf dem Bauernhof manchen Unsinn angestellt hatten.

»Klar hatten wir Freizeit. Und wir haben auch bei der Arbeit viel Quatsch gemacht. Außerdem habe ich mich in der Volksschule im Dorf mit Leuten angefreundet.«

»In Ho- Ho- Hopferbach …« Lisa lächelte ihn an.

»Ja genau da.« Alfred war erleichtert. Er hatte Lisa das alles erzählen können, ohne sich wie ein Fremder vorzukommen. Ob Aimat oder Kalat war inzwischen egal, so schien es ihm.

»Und du?« Alfred wollte nun auch etwas über seine Banknachbarin erfahren. Dem ›Leonberger Adel‹ zugehörig, hatte ihr Klassenlehrer Seifert am ersten Schultag gesagt.

»Was willst du denn wissen?« Lisa Dambacher ließ Alfred zappeln. Sie genoss sein Interesse an ihrer Person, genoss es, in seiner Nähe zu sein. Und sie hatte Vergnügen an seiner Unsicherheit, weil sie dann ihre eigene besser vor ihm verbergen konnte. Ihr Augenaufschlag in der

Nachmittagshitze des Eltinger Freibads verfehlte seine Wirkung nicht.

»Na, was du so machst, wenn du nicht zur Schule gehst; wenn du nicht neben einem langweiligen Einwanderer in der letzten Reihe sitzen musst.« Gut gekontert, das musste Lisa ihm lassen. Und so erzählte sie ihre Geschichte aus den ersten Nachkriegsjahren in der württembergischen Kleinstadt. Die Mutter hatte ihr erzählt, wie sie mit dem Säugling Lisa im März 1945 vor den Bomben in den Keller geflüchtet war. Neunzehn Menschen waren damals umgekommen.

»Im April fünfundvierzig haben französische Soldaten die Gegend besetzt, haben geplündert und sogar Frauen vergewaltigt.« Alfred erschrak: »Wer hat dir denn das erzählt?«

Lisa schaute ihn beleidigt an. »Glaubst du mir etwa nicht? Ich habe selbst gehört, wie es eine Nachbarin neulich meiner Mutter erzählt hat.« Sie hatte heimlich gelauscht und noch mehr gehört: von zerstörten Häusern, der zusammengebrochenen Strom- und Wasserversorgung und von der Sorge um das tägliche Brot nach der Kapitulation Deutschlands. Ab Juli 1945 waren die Amerikaner als neue Besatzer gekommen, weil sie die Autobahn Mannheim – Karlsruhe – Stuttgart kontrollieren wollten. Die Streitigkeiten zwischen den Leonberger Bürgern und den Eltinger Bauern hatte Lisa dann schon selbst miterlebt. Gegen ihren Willen waren die Eltinger von den Nazis 1938 nach Leonberg eingemeindet worden. Eine jahrhundertealte Rivalität, die auch nach dem Krieg noch zu regelrechten Kämpfen zwischen den alten Leonberger Nazis und den Eltinger Kommunisten geführt hatte. Sie erzählte Alfred von Mord und Totschlag, vom Schwarzmarkt, dem Kuh- und Pferdehandel und von ihrer weitläufigen Verwandtschaft, der das halbe Städtchen gehörte.

»Gab's hier eigentlich Juden?« Alfreds Frage machte Lisa ratlos. Sie wusste es nicht. Niemand hatte mit ihr darüber gesprochen. Wie man überhaupt über die Kriegsjahre vor den Kindern nicht sprach. Jeder hatte mit sich und seinem Alltag zu tun, lebte im Hier und Jetzt, dachte viel lieber an eine bessere Zukunft als an die dunkle Vergangenheit.

Schließlich machten sich auch die letzten ›Eindringlinge‹ vom Schwimmbad aus auf den Nachhauseweg.

»Sehen wir uns morgen nach der Schule?« Lisa nickte Alfred zu und verschwand mit ihrem Fahrrad in der Abendsonne. So musste sich das Glück anfühlen, dachte Alfred und schlenderte vergnügt pfeifend und etwas müde nach Hause zu seinem Vater.

Renntage

Alfred saß über seinen Hausaufgaben, hatte aber keinen Kopf dafür. Mathe, Latein, Deutsch – ein riesiger Berg und das so kurz vor dem Beginn der Sommerferien! Lustlos kaute er an seinem Bleistift und schaute über die leere karierte Seite hinweg aus dem Fenster. Er musste an Lisa, denken. Neulich im Schwimmbad hatte sie zum ersten Mal von sich erzählt. Und sie hatte auch seine Geschichte hören wollen. Das war ihm vorher noch nicht passiert, dass ein Mädchen sich so für ihn interessierte. Er mochte Lisa und hatte auch schon von ihr geträumt: Sie waren zusammen im Schwimmbad und sahen sich lange an. Lisa hatte jetzt im Sommer viele kleine Sommersprossen um die Nase und ihre blauen Augen waren wunderschön. Sie und Alfred waren auch im Traum vorsichtig, damit die anderen aus der Klasse nichts davon mitbekamen. Beide wollten das Lästern nicht haben. Sie wollten ihre Ruhe, wollten in Ruhe ihr kleines Glück genießen.

»Na, du Träumer?« Vater war von der Arbeit nach Hause gekommen und stand in der Tür. Alfred fühlte sich durchschaut. Da nutzte es nichts, irgendetwas abzustreiten. Vater lächelte und er hielt etwas hinter seinem Rücken versteckt.

»Guten Abend, Vater?!« Alfreds Blick war eine Mischung aus ertappter Verlegenheit und echter Neugier.

»Was hältst dann du davon, wenn wir zwee am Sonntag

spaziergeh'n?« Na toll! Vater wollte mit ihm also einen langweiligen Sonntagnachmittagsausflug machen. Alfred hatte sich doch schon für Sonntag mit Lisa verabredet. Aber das wollte und konnte er Vater nicht sagen. Und dann holte Vater eine leuchtrote Zeitschrift hinter seinem Rücken hervor. ›Weltmeisterschaftslauf – Internationales Solitude Rennen‹.

»Mensch Papa! Gehen wir etwa zum Rennen?« Alois Boheim nickte seinem Sohn zu.

»De ganze Sippschaft: Onkel Edwin und seine Familie, die andern vo der Baracke – und wir zwee geh'n mit.« Alfred umarmte seinen Vater. Ein Rennwochenende! Und sie gingen hin, zum *Großen Preis* von Deutschland. Lisa würde das sicher verstehen. Sie konnten sich auch an einem anderen Tag treffen, Rennwochenende hingegen war nur einmal im Jahr. Vielleicht ging sie ja auch mit. Vater hatte das Programmheft von einem Arbeitskollegen bekommen. Die Hausaufgaben waren vollends vergessen. Alfred blätterte aufgeregt in dem Heft vor und zurück und blieb dann auf den ersten Seiten am Grußwort des Baden-Württembergischen Ministerpräsidenten Gebhard Müller hängen, der in diesem Jahr Schirmherr des Rennwochenendes war:

Eines kann man der Solitude-Rennstrecke nicht nehmen: sie ist die populärste Rennstrecke der Welt. Keine andere, ob in Europa oder Übersee [...] vermag die Massen ebenso zu faszinieren, wie der Gebirgsrundkurs vor den Toren Stuttgart mit seinen 11,5 km Länge.
Der Ausbau der Solitude-Rennstrecke ist in diesen Tagen beendet worden, so daß in diesem Jahr neben Motorrad-Rennen erstmals auch Sportwagen-Rennen zugelassen werden konnten. [...]

Als Schirmherr des Internationalen Solitude-Rennens 1956 begrüße ich die Rennfahrer, die sich aus dem In- und Ausland am 21. und 22. Juli 1956 auf der Solitude-Rennstrecke einfinden und dort, beseelt von fairem Sportsgeist, ihr ganzes Können einsetzen werden.

Von Peter hatte Alfred gehört, dass wieder weit über vierhunderttausend Besucher zu den beiden Renntagen erwartet wurden. Das Gebiet um die Strecke wurde zum Sperrgebiet erklärt. Jeder Besucher war zwar verpflichtet eine Eintrittskarte zu kaufen, tatsächlich würde aber auch in diesem Jahr nur rund ein Drittel für das Spektakel bezahlen. Die meisten Motorsportbegeisterten konnten oder wollten sich die Tickets nicht leisten. Als Ortskundige wussten sie, an welchen Stellen sie problemlos an die Strecke kommen konnten. Es gab zwar viele Wachposten, aber die hatten auch alle Familie und Freunde.

»Das muss ich unbedingt Bärbel zeigen! Darf ich?« Alfred hielt das rote Programmheft in die Höhe und sah seinen Vater fragend an.

»Kimmst halt ni a su spät häm.« Alois Boheim lächelte seinem Sohn hinterher, der bereits mit großen Sprüngen das Treppenhaus hinunter hüpfte – immer drei Stufen auf einmal. Alfred rannte, mit dem Programmheft unter dem Arm zur Barackensiedlung. Nach nur wenigen Minuten stand er keuchend vor Fietzens Haustür und klopfte.

»Ach Alfred, du bist es.« Tante Marie rief ihre Tochter Bärbel aus dem Wohnzimmer.

»Schau mal!« Triumphierend streckte Alfred Bärbel das rote Heft entgegen.

»Woher hast du das?«, fragte sie ihren Cousin.

»Vater hat es von der Arbeit mitgebracht. Wir gehen

alle am Wochenende zur Rennstrecke. Ist das nicht toll?!« Bärbel nickte. Das war auch für sie eine Überraschung. Obwohl sie für gewöhnlich die erste war, die von solchen Neuigkeiten Wind bekam.

»Klar, das ist eine Supersache!«, sagte Bärbel und klopfte Alfred mit einem kräftigen Schlag auf die Schulter. Schnell waren die anderen Kinder der Siedlung informiert. Und von da an gab es nur noch ein Thema. Sie redeten aufgeregt durcheinander: Motorradmarken und -typen, PS-Zahlen, Hubräume, Fahrernamen, Platzierungen bei den letzten Rennen – die Rennsportbegeisterung kannte keine Grenzen. Dazu passte das wohl bekannte Knattern, das nun rasch näherkam und lauter wurde. Peters großer Bruder Hubert hatte ein Moped, eine NSU-Quickly mit 50 Kubikzentimeter Hubraum und 1,4 PS, Baujahr 1953. Hubert bremste kurz vor der Gruppe scharf ab. Der Hinterreifen des Mopeds blockierte und Split spritzte. Huberts ›Bolide‹ wurde von den Kindern nun umlagert.

»Und mit dem fährst du beim Rennen mit?«, fragte Alfred ungläubig. Hubert schüttelte den Kopf, machte den Motor aus und lachte.

»Schön wär's. Aber dazu brauchst du eine Rennlizenz und die habe ich nicht – zu teuer.« Der stolze Moped-Besitzer rieb Daumen und Zeigefinger gegeneinander. Und dann erklärte Hubert den umstehenden Motorsportbegeisterten den Motor.

»Dürfen wir eine Runde drehen?« Peters Dackelblick ließ Hubert kalt.

»Keine Chance. Viel zu gefährlich.« Da war nichts zu machen. Hubert hatte Angst, dass seinem ›heiligen Blechle‹ etwas passieren könnte. Er verdiente zwar gut bei seiner Arbeit in der *Leonberger Bausparkasse*, aber er war schließlich kein Krösus. Hubert hatte das Geld – immerhin vierhundert Mark – mühsam ansparen müssen und sich erst vor zwei Monaten das Moped gebraucht kaufen können.

»Aber auf dem Gepäckträger kann ich jemanden mitnehmen.« Und dann standen alle für eine Runde auf der *NSU* Schlange. Die Straße hoch, Kehrtwende und wieder zurück zur Baracke von Bärbels Familie.

»Der Nächste bitte.« Alfred stieg auf den Gepäckträger und hielt sich an Hubert fest. Das war schon etwas anderes, als mit dem Fahrrad durch die Gegend zu treten. Der Wind fegte ihm um die Nase und die Vorfreude auf das Rennen wuchs mit jedem Meter. Abgase des Zweitaktgemischs lagen in der Luft, ein Duft von großer, weiter Welt.

Am nächsten Tag nach der Schule machten sie sich auf zur Rennstrecke im ›gemähten Tal‹, dem Mahdental. Es waren nur ein paar Kilometer und sie mussten sich an den Streckenposten vorbeischleichen, denn die Gegend gehörte bereits zum Sperrgebiet. Vom Waldrand oberhalb des Seehauses am Glemseck hatte man einen guten Überblick. Die Jungen und Mädchen hielten sich im Gebüsch gut versteckt. Unten an der Strecke herrschte geschäftiges Treiben: Die Vorbereitungen für die WM-Läufe wurden getroffen. Am Straßenbelag wurde noch gearbeitet, die Tribünen wurden aufgebaut, Strohballen am Fahrbahnrand gestapelt. Man hatte viel Geld in den Ausbau der Strecke gesteckt und Alfred freute sich schon auf die Rennwagen *von Porsche, Borgward, Alfa Romeo, Volvo, Simca, NSU* und *Auto Union.*

»Schau mal, da sind schon die Ersten im Fahrerlager.« Paul zeigte auf eine Gruppe von Männern, die um ein Motorrad herumstanden.

»Was ist das für eine Maschine?« Daniela wollte es von

den selbst ernannten Motorradexperten genau wissen.

»Das ist eine Zweihundertfünfziger, glaube ich.« Paul kniff sein rechtes Auge fachmännisch zusammen, um das Motorrad besser in Augenschein nehmen zu können.

»*Eine NSU Supermax*, das neuste Modell mit 18 PS.« Peter war ein wandelndes Motorradlexikon. Er las regelmäßig die Motorsportzeitschriften seines großen Bruders. Dort war die Neuentwicklung der Neckarsulmer in einem Beitrag mit Text und mehreren Fotos abgedruckt gewesen. Die Hochachtung der anderen war ihm sicher.

»Du kennst dich aber gut aus!«, schwärmte Christa und wurde rot, als sie sah, wie die anderen über sie kicherten.

»Wer ist der Fahrer?« Georg lenkte die Aufmerksamkeit wieder auf das Training unten auf der Strecke.

»Das könnte Rolf Hartmann sein. Der startet für das *NSU*-Werksteam.« Man konnte die grauen Mechanikerhosen mit dem *NSU*-Emblem erkennen, die die meisten der Umstehenden anhatten. Dann heulte der Motor auf, der Fahrer setzte seinen Helm auf und fuhr zurück auf die Strecke. Er gab Vollgas und sauste die Hedersbachkurve hinauf Richtung Frauenkreuz.

»Junge, Junge! Der hat aber einen Zacken drauf!« Paul staunte nicht schlecht. Der Fahrer legte sich in die Kurve, sodass sein Knie fast den Asphalt streifte.

»Mal sehen, wie lange er braucht für eine Runde.« Georg schaute auf seine Armbanduhr und stoppte die Zeit. Nach sechs Minuten hörten sie das hohe Kreischen des Motors und kurz darauf den Fahrer, der mit Vollgas in die Start-Ziel-Gerade einbog.

»Der hat gut und gerne seine zweihundert Sachen drauf.« Bärbel meinte, sich mit hohen Geschwindigkeiten auszukennen, schließlich raste sie auch mit ihrem Fahrrad durch die Stadt. Der Fahrer bog wieder ins Fahrerlager ein, stieg von seiner Maschine und schüttelte den Kopf. Mit irgendetwas schien er noch nicht zufrieden zu sein. Die Mechaniker schraubten am Motor herum, prüften die Bremsen, die Stoßdämpfer, die Reifen, reinigten die Brille und nach kurzer Pause ging der Fahrer wieder auf die Strecke.

»Was macht ihr denn da?« Ein Mann war plötzlich hinter ihnen aufgetaucht. Vor lauter Begeisterung für das Treiben an der Strecke, hatten sie sich nicht mehr umgesehen.

»Wir bereiten uns auf das Rennen vor.« Bärbel war selten um eine schlagfertige Antwort verlegen.

»Soso, auf das Rennen … Ihr wisst doch, dass das Eindringen ins Sperrgebiet verboten ist.« Die Mädchen und Jungen nickten verlegen. Klar wussten sie das. Aber das machte die Sache nur noch reizvoller.

»Nun macht, dass ihr nachhause kommt. Am Wochenende gibt's wieder was für euch zu sehen.« Die Kinder nahmen die Beine in die Hand und der Mann lächelte ihnen nach. Man konnte ihnen nicht böse sein. Er verstand sie gut.

Endlich war Samstag! Alfred wachte schon um sechs Uhr auf und zog sich rasch an. Er verschlang sein Frühstück und drängelte seinen Vater, endlich loszugehen.

»Sachte, sachte, mein Jonge. A su eilig hamm wa's ni.« Vater packte Vesper und Wasserflaschen in seinen Rucksack. Es würde ein langer Tag werden und an der Strecke Essen zu kaufen konnten sie sich nicht leisten. Auf dem Weg Richtung Autobahn kamen sie an den Baracken vorbei und klopften bei den Verwandten.

»Ihr seid 's. Wir sind gleich fertig.« Bärbel hüpfte zurück in die Wohnung.

»Morgen Lois.« Marie Fietz umarmte ihren Schwager und bat ihn in die Küche. Bärbels Geschwister und ihr Vater packten die Sachen zusammen und los ging es. Auf der Straße trafen sie auf die anderen Kinder und ihre Eltern aus der Siedlung. Alles war auf den Beinen und ging zum Rennen. Nach einer guten halben Stunde Fußmarsch waren sie unterhalb des Rappenhofes angekommen. Dort bogen sie nach links ab und gingen über den dort eingerichteten Parkplatz. Die Parkwächter hatten mit den anfahrenden Fahrzeugen so viel zu tun, dass sie die im Wald verschwindenden Besucherströme nicht ernsthaft aufhalten konnten. Bärbels Vater war ein Pilzsammler und kannte sich in den Wäldern rund um Leonberg sehr gut aus.

»Wir geh'n hintern Rappenhof eis Krummbachtal, am Freibade vorbei zum Planhaus und dann zur Spitzklinge an der Strecke.« Das war zwar ein ziemlicher Umweg, aber die Gefahr, von Wächtern aufgegriffen zu werden, war in dem großen Waldgebiet nördlich der Strecke relativ gering. Und im Mahdental hatte man einen guten Überblick auf einige der engen Kurven des Rundkurses. Es war später Vormittag, als sie aus dem Wald kamen und vor sich die vorbeirasenden Motorräder sahen. Gerade lief das Abschlusstraining der Motorräder bis fünfhundert Kubikzentimeter. Es war die Königsklasse und die besten Rennfahrer lieferten sich einen heißen Kampf um die Weltmeisterschaft.

»Brotzeit!«, grölte Georgs Vater über die Lichtung. Aber niemand verstand ihn, denn der Lärm der hochdrehenden Rennmotoren war ohrenbetäubend.

»Jetzt wird erschd amål gevespert.« Edwin Fietz packte seinen Rucksack aus und verteilte die Butterbrote an seine Kinder. Alois Boheim und Alfred bissen ebenfalls beherzt in ihr Mitgebrachtes.

Nach einer kurzen Pause zischten die Motorradgespanne durch die Kurven. Auch sie hatten vor dem morgigen

WM-Lauf ihr Abschlusstraining, bevor um vierzehn Uhr der erste und einzige WM-Lauf der Klasse bis hundertfünfundzwanzig Kubikzentimeter gestartet wurde. Das Rennen ging über neun Runden, über einhundertzwei Kilometer waren zu absolvieren.

»Da kommen sie!« Der schrille Lärm der Motoren war in der Ferne zu hören. Die Fahrer bremsten vor der Haarnadelkurve im Schattengrund ab und gaben gleich darauf wieder Vollgas. Keine fünfzehn Sekunden später rasten die Führenden mit über hundertachtzig Stundenkilometern an der kleinen Zuschauergruppe an der Spitzklinge vorbei.

»Ubbiali mit der Nummer 150 führt!« Kurz dahinter jagte das restliche Feld durch die Kurven. Die Kinder hielten sich die Ohren zu, so laut war es. Es war ein harter Kampf um die Plätze. Die Führung wechselt ständig, bevor am Ende ein Italiener gewann.

Um fünfzehn Uhr war der Renntag schon vorbei. Die Fans machten sich auf den Nachhauseweg und diskutierten über Motorradmarken, Pferdestärken, Rundenzeiten und die Rennfahrer. Und eines war klar: Morgen würden sie wieder an der Strecke sein und dann auch beim Autorennen zuschauen.

»Vater, gab's früher im Sudetenland auch Motorradrennen?«, fragte Alfred den Vater.

»Nein, mein Jonge. A su was hat's friher bei ons dahäme ni gegeb'n.« In den Wäldern rund um den Altvater hatten sich Fuchs und Hase gute Nacht gesagt. Man konnte im Winter Skifahren und auf den wenigen asphaltierten Straßen fuhren nur die Reichen mit ihren Automobilen.

»Seltsam, dass ma eim Jagdrevier vom Herzog a su an Krach veranstaltet.« Tatsächlich waren die Wälder rund um die Solitude das ehemalige Jagdgebiet der württembergischen Herzöge gewesen. Auch heute noch konnte man in der Dämmerung Hirschen oder Wildschweinen begegnen. Aber bei vierhunderttausend Besuchern rund um die Rennstrecke und dem ganzen Motorenlärm hielt sich das Wild gut versteckt.

Am Sonntagmorgen waren sie wieder alle früh um sieben auf den Beinen, pilgerten zur Strecke und nahmen ihren bekannten Schleichweg vom Vortag. Ihre Plätze waren noch frei, als sie um kurz vor neun an der Spitzklinge eintrafen. Um halb zehn wurde das Rennen der Motorradklasse bis dreihundertfünfzig Kubikzentimeter gestartet, das ein Schotte knapp vor einem Deutschen gewann.

»Deutschland vor!« Die Fans jubelten begeistert. Man war wieder wer in der Welt. Seit dem legendären Gewinn der Fußballweltmeisterschaft vor zwei Jahren in der Schweiz, hatten die Deutschen wieder was zu jubeln. Das war auch im Motorsport beim *Großen Preis von Deutschland* so.

Um elf wurde das Rennen der Zweihundertfünfziger ausgetragen, das von drei Italienern dominiert wurde. Dann rasten die großen Fünfhunderter-Maschinen durch die Kurven. Auch in diesem Rennen wurde es nichts mit einem deutschen Sieg. Es gewann der Ire Armstrong. Dann aber kamen um zehn nach zwei am Nachmittag die Gespanne. Und dieses Rennen wurde zu einem deutschen Triumphlauf: drei deutsche Paare gewannen den Lauf.

Und um halb Vier schließlich fiel der Startschuss für das Internationale Solitude-Rennen der Sportwagen. Herrmann und Berghe von Trips lieferten sich an der Spitze ein heißes Duell. Beide fuhren mit einem *Porsche*. Herrmann gewann am Ende mit fünf Sekunden Vorsprung auf Berghe von Tripps. Dritter wurde der DDR-Fahrer Barth auf einem Rennwagen der Automobilwerke Eisenach.

»Den Kommunisten ordentlich ei de Fresse gerotzt.« Jubelnd riss Edwin Fietz nach der Ergebnisdurchsage die Arme in die Höhe. Er konnte die Leute aus der ›Ostzone‹, wie die *Deutsche Demokratische Republik*, die *DDR*, von den meisten Westdeutschen genannt wurde, nicht leiden. Edwin Fietz, Alois Boheim und viele andere Sudetendeutsche machten die Sowjets auch für ihre Vertreibung verantwortlich. So sahen sie es, davon waren sie überzeugt. Sie konnten sich nicht eingestehen, dass die Deutschen selbst für den Krieg und die Niederlage, für Vertreibung, Elend und Not in Europa verantwortlich waren. Sie hatten die besten Jahre ihres Lebens als Soldaten für einen Verbrecherstaat sinnlos geopfert. Das war mehr, als viele sich eingestehen konnten. Deshalb brauchten sie ein Feindbild. Und so mussten die Deutschen aus der ›Ostzone‹ zumindest als sportliche Gegner herhalten.

»Komm Onkel, lass gut sein.« Alfred wusste noch nicht genau, warum er die Reaktion seines Onkels nicht gut fand. Das würde er erst später verstehen. Heute waren sie am Ende des Tages glücklich über tollen Motorsport, den sie hautnah miterlebt hatten. Sie strömten nach dem letzten Rennen zusammen mit hunderttausenden anderer Zuschauer nach Hause. Alfred ging neben seinem Vater her und bemerkte, wie dieser ganz in Gedanken war.

»Woran denkst du?« Alois Boheim zuckte mit den Schultern. Alfred wusste, dass er nachbohren müsste, wollte er den Grund des Grübelns wirklich erfahren. Also bohrte er. Sie blieben etwas hinter den anderen zurück. Und schließlich rückte der Vater damit heraus. Es waren immer wieder die gleichen Bilder, die ihm durch den Kopf gingen. Die er vor sich sah, als sei es gestern gewesen: Wie der eisige Wind über den zugefrorenen See blies – wie er fast eingebrochen und ertrunken wäre – die dröhnenden

Motoren, die näherkamen …

»Ich krieg den Krieg eifach ni aus meim dummen Koppe!« Der Vater lächelte bitter. Alfred wollte doch so gerne wissen, was ihn so bedrückte. Aber es war für Vater so schwer, darüber zu reden.

»Ich hör bei dem Gedröhne immer wieder de Panzer rollen. Ich sitz eim Gebüsche und seh, wie se an uns vorbeidonnern; ein Höllenlärm!« Alois Boheim verzog bei diesen Gedanken das Gesicht, als wären der ohrenbetäubende Krach der Motoren und Panzerketten, der Kanonendonner, das Geschützfeuer, das Geschrei der Soldaten, die Rufe der Verwundeten gegenwärtig. Dabei war der Krieg seit elf Jahren vorbei. Aber was sind schon elf Jahre? Für Kinder scheint es eine Ewigkeit zu sein. Auch Alfred konnte sich an das, was vor elf Jahren gewesen war, nicht mehr erinnern. Kein Wunder, damals war er noch ein Säugling gewesen.

»Das muss schlimm gewesen sein.« Alfred legte die Hand auf Vaters Rücken und spürte dessen Zucken. Alois Boheim wandte sich ab, zog sein Taschentuch aus der Hose und schnäuzte sich.

»Ja, das war schlimm, mein Jonge, schlimm, schlimm, schlimm! Kimm jetzt. Das passt doch ni zu so am schen'n Tage!« Vater hatte sich gefangen, verdrängte den bösen Spuk aus seinen Gedanken, nahm Alfred bei der Hand. Sie schlossen bald wieder zu den anderen auf und spazierten strammen Schrittes zurück Richtung Leonberg.

Zirkus Serafini

Die Sommerferien hatten begonnen – endlich! Die Schulkinder genossen ihre freie Zeit. Nur die wenigsten fuhren in den Urlaub, denn Geld für Reisen hatten nur wohlhabende Familien. So nutzten die Kinder die Attraktionen vor Ort und verbrachten die meiste Zeit im Freien. Das Wetter war prächtig, wie geschaffen für Freiluftabenteuer. Alfred und seine Freunde verabredeten sich an verschiedenen Stellen in der Stadt. An einem Nachmittag Ende Juli, die Kinder der Barackensiedlung hatten sich zum Baden verabredet, entdeckte Alfred an einer Kreuzung große Tafeln mit einem bunten Clown darauf: ›Zirkus Serafini – Premiere am 1. August um 19 Uhr auf dem Festplatz beim Reiterstadion, weitere Vorstellungen am 2./3./4./5. August jeweils um 15 Uhr und 19 Uhr – Eintritt 5.-/3.- DM‹. Das war ja ein Ding! Ein Zirkus kam in die Stadt. Wahrscheinlich waren sie schon am Aufbauen. Das mussten die Freunde aus der Barackensiedlung ja wissen. Schließlich wohnten sie direkt neben dem Festplatz.

Kurz darauf trafen sich die Freunde vor dem Eingang zum Eltinger Freibad. Dieses Mal hatten alle genug Geld für den Eintritt mitgebracht. Sie wollten nicht noch einmal vom Bademeister erwischt werden.

»Habt ihr schon gesehen? Der Zirkus Serafini kommt in die Stadt.« Bärbel winkte scheinbar gelangweilt ab.

»Wissen wir doch längst. Gerade bauen sie das große

Zelt auf.« Es war keine Frage, sie wollten die Vorstellung sehen. Die Frage war mal wieder, wie sie an das Geld für die Eintrittskarten kommen konnten.

»Wir verkaufen Paul als Clown an den Zirkusdirektor. Da bekommen wir alle eine Dauerkarte.« Georg konnte Pauls Fußtritt gerade noch ausweichen.

»Blödmann!« Bärbel sorgte im Handumdrehen für Ruhe, schließlich waren ernsthafte Vorschläge gefragt. Als Artist kam keiner von ihnen infrage. Daran hatten die Leute vom Zirkus sicher kein Interesse.

»Vielleicht können wir uns irgendwie nützlich machen. Den Stall ausmisten oder so.« Daniela hatte manchmal richtig gute Ideen, das musste Bärbel neidlos anerkennen. Sie gingen schwimmen und dachten über Danielas Vorschlag nach. Nach einigen Minuten warfen sie sich nass und schweratmend von der gerade beendeten Wasserschlacht auf ihre Handtücher.

»Wir fragen einfach bei der Direktion nach. Vielleicht haben die ja Arbeit für uns«, schlug Alfred vor. Abgemacht. Nach einer weiteren Baderunde gingen sie Richtung Festplatz. Das große Zelt stand schon, Schubkarren mit Sägemehl wurden ins Innere gekarrt. Die Manege bekam den typisch weichen Belag, auf dem sich die Welt der Akrobaten, Artisten und Dompteure abspielte.

»Was wollt ihr denn hier?« Ein braungebrannter Riese mit nacktem Oberkörper und Bartstoppeln im Gesicht hatte sich vor ihnen aufgebaut. Mit dem war nicht gut Kirschen essen.

»Wir wollten fragen, ob wir uns vielleicht irgendwo nützlich machen können?« Der Riese verlor seinen mürrischen Gesichtsausdruck und schien angestrengt zu überlegen. Da kam eine Frau im eleganten schwarzen Anzug dazu.

»Willkommen im Zirkus Serafini! Für tüchtige Helfer gibt es bei uns immer etwas zu tun, nicht war Alfonso?« Der Riese nickte.

»Nur hereinspaziert meine Damen und Herren, nur hereinspaziert!« Das musste die Direktorin sein, daran gab es keinen Zweifel. Bärbel schaute verschwörerisch in die Runde und ballte kaum merklich ihre Siegesfaust. Das hatte ja besser geklappt, als vermutet. Frau Serafini – zumindest vermuteten alle, dass sie so hieß – nahm die ganze Bande im Schlepptau mit auf eine kurze Besichtigungsrunde. Anschließend verteilte sie die Arbeitskräfte: Daniela, Christa und Bärbel durften im Pferdezelt beim Ausmisten helfen. Paul, Georg und Alfred falteten mit mäßiger Begeisterung im Kostümwagen die frisch gebügelte Artistenwäsche. Das hatten sie sich anders vorgestellt. Aber Hausarbeit fiel eben auch im Zirkus an.

»Hier könnt ihr Alfonso beim Füttern helfen, nicht wahr Amigo?« Sie tätschelte dem Dompteur die Schulter und verabschiedete sich von den letzten Helfern. Peter und Karl würden den beiden sibirischen Tigern die rohen Fleischstücke zuschneiden.

»Ich muss nun zurück in die Direktion. Ihr könnt nachher Euren Lohn bei mir in dem Wagen dahinten abholen.« Sie zeigte zum Ausgang des Geländes. Nun waren die Kinder für die nächsten Stunden Mitglieder der Zirkusfamilie Serafini.

»Zirkusgäule machen auch nur jede Menge Mist.« Daniela hatte Mühe mit der Mistgabel die vielen Pferdeäpfel zu hantieren.

»Stallarbeit ist ein Knochenjob, merkt euch das.« Luigi, der Pferdepfleger zeigte Christel, wie man die Pferde striegelte, ihnen die Hufe auskratzte und das frische Stroh ausstreute. Bärbel fuhr mit der halbvollen Schubkarre zum frisch angelegten Misthaufen hinter dem Stallzelt. Die Pferde schauten gelassen auf die neuen Mitarbeiterinnen. Von Christel bekamen sie ein paar Möhren. Es waren an die zwanzig Araber, die später in der Vorführung ihre Kunststücke zeigen sollten. Luigi war ihr Pfleger und half bei der Dressur.

»Pferde brauchen doch jede Menge Bewegung. Wie bekommen die denn genug Auslauf, hier in dem engen Zirkusgelände?« Daniela wusste viel über Pferde. Sie hatte es von ihren Eltern aus Ostpreußen gelernt. Dort hatte die Familie einen ganzen Stall voller Pferde zum Arbeiten und für die Freizeit gehabt.

»Hier in Leonberg ist das kein Problem«, sagte Luigi, »Die Pferde können im Reiterstadion zwischen den Vorstellungen ihre Runden drehen und sich austoben. In anderen Quartieren ist es schwieriger. Aber die meisten Kinder und Jugendlichen hier können gut reiten – auch ohne Sattel – und helfen mir, die Tiere zu bewegen. Kann von euch jemand reiten?« Die drei Mädchen schüttelten den Kopf.

»Wollt ihr es einmal ausprobieren?« Alle drei nickten eifrig.

»Oh ja, gerne!« Luigi ging zu einem Apfelschimmel, legte ihm Zaumzeug an und sattelte ihn auf. Er stellte die Länge der Steigbügel ein und half Bärbel als Erster auf das Pferd.

»Wie heißt denn das Pferd?« Das wollten Christel und Daniela auch wissen.

»Das ist der gute Caruso, ein Wallach. Die sind etwas ruhiger. Caruso ist siebzehn Jahre alt. Das ist für ein Pferd schon ein hohes Alter. Er ist sehr brav und geduldig und lässt sich fast durch nichts aus der Ruhe bringen.« Bärbel tätschelte Caruso den Hals, um sich mit ihm bekanntzumachen.

Luigi war ein guter Reitlehrer. Zunächst führte er Caruso am Zügel zum Reitplatz. Dann befestigte er eine Longe am Zaumzeug und führte Caruso im Kreis. Bärbel saß zum ersten Mal in ihrem Leben auf einem richtigen Pferd – nicht nur wie früher auf einem Karussellpferd während des Pferdemarkts. Dann durften auch noch Daniela und Christa auf Caruso ihre Runden drehen. Sie würden zuhause was zu erzählen haben und sie würden ihre Eltern ordentlich löchern. Vielleicht durften sie ja mal zum Reiterhof am Tilgshäusle oder zum Reit- und Fahrverein auf dem Rappenhof. Pferde gab es in und um Leonberg herum ja genügend. Die Bauern verwendeten Warm- und Kaltblüter als Arbeitspferde, nur wenige hatten bereits Traktoren für die Landwirtschaft. Die Mädchen jedenfalls hatten ein neues Hobby für sich entdeckt.

»Was für tolle Klamotten!« Georg war von den Kostümen der Artisten schwer beeindruckt. Bunte Glitzerstoffe, edle Borten, Lederaufsätze, schicke Knöpfe, Litzen und Kragen, Schulterklappen an den Fantasieuniformen der Helfer – es war doch nicht so langweilig, wie er zunächst befürchtet hatte.

»Wo kann man die denn kaufen?«, wollte Paul wissen.

»Das ist reine Handarbeit. Die habe ich alle selbst genäht. So etwas bekommt man in keinem normalen Kleidergeschäft. Außerdem wäre das viel zu teuer.« Signora Serafini, die Mutter der Direktorin, war Herrin über die Zirkusgarderobe. Es gab hier ständig Kleidung zu waschen, zu flicken, zu bügeln, abzuändern und Neues zu schneidern.

»Und das machen sie alles ganz alleine?« Alfred konnte es kaum glauben – solche Riesenmengen Wäsche.

»No, no, no! Die Mädchen und auch einige Frauen helfen mir immer wieder dabei. Sonst käme ich aus dem Waschen, Nähen und Bügeln gar nicht mehr raus.« Schließlich war Signora Serafini nicht mehr die Jüngste.

Der braungebrannte Riese, der sich den Kindern vorhin noch etwas barsch in den Weg gestellt hatte, war Alfonso der Raubtierdompteur. Peter und Karl durften bei der Fütterung seiner beiden sibirischen Tiger helfen. »Hier hast du das Messer. Damit kannst du die Stücke abschneiden. Aber Vorsicht! Das Messer ist höllisch scharf«, wies er seine Helfer an.

»Was für Riesenkatzen!« Peter war tief beeindruckt von der Größe der Tiere, die unruhig im Käfig hin- und hergingen.

»Die haben wohl Hunger?« Karl hatte selbst leichtes Magenknurren

»Si, Tom und Jerry bekommen nur einmal am Tag etwas zu fressen.« Alfonso hievte ein riesiges Stück Fleisch auf eine Schubkarre.

»Tom und Jerry?«, fragte Peter verwundert.

»Si, so heißen die beiden. Es sind zwei Brüder und sie streiten sich ziemlich oft wie Katz und Maus. Ich mag die Zeichentrickfilme, deshalb habe ich sie Tom und Jerry genannt.« Das konnte Karl gut verstehen. Er und die anderen hatten im Kino auch schon Tränen gelacht, wenn Kater Tom ein ums andere Mal vergeblich Jagd auf die listige Maus Jerry machte. Der Kleine wischte dem Großen immer wieder eins aus.

»UUUUAAAAARRRRGH!!!« Was war das? Peter und Karl erschraken ganz schön und Alfonso musste laut lachen.

»Dio mio! Unsere beiden Kätzchen haben Hunger. Also, avanti!« Tigergebrüll war nichts für schwache Nerven, soviel stand mal fest!

»Was bekommen die denn?« Peter säbelte vergeblich

an dem Fleisch herum. Die Sehnen und Knochen waren im Weg und es ließen sich nur schwer kleinere Stücke daraus machen.

»Das ist leckere Gazelle! No, scusi, das war nur ein Scherz. Normalerweise verfüttern wir Rindfleisch.

»Das ist ja 'ne halbe Kuh! Wie viel verschlingen die denn so am Tag?« Alfonso winkte ab.

»Jeder von denen bekommt ungefähr fünf Kilo Fleisch pro Tag. Aber Tom und Jerry wiegen ja auch jeweils zweihundertfünfzig Kilo und ernähren sich ausschließlich von dem da.« Alfonso hatte nun selbst die Portionierung übernommen und warf die abgeschnitten Fleischklötze in große Eimer.

»UUUUAAAAARRRRGH!!!« Endlich waren die Vorbereitungen abgeschlossen und die drei näherten sich dem Käfigwagen. Alfonso befestigte das erste Stück Fleisch an einem großen Haken, der an einer langen Eisenstange montiert war. Damit schob er den beiden hungrigen Raubtieren ihr Fressen unter dem Gitter durch ins Wageninnere. Tom war der Schnellere und Jerry fand das gar nicht lustig. Er fauchte und knurrte seinen Bruder lautstark und wütend an.

»Das ist wahre Bruderliebe was?« Alfonso beeilte sich mit dem zweiten Happen, damit beide Kater beschäftigt waren und sich nicht länger gegenseitig das Futter streitig machen mussten.

»Wann trainieren Sie denn mit Tom und Jerry?« Alfonso schaute Peter etwas verdutzt an.

»Amigo, merke dir eins! Im Zirkus gibt es keine Sies. Wir sind eine Familie und in einer Familie duzen wir uns, capisco?« Peter und Karl nickten.

»Wenn die beiden ihre Portionen runtergeschlungen haben, dann werde ich mit ihnen arbeiten.« Darauf waren die beiden Jungen jetzt schon sehr gespannt. Neulich hatten sie im Deutschunterricht bei Herrn Seifert ein Gedicht von Rainer Maria Rilke gelesen. Es hieß *Der Panther* und handelte von einer alten Raubkatze im Zoo, die hinter Gitterstäben trübsinnig geworden war. Davon war bei den beiden Tigern hier nichts zu merken.

»Avanti Ragazzi! Gemma, gemma, gemma!« Alfonso trieb die beiden Sattgefressenen durch den Gang hinter dem Wagen zu einem vergitterten runden Platz hinter dem großen Zelt. Dieses Gitterrund wurde bei den Vorstellungen in der Manege aufgebaut, es war also das vertraute Gehege für die Raubtierdressur. Alfonso ließ die Peitsche knallen und Tom und Jerry trotteten widerwillig fauchend und knurrend zu ihrem Arbeitsplatz. Im Rund waren drei Podeste aufgestellt. Auf zwei davon setzten sich die beiden Katzen und warteten auf ihren Anführer. Alfonso öffnete eine schmale Tür im Gitter und stand nun vor den riesigen Tieren.

»UUUUAAAAARRRRGH!!!« Tom war gar nicht damit einverstanden, dass er sich von seinem Platz erheben und auf das dritte Podest springen sollte. Peter und Karl sahen dem Training gebannt zu. Alfonso musste Nerven wie Drahtseile haben, soviel stand fest.

»Forza, Ragazzo!« Der Dompteur ließ sich nicht aus der Ruhe bringen und bestand darauf, dass Tom sich von seinem Platz erhob. Missmutig fauchend erhob sich das Männchen und hieb mit seiner Vorderpranke immer wieder gegen Alfonsos Peitsche. Aufreizend langsam bewegte er sich auf das Hindernis zu und setzte dann, fast aus dem Stand zu einem gewaltigen Sprung an.

»Bravo!«, rief Karl und Alfonso verbeugte sich vor seinen zwei jungen Zuschauern. Inzwischen waren auch noch andere Männer der Zirkusfamilie zum Training erschienen. Falls Alfonso von einer der beiden Raubkatzen angegriffen werden sollte, mussten mehrere Männer einspringen. Peter entdeckte bei einem der Außenstehenden ein großes Gewehr.

»Die werden doch keinen abmurksen!« Peter war besorgt, aber Karl meinte, dass es wohl nur im Notfall benutzt werden würde. Nach einer Viertelstunde machten Tom und Jerry Männchen, Alfonso verbeugte sich und die Umstehenden klatschten Beifall. So gehörte sich das.

»Na, will einer von euch vielleicht mal in den Käfig kommen?« Peter und Karl erschraken. Das konnte doch wohl nicht Alfonsos Ernst sein?!

»Uuuuaaarrgh, lieber nicht!« Peters Gebrüll hörte sich eher nach einem heiseren Miezekätzchen an und die Männer vom Zirkus lachten und schlugen sich auf die Schenkel.

»Keine Sorge Ragazzi, das lassen wir lieber. Schön, dass ihr dabei wart. Bis heute Abend.« Die Jungen verabschiedeten sich von Alfonso und trafen die anderen vor dem großen Zelt, in dem gerade die Hochseilartisten für ihre Darbietung trainierten. Bärbel, Daniela, Christa, Paul, Georg, Peter, Karl und Alfred sahen sich an und gingen dann, ohne ein weiteres Wort in den Zuschauerraum. Anmutig schwangen sich die jungen Mädchen und Frauen mit Salti und Schrauben durch die Luft. Die Jüngste war gerade einmal zehn, höchstens zwölf. Da kam Alfred auf einmal eine kurze Geschichte in den Sinn, die er neulich gelesen hatte. Sie war von Franz Kafka aus Prag und handelte von einem Trapezkünstler, der Tag und Nacht auf dem Trapez blieb. Er wurde von Dienern hoch oben in der Zirkuskuppel versorgt. Auch während der Vorstellungen blieb er bei den anderen Programm-Nummern auf seinem Trapez sitzen. Er war ein außerordentlich guter, unersetzlicher Künstler. Mit Menschen hatte er kaum Kontakt. Nur ab und zu kletterte ein Turnerkollege zu ihm hinauf. Dann unterhielten sie sich.

> *So hätte der Trapezkünstler ungestört leben können, wären nicht die unvermeidlichen Reisen von Ort zu Ort gewesen, die ihm äußerst lästig waren. Zwar sorgte der Impresario dafür, daß der Trapezkünstler von jeder unnötigen Verlängerung seiner Leiden verschont blieb: für die Fahrten in den Städten benützte man Rennautomobile, mit denen man, womöglich in der Nacht oder in den frühesten Morgenstunden, durch die menschenleeren Straßen mit letzter Geschwindigkeit jagte, aber freilich zu langsam für des Trapezkünstlers Sehnsucht; im Eisenbahnzug war ein ganzes Kupee bestellt, in welchem der Trapezkünstler, zwar in kläglichem, aber doch irgendeinem Ersatz seiner sonstigen Lebensweise die Fahrt oben im Gepäcknetz zubrachte.*

Wie es den Artisten wohl mit dem Reisen ging? Alfred musste schmunzeln. Hier schien sich niemand zu langweilen. Die Mädchen und Frauen konzentrierten sich auf ihre Arbeit, hatten dabei aber fröhliche Gesichter. Es schien ihnen Spaß zu machen. Sie waren ja auch keine Soloartisten und litten nicht unter der Einsamkeit. Und sie stiegen nach dem Ende des Trainings wieder aus der Zirkuskuppel herunter.

»Hallo! Wo kommt ihr denn her?« Eines der Artisten-Mädchen war auf die begeistert klatschenden Zuschauer zugegangen.

»Wir haben geholfen und haben euch durch die offene Zeltbahn trainieren sehen. Das ist wirklich toll, was ihr da macht.« Bärbel war vollauf begeistert und die anderen nickten zustimmend.

»Danke. Ich bin Adriana, von den berühmten Garibaldis. Und wie heißt ihr?« Bärbel reichte Adriana die Hand und sie stellten fest, dass sie fast auf den Tag gleich alt waren. Danach stellten sich auch die anderen vor.

»Lucia, komm doch mal her!« Eines der anderen Mädchen aus der Akrobatenfamilie kam schüchtern auf die Zuschauergruppe zu und machte einen Knicks.

»Hallo, ich bin Adrianas kleine Schwester.«

Bärbel stellte die Freunde vor. Und dann erzählten die einen vom Leben in Leonberg, in den Baracken, berichteten von ihren Schulen, ihren Klassen, dem normalen Leben der Sesshaften. Die anderen wurden ausführlich zu ihrem Artistenleben befragt: wo sie zur Schule gingen, wo sie schon überall gewesen waren, wie oft und wie lange am Tag sie für ihre Nummer trainieren mussten, was sie zu essen bekamen, was sie in ihrer Freizeit machten, ob sie sich ein Leben ohne Zirkus vorstellen konnten, ob sie außerhalb des Zirkus' Freunde hatten und so weiter.

»Wir werden von unserer Mutter unterrichtet. Ihr habt sie vorhin wohl schon kennengelernt. Sie ist die Direktorin.«

»Wieso heißt der Zirkus dann Serafini und nicht Garibaldi?«, wunderte sich.

»Mein Großvater hieß Gianluca Serafini, leider ist er vor zwei Jahren gestorben.« Adriana schlug für einen kurzen Moment die Augen nieder, dann erzählte sie weiter.

»Der Zirkus Serafini hat eine lange Geschichte. Lucia, ich und die anderen Kinder sind schon die elfte Artistengeneration. Unsere Oma Maria hat aber nur fünf Töchter und keinen Sohn zur Welt gebracht. So hat meine Mutter als älteste Tochter einen Artisten der Familie Garibaldi geheiratet und vor zwei Jahren die Direktion übernommen. Meine Tanten arbeiten auch alle noch beim Zirkus, haben fast alle geheiratet und Kinder bekommen: 22 Erwachsene und 26 Kinder leben und arbeiten hier – wir sind eine große Familie und fast jeder ist mit jedem verwandt.« Adriana lachte.

»Wir kennen nichts anderes als das Nomadenleben. Wir reisen von Ort zu Ort, bauen auf, trainieren, geben Vorstellungen, bauen ab, reisen weiter – so ist das nun mal. Freundschaften außerhalb der Zirkusfamilie sind natürlich schwierig. Wir haben wohl ein paar Bekannte, die wir jedes Jahr einmal wiedersehen, wenn wir an deren Wohnorten gastieren. Aber das sind immer nur ein paar Tage, da kann eine Freundschaft kaum wachsen.« Dafür hatte Alfred großes Verständnis. Wenn er nur daran dachte, wie schwer sein Neuanfang hier in Leonberg gewesen war. Und erst nach mehreren Wochen und Monaten hatten sich erste Freundschaften ergeben.

»Deshalb ist für uns die Familie ja auch so wichtig. Wir haben eigentlich nur uns. An vielen Orten sind wir nicht gern gesehen. Die Einheimischen wollen mit uns ›Zigeunern‹, wie sie sagen, nichts zu tun haben, obwohl wir gar keine Zigeuner sind. Die ziehen zwar auch von Ort zu Ort, aber sie haben keine Artistentradition. Sie leben eher von Handarbeiten und verdienen ihr Geld als Hausierer und Tagelöhner. Die Garibaldis und die Serafinis dagegen sind alter italienischer Zirkusadel. Unsere Vorfahren haben schon im sechzehnten Jahrhundert an den Fürstenhöfen von Venedig, Florenz, Siena und Pisa Kunststücke vorgeführt. Meine Großeltern kamen dann in den Zwanziger Jahren nach Deutschland. Deshalb können wir auch alle Deutsch.«

»Uns wollen auch viele hier nicht haben«, warf Bärbel

ein, »wir sind Flüchtlinge aus den ehemaligen Ostgebieten des Deutschen Reiches und erst vor ein paar Jahren ins Württembergische gekommen. Manche Leute beschimpfen uns, jagen uns weg, Kinder lassen uns nicht mitspielen.« Wieder ging ein zustimmendes Nicken durch die Runde.

»Dann seid ihr unsere Schwestern und Brüder, kommt mit!« Adriana und Lucia gingen mit den Flüchtlingskindern zu einer großen Gruppe weiterer Zirkuskinder, die vor den Wohnwägen der Artistenfamilien spielten. Die kleinsten trugen noch Windeln und wurden von den größeren getragen, gefüttert und beschäftigt. Erwachsene waren hier keine zu sehen.

»Unsere Väter und Mütter arbeiten und bereiten die Abendvorstellung vor. Ciao amici! Wir haben Besuch! Seht mal, wen wir euch da mitgebracht haben.« Und nun gab es ein großes Hallo. Im Nu hatten sich die Deutschen und die Italiener angefreundet. Sie spielten miteinander, unterhielten sich, soweit das Deutsch der Zirkuskinder dazu ausreichte. Alfred nahm sich fest vor, in der Schule italienisch zu lernen, sobald es dafür ein Angebot gäbe. Ihm gefiel dieser klangvolle Singsang, der mit viel Leidenschaft und Körpereinsatz gesprochen wurde. Da kam Adrianas Mutter.

»Ihr habt euch ja schon bestens eingelebt, das freut mich! Meine jungen Freunde, ihr habt uns bei den Vorbereitungen für unsere Premiere heute Abend so tatkräftig unterstützt, vielen Dank dafür! Ihr seid selbstverständlich unsere Gäste und bekommt die besten Plätze in unserem Zirkuszelt, direkt an der Manege.« Die Zirkuskinder applaudierten lautstark und jubelten, als Frau Garibaldi die Ehrenkarten verteilte. Die deutschen Kinder verbeugten sich etwas verlegen und freuten sich sehr über die großzügige Einladung.

»Vielen Dank, Frau Direktor Garibaldi! Wir fühlen uns sehr geehrt und nehmen die Einladung gerne an.« Bärbel konnte manchmal reden wie ein Politiker, fand Alfred. Aber sie hatte recht mit dem was und wie sie es gesagt hatte.

»Dann bis heute Abend!« Die Zirkuskinder verabschiedeten sich von ihren neuen Freunden und bereiteten sich ebenfalls auf die Vorstellung vor, die in knapp zwei Stunden beginnen sollte.

1956 war ein mittelgroßer Zirkus in einer Stadt wie Leonberg eine echte Attraktion. Es gab nur in großen Städten Theater-, Konzert-, Ballett- oder gar Opernaufführungen. Viele Leonberger hatten die Werbeplakate gelesen und strömten nun auf den Festplatz, um bei der diesjährigen Premiere des Zirkus Serafini dabei zu sein. Die Ehrengäste waren alle nach Hause gelaufen und mussten ihre Eltern nicht lange überreden, mit ihnen am Abend in die Vorstellung zu gehen. So standen auch die Familien Fietz, Grischka, Scholz, Tobien, Wuttke, Graudenz, Koberer und Alfred mit seinem Vater in der Schlange vor dem Kassenhäuschen. Stolz zeigten die Kinder ihre Karten bei Alfonso vor, der sie mit einem breiten Grinsen in das Zelt einließ. Die meisten im Zirkus hatten mehrere Aufgaben, der Dompteur war vor Beginn der Platzanweiser. Eine kleine Kapelle spielte alte Zirkusmelodien, im ganzen Zelt duftete es nach Popcorn und gebrannten Mandeln. Dazu der Geruch von Sägespänen, Pferden und ein Hauch von großer weiter Zirkusluft. Bald hatten alle Zuschauer ihrer Plätze eingenommen, das Licht wurde gelöscht und im weißen kreisrunden Scheinwerferlicht trat die Direktorin Signora Garibaldi in die Mitte der Manege.

»Hochverehrtes Publikum! Im Namen aller Mitarbeiter und Artisten des Zirkus Serafini heiße ich sie und euch heute Abend zu unserer Premierenvorstellung in Leonberg auf das Herzlichste willkommen!« Frau Serafini machte im schwarzen Frack eine gute Figur, dachte Georg. Auf ihrer langen schwarzen Lockenmähne trug sie einen Zylinder und ihre Beine steckten in knallroten Lederstiefeln mit Schäften bis zu den Knien. Nach der Begrüßung sagte Frau Serafini die ersten Artisten an. Eine kreisrunde Scheibe wurde in die Mitte der Manege getragen und unter dem Tusch der Kapelle kam Messerwerfer Giuseppe mit seiner Assistentin Veronica ins Zirkusrund. Giuseppe warf zunächst die blitzenden Schwerter in verschiedenen Mustern auf die Zielscheibe

»Das möchte ich auch können!«, sagte Peter zu Karl, der neben ihm saß.

»Da musst du nur noch ein paar Jahre üben.« Karl hatte sicher recht, dachte Peter und verfolgte gespannt, wie Veronica sich vor die Scheibe stellte und Giuseppe seine Messer ganz dicht um den Körper seiner Assistentin herum platzierte. Sie lächelte dabei und schien überhaupt keine Sorge zu haben, dass der Messerwerfer einen Fehler begehen und sie treffen könnte.

»Die hat Mumm, Mann o Mann!« Bärbel pfiff anerkennend durch die Zähne und applaudierte erleichtert, als Veronica mit strahlendem Gesicht und ausgestreckten Armen nach vorne trat und hinten ihr messerscharfer Umriss auf der Scheibe übrig blieb. Giuseppe verbeugte sich, dann setzte Trommelwirbel ein. Ihm wurden die Augen verbunden, die Scheibe mit Veronica wurde gedreht und der Artist warf die Messer auf Zuruf seiner Assistentin präzise wie ein Uhrwerk. Nach dem neunten Messer ein Tusch, das Licht ging an, die Scheibe wurde angehalten, Giuseppe riss sich die Binde von den Augen und das strahlende

Lächeln von Veronica ließ keinen Zweifel daran, dass die Sensation geglückt war. Tosender Applaus setzte ein. Die Artisten verbeugten sich und verschwanden durch den großen Vorhang am Ausgang der Manege.

Anschließend kamen die Pferde, die von Signora Garibaldi höchstpersönlich vorgeführt wurden. Zu viert, zu acht, zu zwölft galoppierten sie in einer Reihe, in zwei Kreisen gegeneinander, sprangen über Hindernisse, drehten Pirouetten und stellten zum Schluss ihre Vorderläufe auf die Bande der Manege.

»Da ist Caruso!« Daniela erkannte den Apfelschimmel sofort, auf dem sie am Nachmittag zum ersten Mal geritten war.

»Die machen doch nicht nur Mist.« Bärbel war von der Pferdedressur ganz begeistert. Sie würden gleich morgen zum Reitstall gehen. Der Entschluss stand felsenfest. Wieder tosender Applaus und kurz darauf gab es lautes Gelächter. Clown Toni in viel zu weiten Hosen, viel zu großen Schuhen, mit feuerroten Haaren und roter Clownsnase stolperte mit einem alten Überseekoffer in die Manege.

»Hallo Toni. Na, was machst du denn hier?« Signora Garibaldi begrüßte den Clown, der ihr einen Handkuss zuwarf und beim Verbeugen vornüber auf den Boden kippte. Die Leute lachten über die Missgeschicke des Clowns und Alfred fragte sich, warum man das eigentlich so komisch fand. Ihm ging es ja nicht anders. Auch er musste über den Clown und seine angeblichen Tölpeleien herzhaft lachen.

Nach einer weiteren Pferdenummer mit Reiterakrobatik wurde das Fangnetz aufgespannt und Signora Garibaldi kündigte die berühmten Garibaldis an.

»Luftakrobatik am Hochtrapez. Hochverehrtes Publikum: sehen Sie, staunen Sie – die Garibaldiiiiieeees!« Da kamen die Mädchen und Frauen in ihren Glitzerkostümen in die Manege, verbeugten sich graziös – Adriana winkte mit einem Lächeln in die erste Reihe zu ihren neuen Freunden – und schwangen sich dann kopfüber auf das Fangnetz. Von dort kletterten sie an den Strickleitern auf die Podeste an den Zeltmasten hinauf. Zum Schluss kam auch der Fänger, Adrianas Onkel, und setzte sich auf eines der beiden Trapeze, die nun im Takt geschwungen wurden.

»Hoffentlich geht alles gut.« Es war doch gleich ein ganz anderes Kribbeln spürbar, wenn man die Artisten persönlich kannte, dachte Georg. Gekonnt schwangen und sprangen die Mädchen ihrem Onkel in die Arme und wieder zurück. Sie drehten sich, schraubten sich, überschlugen sich und landeten immer präzise in den Händen des Fängers. Es war einfach unglaublich. Wie leicht das aussah! Aber Adrianas neue Freunde wussten inzwischen, mit wie viel Arbeit diese Leichtigkeit verbunden war. Wieder setzte Trommelwirbel ein.

»Hochverehrtes Publikum. Ich möchte Sie für die folgende Darbietung um absolute Ruhe bitten. Adriana Garibaldi, fünfzehn Jahre alt, wird nun versuchen nach einem dreieinhalbfachen Salto mit zwei Schrauben sicher in den Händen ihres Onkels Vincenzo zu landen. Adriana ist weltweit das einzige Mädchen ihres Alters, das diesen Sprung beherrscht.« Der Wirbel wurde lauter und brach dann ab. Die Zuschauer hielten den Atem an. Adriana schwang sich am Trapez immer höher, bis sie mit den Füßen fast am Zeltdach anstieß. Dann ließ sie im Aufschwung das Gerät los, überschlug sich einmal, zweimal, dreimal, drehte sich dabei für das menschliche Auge kaum wahrnehmbar zweimal um die eigene Achse und landete mit einem lauten Tusch genau in den Händen ihres Onkels. Die Spannung löste sich in lautstarkem Beifall und »Bravo!«-Rufen.

»Meine Damen und Herren: Adriana Garibaldi, die

Prinzessin der Lüfte!« Man hört den Stolz der Mutter über die Leistung der Tochter heraus, dachte Bärbel. Dann war Pause. Die Zuschauer strömten in den lauen Abend vor dem Zelt, rauchten, tranken, aßen Popcorn oder mitgebrachte Vesper und unterhielten sich über die Sensationen, die sie gerade gesehen hatten.

»Hallo Prinzessin!« Adriana hatte sich rasch umgezogen und wurde von den Freunden begeistert begrüßt.

»Mensch, Adriana! Du bist ja eine Weltsensation! Meinen Glückwunsch!« Bärbel war schwer beeindruckt und klopfte der jungen Artistin anerkennend auf die Schulter. Peter konnte nicht aufhören in Adrianas Gesicht zu sehen. Wie hübsch sie war! Sie hatte ihm schon nachmittags im Zirkuszelt gut gefallen. Sie war ein rassiger Teenager mit italienischem Temperament und dafür, dass sie ein echter Zirkusstar war, benahm sie sich überhaupt nicht eingebildet.

»Na Peter, alles klar?« Adriana hatte seine Blicke bemerkt und fühlte sich geschmeichelt.

»Jaja, alles klar …« Wahrscheinlich war sie Bewunderung gewöhnt, dachte Peter und ärgerte sich fast schon über sich selbst.

»Komm mit, ich möchte dir etwas zeigen. Ihr entschuldigt uns?« Bärbel nickte Adriana und Peter zu und grinste anschließend in die Runde.

»Na, was wird das wohl mit den beiden?« Bis auf Alfred mussten alle kichern. Dann war die Pause zu Ende. Die Zuschauer strömten wieder an ihre Plätze zurück. Alle saßen, nur Peter fehlte. Wo mochte er nur bleiben? Hatte er sich mit Adriana hinter den Pferdestall geschlichen? Knutschten sie vielleicht miteinander? Den Freunden gingen die tollsten Sachen durch den Kopf. Dann wurde es wieder dunkel, die Kapelle spielte einen Tusch und Signora Garibaldi begrüßte das Publikum zum zweiten Teil des Programms. In der Pause war der Raubtierkäfig in der Manege aufgebaut worden.

»Hochverehrtes Publikum! Sehen sie nun eine echte Rarität. Alfonso Garibaldi ist es gelungen, zwei sibirische Tigermännchen zu zähmen und wird sie nun in einer Dressur zeigen. Die Zuschauer in der ersten Reihe möchte ich bitten, auf keinen Fall zu nahe an die Gitterstäbe zu kommen. Die Tiger sind äußerst bissig und aggressiv. Vielen Dank!«

»UUUUAAAAARRRRGH!!!« Schon hörte man Tom und Jerry durch den Gittergang knurren und fauchen. Langsam trotteten sie zur Musik in die Manege. Plötzlich sprang einer der beiden an die Gitterwandung und brüllte zum Entsetzen der Zuschauer in das Rund.

»UUUUAAAAARRRRGH!!!« Da kam Alfonso durch die enge Tür und knallte mit der Peitsche. Tom schlug wie am Nachmittag im Training mit seiner gewaltigen Vorderpranke nach dem Dompteur, der sich nicht beirren ließ und den Tiger schließlich auf sein Podest komplimentierte. Das Publikum klatschte laut, aber die Anspannung und Faszination für die beiden riesigen Tiere war doch zu spüren. ›Schade, dass Peter das jetzt nicht sieht‹, dachte Karl. Wo war er nur? Unter tosendem Applaus beendete Alfonso seine Dressur und Tom und Jerry trotteten durch den Gang hinaus aus der Manege. Sie hatten für heute Feierabend. Der Vorhang öffnete sich und die rote Nase von Toni war zu sehen. Der schaute sich vorsichtig um, trat heraus, drehte sich um und winkte jemandem.

»Ja, hallo Toni, wem winkst du denn?« Signora Garibaldi wusste natürlich Bescheid, aber sie tat unwissend und Toni zeigte auf den Vorhang. Der Lichtkegel war auf die kleine Öffnung im Vorhang gerichtet, aus der – ganz langsam – eine zweite rote Clownsnase herausschaute.

»Ja, Toni, wer ist denn das?« Toni zog seinen kleinen Clownskollegen aus dem Vorhang und schleppte ihn in die Mitte der Manege. Dann flüsterte er der Direktorin etwas ins Ohr.

»Was? Das ist Pedro? Ja so eine Überraschung! Willkommen Pedro! Willkommen im Zirkus Serafini!« Pedro verbeugte sich artig vor der Direktorin und machte dann einen Knicks vor dem lachenden Publikum.

»Mensch, ich glaube den Clown kenn' ich!« Alfred war der erste, der bemerkt hatte, wer sich hinter dem Clownskostüm verbarg.

»Pedro, ihr Affen! Merkt ihr nichts?« Und dann fiel der Groschen auch bei den anderen. Peter war von Toni zu Pedro gemacht worden. Adriana hatte ihren neuen Freund zum Clown geschleppt und der hatte Peter in seine zweite Nummer eingebaut. Na, das konnte ja heiter werden. Gespannt beobachteten die Kinder ihren Freund in der Manege. »Pedro, wo kommst du denn her?«, fragte Signora Garibaldi. Und Pedro zeigte auf den Vorhang.

»Ja, das weiß ich, dass du aus dem Vorhang herausgekommen bist. Aber woher stammst du? Aus welchem Land, meine ich.« Da malte Pedro mit dem Finger einige große Zacken in die Luft und formte mit den Armen Spitzen über seinem Kopf.

»Ach du meinst, du kommst aus dem Land hinter den sieben Bergen, bei den sieben Zwergen?« Pedro nickte heftig.

»Und wie bist du hierhergekommen?« Jetzt waren Peters Freunde gespannt. Und Pedro zog einen unsichtbaren schweren Wagen hinter sich her, zog dann an einer unsichtbaren Pfeife und stellte eine fahrende Lokomotive dar.

»Du bist also mit einem Karren hierhergezogen worden

und mit dem Zug gefahren?« Wieder nickte Pedro und Peters Freunde fanden, dass er sich ganz prächtig machte als Clownslehrling. Dann baute Toni seinen neuen Kompagnon in seine Jonglage Nummer ein. Pedro fing Bälle, trug den großen Koffer, kippte mit dem Einrad um und wurde unter stürmischem Beifall von Toni wieder durch den Vorhang herausgezogen.

Nach einer weiteren Pferdenummer, Bodenakrobatik der Garibaldis, und einem Bauchredner war die Premiere des Zirkus Serafini mit dem großen Finale aller Artisten zu Ende. Auch Pedro durfte dabei sein und winkte seinen Freunden besonders heftig zu. Die Zuschauer gingen glücklich und zufrieden aus dem Zelt ins Freie und machten sich auf den Heimweg.

»Dürfen wir noch hierbleiben?« Bärbel fragte ihren Vater und erhielt, wie auch die anderen von ihren Eltern, die Erlaubnis.

»Aber vor zwelfe seit ihr wieder dahäme, ihr Artisten!« Edwin Fietz lachte in die Runde und Jubel brach aus.

»Mensch Peter, du hast ja richtig Talent! Hätt' ich gar nicht gedacht.« Bärbel wich dem Kick ihres Klassenkameraden geschickt aus.

»Blöde Kuh!« Aber das war nicht wirklich ernst gemeint. Da kamen auch Adriana, Lucia und die anderen Zirkuskinder und gemeinsam setzten sie sich zwischen die Wohnwagen an ein großes Lagerfeuer, das die Erwachsenen angezündet hatten. Sie aßen Gegrilltes, Gemüse, Brot und Käse, tranken Wasser und die Erwachsenen Wein. Alle sangen zur Gitarre, die ein Musiker der Zirkuskapelle aus seinem Wagen zog und tanzten ausgelassen um das Feuer. Es waren alte Lieder aus der italienischen Heimat der Zirkusleute.

»Wo ist Bärbel?« Alfred ahnte, was seine Cousine vorhatte. Und tatsächlich: Nach ein paar Minuten – Fietzens wohnten ja direkt um die Ecke – schleppte Bärbel ihren Instrumentenkoffer an und holte ihr Akkordeon heraus. Und dann spielte Bärbel deutsche Lieder und die anderen Kinder aus der Barackensiedlung sangen aus voller Kehle mit. Das ist musikalische Völkerverständigung, dachte Alfred und genoss den herrlichen Augenblick.

In den nächsten Tagen bis zur Weiterreise trafen sich die Leonberger Kinder so oft wie möglich mit ihren Zirkusfreunden, halfen mit wo es ging und allen fielt der Abschied schwer.

»Wir schreiben uns – ganz bestimmt!« Adriana umarmte Peter und der? Ja, der verdrückte ein paar Abschiedstränchen.

Mutter kommt

Die Sommerferien nahmen ihren Lauf. Alfred und die Kinder aus der Barackensiedlung trafen sich regelmäßig an verschiedenen Stellen in der Stadt. Sie kletterten im Höfinger Täle zum Hauerloch hinauf, einer Höhle im karstigen Felsen. Eigentlich war das verboten, weil es dort gefährlich steil abwärts ging und man leicht abstürzen konnte. Aber die Erwachsenen waren mit sich und ihrer Arbeit beschäftigt und die Kinder waren tagsüber weitgehend sich selbst überlassen. Wer hätte sich also kümmern sollen? Die ganze Stadt war ein riesiger Abenteuerspielplatz und der Fantasie waren kaum Grenzen gesetzt. So konnten die Kinder Erfahrungen sammeln, sich ausprobieren und lernten früh eigenständig und verantwortungsvoll mit ihren Freiheiten umzugehen. Es passierte ziemlich wenig: ab und zu ein aufgeschürftes Knie, ein umgeknickter Knöchel, eine Beule am Kopf – aber zum Glück keine schweren Verletzungen.

Sie streiften über die Gerlinger Heide, erschreckten dort die Schafe, die von einem alten Schäfer gehütet wurden. Dazu mussten sie den Hund des Schäfers überlisten. Paul lockte ihn mit einem Wurstzipfel zu sich, die anderen lauerten im Gebüsch und schwärmten dann zum richtigen Zeitpunkt aus, um die Schafe in alle Himmelsrichtungen auseinanderzutreiben. Der alte Mann, der nicht mehr allzu gut sah, fluchte und schimpfte, als er den Schlamassel bemerkte und rief den davonrennenden Lausbuben und -mädchen wüste Verwünschungen hinterher. Es brauchte ziemlich lange, bis Herrchen und Hund ihre Schäfchen wieder beieinander hatten – sehr zum Vergnügen der jungen Zuschauer.

An einem Montag Mitte August spielten sie am alten Löschteich in der Seestraße, direkt neben der alten Feuerwache und nur wenige Meter entfernt von dem Haus, in dem Boheims wohnten. Der Teich war während der letzten, trockenen Wochen versumpft. Frösche quakten in der Mittagshitze. Bärbel und die anderen untersuchten gerade die Kaulquappen, schnitzten Schilfflöten und stimmten lauthals in das Froschkonzert ein.

»Alfred, mein Jonge!« Alois Boheim hatte gerade Mittagspause und rief aus dem dritten Stock hinunter. Was konnte Vater von ihm wollen? Neugierig machte sich Alfred auf den Weg.

»Deine Mutter kummt!« Alfred wurde ganz warm ums Herz. Endlich! Mutter kommt! Wie sehr hatte er sich das gewünscht. Oft hatte er in den letzten Wochen abends vor dem Einschlafen Sehnsucht nach seiner Mutter Anna gehabt, und gehofft, dass hier bald alles geregelt sein würde, sodass sie mit dem kleinen Bruder nachkommen könne.

»Gerade is a Brief kumm. Lies oche.« Vater streckte Alfred ein gefaltetes und beschriebenes Blatt Papier entgegen und lächelte froh über die Nachricht.

Hopferbach, den 3. August 1956

Lieber Alois, lieber Alfred – mein Junge!

Wie geht es Euch? Ihr fehlt uns hier. Jeden Tag fragt Alfons nach seinem großen Bruder. Er freut sich schon so darauf, Euch wiederzusehen. Das ist sein allergrößter Geburtstagswunsch. Im September wird er ja vier. Das müßten wir schaffen. Alois, mein Lieber, Du hast mir geschrieben, daß Du eine Stelle als Schreiner bei der Stadt Leonberg gefunden hast. Ich mußte erst auf der Landkarte nachschauen, wo das überhaupt liegt. Fünfzehntausend Einwohner, das ist eine ganze Menge. Und einige davon sind wohl aus der alten Heimat. Es freut mich sehr, lieber Alfred, daß Du Anschluß in Deiner Klasse gefunden hast. Bärbel und ihre Geschwister kümmern sich wohl um Dich. Und die Wohnung, die Vater gefunden hat, scheint ausreichend groß für uns vier zu sein. Dann muß ich nur auch noch Arbeit finden. So können wir am Ende der Sommerferien unsere Sachen packen und zu Euch ziehen. Darauf freuen wir uns schon sehr! Ich bin so stolz auf Euch. Daß Ihr alles in der Fremde so gut geregelt kriegt: Schule, Arbeit, Wohnung ...

Es grüßen Euch herzlich aus Hopferbach
Eure Anna/Mutter mit Alfons

»Mutter kommt!« Alfred umarmte seinen Vater und beide verkniffen sich ein Freudentränchen. Tausend Gedanken schossen jetzt durch Alfreds Kopf: Wo sollte die Mutter schlafen? In Vaters Schlafzimmer, das war klar. Aber noch gab es kein Bett für sie. Das musste Vater noch bauen oder von irgendwoher organisieren. Auch für Alfons hatten sie noch keine Schlafstelle in der Wohnung. Überhaupt: für zwei war die Wohnung ausreichend, aber für vier? Und dann brauchten sie auch noch zwei Stühle, denn momentan standen in der Küche nur zwei für ihn und

Vater. Sie hatten ja keinerlei Möbel – auch in Hopferbach hatten sie alles von Rottingers geliehen oder aus der Nachbarschaft bekommen. Vielleicht konnte Mutter da noch das ein oder andere mitnehmen. Aber dann brauchte sie ja einen Umzugswagen. Das kostete bestimmt viel Geld und das hatten sie nicht. Und, und, und …

»Alfred, wås denkste?« Der Vater musste Alfreds Gedanken wohl erahnt haben. Vielleicht ging es ihm genauso?

»Wir müssen noch an so viel denken, bevor Mutter und Alfons hier einziehen können.« Vater nickte.

»Da håste recht, mein Jonge.«

Die folgenden Tage vergingen wie im Flug. Vater arbeitete nach Feierabend in der Stadtschreinerei, organisierte Holz aus der umliegenden Nachbarschaft, kaufte Nägel und Schrauben und schreinerte ein großes und ein kleines Bett. Als Roste dienten dicke Bretter, Matratzen bekamen sie von der Flüchtlingshilfe und Bettzeug aus alten Lagerbeständen des Roten Kreuzes. In der Küche montierte Alois Boheim zusätzliche Regale für Lebensmittel und Geschirr. Es musste zunächst noch ohne weiteren Küchenschrank gehen. Aus der Nachbarschaft bekam er als Gegenleistung für das Aufmöbeln eines alten Schrankes eine kleine Kommode geschenkt. Darin konnten sie Alfons' Sachen unterbringen. Mit den neuen Betten wurde es ziemlich eng in den kleinen Zimmern der Wohnung. Lange konnten sie hier nicht bleiben, das war klar. Vater hatte bereits Kontakt mit der katholischen Gemeinde aufgenommen. Die baute in der Robert-Koch-Straße Sozialwohnungen. Sonntags arbeitete Alois Boheim ehrenamtlich als Mesner in der Kirche. Es konnte also durchaus sein, dass sie eine der etwas größeren Wohnungen dort abbekamen.

Alfred wartete sehnsüchtig auf die Ankunft seiner Mutter und seines kleinen Bruders. Er versuchte sich mit Freibadbesuchen und Ausflügen abzulenken, aber je länger die Ferien dauerten, desto weniger gelang es ihm. Immer häufiger musste er an das anstehende Familienzusammentreffen denken. Wohlige Gänsehaut lief ihm über den Rücken. Sich abends in Mutters Bett kuscheln, von Mutter all die leckeren Sachen gekocht und gebacken zu bekommen. Nichts gegen Vaters Kochkünste, aber das war dann doch was ganz anderes. Er freute sich sogar auf seinen kleinen Bruder Alfons, auch wenn der ihn manchmal ziemlich nerven konnte – wie kleine Geschwister eben sind. Aber die Brüder hingen doch aneinander, auch wenn acht Jahre Altersunterschied sie trennten. Endlich wieder zu viert unter einem Dach – was für ein schöner Gedanke! – und bald würde dieser Wunsch Wirklichkeit werden!

Die Sommerferien neigten sich dem Ende zu, es war bereits Anfang September. Heute war der große Tag! Vater hatte an diesem Dienstag extra frei genommen. Alfred zog seine gute lange Hose und sein Sonntagshemd an. Dann gingen sie beide zu Fuß zum Leonberger Bahnhof. Aufgeregt standen sie auf dem Bahnsteig, Vater schaute immer wieder auf die große, runde Bahnhofsuhr, lief zum Fahrplan, vergewisserte sich, dass der Zug nun auch bald kommen würde. Dann hörte man in einiger Entfernung das Stampfen der Lok. Der Zug kam aus Stuttgart, wo Mutter und Alfons umsteigen mussten. Ankunft fünfzehn Uhr dreiundzwanzig, Gleis zwei, Vater hatte es inzwischen dreimal nachgeschaut. Nun waren bereits die Dampfschwaden über dem Höfinger Tal zu sehen.

»Auf Gleis zwo fährt ein der D-Zug aus Stuttgart über Zuffenhausen, Ditzingen, Leonberg, Renningen, Weil der

Stadt nach Calw. Achtung bei der Einfahrt!« Die Durchsage ging fast unter im Lärm der quietschenden Bremsen. Ein letzter lauter Pfiff der Lok und der Zug stand. Die Türen gingen auf, Alfred reckte sich, schaute sich um Richtung Zug-Ende: keine Mutter, kein Alfons – Richtung Lok: keine Mutter, kein Alfons. Hatten sie etwa den Zug verpasst? Da endlich: ein Winken vor einem der hinteren Wagen. Eine hellblonde Frau im langen Mantel mit drei schweren Koffern stand da auf dem Bahnsteig und neben ihr ein kleiner, ebenso hellblonder Junge mit einem Rucksäckchen in der Hand – Mutter und Alfons! Sie waren es wirklich! Alfred stürmte los, Anna Boheim stellte die Koffer ab und breitete die Arme aus.

»Mutter!«

»Mein Jonge!«

Das Glück kannte keine Grenzen mehr. Vater kam dazu und nahm seinen kleinen Alfons auf den Arm und küsste dann seine geliebte Anna. Freudentränen flossen, die Familie vergaß für lange Augenblicke die Welt um sich herum, nahm sich in den Arm und genoss das Wiedersehen in vollen Zügen. Längst waren die Türen des D-Zugs wieder geschlossen, hatte sich die Bahn wieder dampfend und stampfend in Bewegung gesetzt und den Leonberger Bahnhof hinter sich gelassen, hatten die anderen Reisenden den Bahnsteig verlassen, als sich Boheims losließen und überlegten, wie sie nun das schwere Gepäck die Bahnhofstraße hinauf in die Wohnung bekommen sollten. Da kam ihnen das Glück zu Hilfe. Bauer Georg Röckle aus Eltingen kam mit seinem Pferdefuhrwerk die Bahnhofstraße entlang. Alois Boheim winkte ihn heran, besprach sich mit ihm, ein Geldschein wechselte den Besitzer und Boheims luden wenig später Sack und Pack auf Röckles leeren Heuanhänger. Alfred durfte auf den

Kutschbock neben den Bauern steigen.

»Hüja, Else!«

Die Schwarzwälder Stute setzte sich langsam in Bewegung. Alois und Anna liefen Arm in Arm hinter dem Gespann her. Alfons hüpfte voraus von Schlagloch zu Schlagloch die Bahnhofstraße entlang und hinauf zur ersten gemeinsamen Leonberger Wohnung.

Ein Brief in der Schublade

Bei Familie Boheim kehrte im Herbst der Alltag ein. Für Alfred begann das neue Schuljahr. Alfreds Mutter hatte Arbeit als Putzfrau in der *Leonberger Bausparkasse* gefunden. Alfons musste mit zum Putzen und sich in den Gängen und Büros die Zeit vertreiben, während seine Mutter saubermachte. Oder sie brachte ihn zu seinen Cousinen und Cousins in der Barackensiedlung, wo Tante Marie, Annas Schwester, mit auf ihn aufpasste. Der jüngste Sohn der Familie Fietz hieß Rudi und war ebenfalls vier. Alfons und Rudi spielten zusammen und kamen gut miteinander aus. Alois Boheim arbeitete beim städtischen Bauhof an der Ecke Grabenstraße, Eltinger Straße. Er hatte zu seinem Arbeitsplatz nur ein paar Schritte über die Straße zu gehen. Als Schreiner leimte er alte Schulmöbel – Tische, Stühle, Schränke – reparierte Geländer, knarzende Treppenstufen, lose Deckenbretter im Rathaus und in anderen öffentlichen Gebäuden. Es gab in diesen Jahren viel zu tun. Material war noch deutlich teurer als der Stundenlohn, deshalb wurde mehr repariert und weniger weggeworfen. Sperrmüll gab es kaum, für alles hatte man noch Verwendung. Möbel wurden aus richtigem Holz gebaut. Sie waren stabil und hielten lange. Niemand störte sich daran, wenn ein Schrank alt und ramponiert aussah. Er wurde geschliffen und neu lasiert, Beschläge wurden ausgewechselt, zusätzliche Fachböden bei Bedarf zugesägt und eingelegt. Wer Möbel brauchte, fragte zunächst bei Nachbarn, Verwandten oder Bekannten nach, ob die vielleicht ein Stück übrig hätten. Neue Einrichtungsgegenstände konnten sich nur wohlhabende Leute leisten. Holz von alten Möbeln wurde wiederverwendet, heute würde man ›Recycling‹ dazu sagen. So sägte Alois Boheim an der Tischkreissäge der Werkstatt im Bauhof alte Bretter zu. Sie hatten vorher als Bodendielen in einem inzwischen abgerissenen Lagerschuppen gedient. Alfreds Vater hatte sie einzeln sorgsam herausgenommen und mit dem städtischen Lastwagen zum Holzlager des Bauhofs transportieren lassen. Nun sägte und hobelte er daraus neue Regalböden für die Stadtbücherei im Fachwerkhaus nebenan, wo der Platz für die vielen Neuanschaffungen und Bücherspenden knapp wurde.

Wenn Alfred aus der Schule kam, war von den Eltern keiner zuhause. Stattdessen fand er meistens einen Zettel auf dem Küchentisch: ›Lieber Alfred, Essen steht in der Pfanne auf dem Herd. Bin mit Alfons beim Putzen. Vater kommt erst heute Abend von der Arbeit. Denk bitte an Deine Hausaufgaben! Mutter & Alfred‹.

Alfred nahm von dem vorgekochten Essen aus der Pfanne. Dieses Mal hatte Mutter ein Schinkenomelett für ihn ausgebraten. Das mochte er gern. Er schnitt noch eine Scheibe Brot vom Laib ab, streute Schnittlauch über das Essen und ließ es sich schmecken. Dazu trank er Wasser aus der Leitung. Das war am billigsten. Säfte waren teuer und süßen Sprudel oder gar Cola gab es ohnehin nur an Fest- und Feiertagen. Mineralwasser mit Kohlensäure konnten sich die ärmeren Leute auch kaum leisten. Doch für ein paar Pfennige gab es frische Kuhmilch beim Bauern nebenan, aus der man Sahne und Butter machen konnte. Einen Kühlschrank hatten sie nicht und sie aßen, was die Jahreszeit an Gemüse und Früchten bot. Fleisch gab es nur selten, weil auch das ziemlich teuer war. Anna Boheim kochte vor allem böhmische Rezepte: Süßspeisen aus Mehl, Eiern, Fett und Zucker: Powidltatschkerln, Buchteln, Pfannkuchen (die in Böhmen und Österreich Palatschinken hießen), Zwetschgenknödel und Kolatschen. Alfred mochte besonders Mutters Marmelade, das eingemachte Obst und in Essig eingelegtes Gemüse. Anna trocknete auch Nüsse zum Haltbarmachen, darrte Obst und wer von den Verwandten eine Räucherkammer und das entsprechende Fleisch dazu hatte, räucherte seinen eigenen Speck und seine eigenen Würste.

Wenn Alfred fertig war mit Essen, spülte er sein Besteck, das Geschirr und die Pfanne und räumte alles weg. Dann wischte er den Esstisch, trocknete ihn ab und holte seine Schulsachen. Der Küchentisch war gleichzeitig sein Schreibtisch, denn in seiner winzigen Schlafkammer unterm Dach hatte er keinen Platz. In der fünften Klasse des Progymnasiums gab es regelmäßig viele Hausaufgaben zu erledigen. Alfred saß gut und gerne zwei Stunden an den Englischvokabeln, Matheaufgaben, an Biologie und Erdkunde. Er musste Bibelstellen für den Religionsunterricht auswendig lernen, Gedichte für den Deutschunterricht, musste kleine Melodien für Musik komponieren, was ohne eigenes Instrument zu Hause ziemlich schwierig war. Da es keine Schulbücher zum Ausleihen gab, mussten die Eltern diese kaufen. Entsprechend sorgsam ging Alfred mit seinen Schulsachen um. Er wusste, wie schwer es seinen Eltern fiel, das Geld dafür zusammenzubekommen: Hefte, Füller, Stifte, Bücher, Tinte …

Alfreds Füller war leer. Die Tinte ging ihm mitten in einem Aufsatz über seine Ferienerlebnisse aus, den er Herrn Seifert am nächsten Morgen abzuliefern hatte. Sein Tintenfass war auch schon aufgebraucht. Hatte Mutter vielleicht noch eines in Reserve? Er schaute im Schlafzimmer seiner Eltern nach. Im Kleiderschrank fand er nichts, im Regal daneben auch nicht. Vielleicht war noch etwas in Mutters Kommode? Er zog die oberste Schublade auf – nichts. Auch in der mittleren wurde er nicht fündig. In der untersten stieß er unter Mutters Strümpfen auf ein Bündel alter Briefe, das mit einer Schnur zusammengebunden war. Was konnte das sein? Alfreds Neugier war geweckt. Er vergaß seinen Schulaufsatz, vergaß die fehlende Tinte und machte sich über das geheimnisvolle Bündel her. Vorsichtig schnürte er es auf. Es waren vergilbte Briefe, ›Feldpost‹ war darauf gestempelt. Alte Briefmarken mit dem Kopf Adolf Hitlers waren rechts oben auf den Umschlägen. Adressiert waren sie an ›Frau Anna Boheim, Freiwaldau 13, Fietzenhau 3‹. Alfred öffnete den ersten Brief und las:

Im Osten, den 17.2.42.

Meine liebe Anna!

Wir sind seit einigen Tagen wieder in Smolensk, um zu unserer Gefechtsbatterie, bzw. in ihre Nähe bei Gschatsk zurückzukehren. Wir wissen im Augenblick aber nicht, wie wir weiterkommen sollen, da man uns keine Fahrzeuge zur Verfügung stellt. Da keiner recht weiß, was wir dort überhaupt sollen, ¬es scheint eine dumme Laune des Abteilungskommandeurs zu sein, dem unsere Batterie z. Zt. unterstellt ist –, warten wir erst mal in aller Ruhe ab. Den meisten ist es ganz recht so, und auch wir hätten gegen einen längeren Aufenthalt hier nichts einzuwenden, wenn wir nur ein bißchen netteres Quartier hätten. Das einzige, was darin vorteilhaft ist, sind die Betten und die Tatsache, dass es nachts warm ist, so daß wir nicht zu frieren brauchen. Meist ist es dort unbeschreiblich dreckig und es stinkt undefinierbar nach allem möglichen; die Hühner hausen unter dem Ofen, im Zimmer nebenan sind ewig quakende Kinder, die stets dreckig und unterernährt sind. Quartiere dieser Art gibt es hier viel. Eine Beschreibung im einzelnen will ich mir ersparen. Bei der ewigen Kälte und dem vielen Dreck, den man hier zu sehen bekommt, sammelt sich allmählich ein großer Haß in jedem Soldatenherz gegen alles russische, so daß es nur verständlich ist, wenn die Soldaten vorne an der Front auch gegen die Zivilbevölkerung mitunter in Formen vorgehen, die ich früher im zivilen Leben verurteilt haben würde. Je länger man hier ist, desto rücksichtsloser wird man. Und das mit Recht! Vor einigen Tagen erhielt ich Deinen Brief vom 17.1., über den ich mich sehr gefreut habe. Meinen herzlichsten Dank! Du klagst darüber, daß Du so wenig von mir hörst. Das wird inzwischen, wenn dieser Brief eintrifft, anders geworden sein. Denn gerade während der Periode des Rückmarsches vom 10.12. bis kurz vor Weihnachten wird es mit der Beförderung der Feldpost schlecht gewesen sein und auch später hatten wir sehr häufig heftige Schneestürme, so daß die Fahrzeuge nur schwer durchkommen konnten. Im übrigen habe ich ja auch über 4 Wochen lang vergeblich auf Post gewartet, so daß es mir ähnlich ergangen ist. Unsere Post liegt übrigens in ganz großen Haufen in Smolensk. Jeden Tag ist ein Fahrzeug der Abteilung hier, um unsere

Post auszusortieren. Es soll eine tolle Arbeit sein, und die Ausbeute beträgt häufig nur 1 1/2 - 1 Sack am Tage für die ganze Abteilung. Allmählich müssen wir aber auf diese Weise ja zu unserer noch ausstehenden Post kommen. – Es wird hier jetzt langsam wärmer. Temperaturen von 40° Kälte gibt es jetzt nicht mehr, wenngleich es heute Nacht sicherlich auch wieder 25° gewesen sind. Es dauert keine 2 Wochen mehr, dann haben wir März, und wir hoffen dann auf die ersten Zeichen des kommenden Frühlings – Dein letzter Brief mit Deinen Schilderungen über Marie und die übrigens recht treffende Zeichnung über sie von Bärbel ließ in mir die Kinder und ihr Tun besonders lebendig erscheinen. Du glaubst garnicht, wie sehr wir uns häufig nach Hause sehnen, allein um schon wieder einmal saubere Kinder, deutsche Frauen, eine deutsche Küche und Wohnung zu sehen. Wenn ich mal 14 Tage Urlaub bekäme, so würde ich mich erst mal in die Badewanne stürzen, saubere Wäsche anziehen und essen, was Du alles für mich aufgespart hast. Ihr habt ja keine Ahnung, welch Verlangen wir nach Obst, nach Kuchen, Gemüse usw. haben. Wer das Leben hier im Osten nun schon 8 Monate lang nicht mitgemacht hat, kann sich davon keine Vorstellung machen. Wochenschauen und Frontberichte, die Euch in der Heimat vorgesetzt werden, geben Euch ein völlig falsches Bild. Es sind immer nur Berichte über Einzelgeschehen, die gar zu leicht verallgemeinert werden. Es besteht daher beim Landser dagegen auch eine allgemeine Ablehnung. Sehr wenig beliebt sind daher auch Redewendungen wie »Aus den Wochenschauen und Frontberichten sahen wir« usw. Wer die Wochenschauen gesehen

und die Frontberichte gehört hat, weiß vielleicht über den Verlauf einer Kampfhandlung Bescheid, aber über das Leben der Soldaten in Rußland weiß er noch garnichts. – Im übrigen geht es uns jetzt gesundheitlich wieder etwas besser. Meine Magenbeschwerden bin ich los und ich hoffe, in wenigen Tagen wieder völlig frisch zu sein.
Ich hoffe, daß es Euch allen gut geht und grüße Euch alle aufs herzlichste!
Dein Alois

Briefpapier und Umschläge gehen mir mit dem heutigen Tage aus. In Zukunft kann ich vorläufig nur Postkarten schreiben.
Alois

Das war zweifellos Vaters Handschrift, er war ja 1942 als Soldat in Russland gewesen. Er hatte aus Smolensk geschrieben. Alfred schlug in seinem Erdkundeatlas nach. Er fand die Stadt auf der Karte der *Sowjetunion*, im Westen Russlands, an der Grenze zu Weißrussland.

Er hatte ab und zu mit seinem Vater über die Kriegszeit gesprochen. Aber so hatte er ihn nie über den Alltag als Soldat reden hören. Alfred wollte gern mehr darüber erfahren. Aber es waren Mutters Briefe. Durfte er das? Was das Briefgeheimnis war, wusste Alfred. Man durfte die Post anderer Leute nicht lesen, auch wenn der eigene Vater an die Mutter schrieb. Er musste warten, bis die Mutter ihm aus den Briefen vorlas oder ihm zu lesen gab. Also steckte Alfred den Brief wieder in den brüchigen Umschlag und verschnürte das Briefbündel sorgsam. Er legte es zurück in die Schublade, legte ein paar Strümpfe darüber und schob die Lade wieder zu.

Alfred versuchte sich vorzustellen, wie es Vater im Krieg ergangen war. Er dachte an die Splitter in Vaters Körper, an seine Schilderungen. Der Krieg hatte alles verändert, hatte seine Eltern zu Vertriebenen gemacht, seinen Vater zu einem Soldaten, der wohl mehrere Menschen umgebracht hatte. Träumte Vater davon? Sicher tat er das. Und es mussten schlimme Alpträume sein: Erschossene Russen, tote Kinder, Panzer, Granaten, Feuer, Zerstörung. Konnte das ein Mensch aushalten? Kam man über solche Erlebnisse überhaupt hinweg? Was trug sein Vater an furchtbaren Erinnerungen mit sich herum? Der Krieg hatte ihn verändert, hatte ihn zu einem Gefangenen, zu einem Verwundeten gemacht. Schussverletzungen heilen irgendwann. Aber was passiert mit der Seele? Er musste mit Vater darüber reden. Schließlich waren sie hier, in Leonberg, wegen des Krieges gelandet, wegen Hitler, wegen der Niederlage der Deutschen, wegen der ganzen Verbrechen in Osteuropa, auf der ganzen Welt. Millionen Tote, Gefallene, Vergaste, Erschossene, Millionen Witwen, Waisen, Halbwaisen, Millionen Heimatlose, Schlaflose, Obdachlose, Verkrüppelte an Leib und Seele.

Da hörte Alfred den Schlüssel in der Wohnungstür. Vater kam heim von der Arbeit. Er lief ihm entgegen und umarmte ihn ganz fest.

»Guck oche, då is a Brief kumm fir dich.« Alois Boheim reichte Alfred einen Umschlag. Er war mit Blümchen verziert und hatte eine Briefmarke in der rechten oberen Ecke. Darauf war Theodor Heuss abgedruckt, der erste Bundespräsident der Bundesrepublik Deutschland. Alfred öffnete den Umschlag vorsichtig mit einem Küchenmesser und las:

Kempten, 2. Oktober 1956

Lieber Alfred!

Inzwischen hat auch in Bayern das neue Schuljahr begonnen. Ich bin seit Anfang September auf dem Mädcheninternat in Kempten. Es geht hier sehr katholisch zu: morgens früh aufstehen, waschen, anziehen, in die Andacht gehen, frühstücken und dann in den Unterricht. Vor dem Mittagessen und Abendessen wird gebetet, dreimal in der Woche wird die Messe gefeiert. Am Samstag müssen wir zur Beichte gehen. Ständig sollen wir ein ›Ave Maria‹ oder ein ›Vater unser‹ beten, um unsere Sünden abzugelten. Ich bekomme alle zwei Wochen Besuch von meinen Eltern, einmal im Monat darf ich für einen Tag nach Hause.
Meine Klassenkameradinnen stammen alle aus dem Allgäu. Teilweise kommen sie von weiters her. Ein paar Mädchen haben Heimweh. Wir trösten uns gegenseitig. Die Schwestern, die uns unterrichten, sind ziemlich streng. Für Fehler werden wir bestraft, für dazwischenreden zieht uns Schwester Walpurga an den Ohren oder gibt uns eine Kopfnuß. Wir bekommen viele Hausaufgaben und haben sehr wenig freie Zeit. Sonntags nach der Messe müssen wir einen Brief an die Familie schreiben. Der wird von den Schwestern kontrolliert. Manchmal müssen wir Sachen durchstreichen und den ganzen Brief noch einmal schreiben. Diesen hier habe ich heimlich geschrieben. Ich dachte, es könnte dich interessieren, wie es mir geht. Wie geht es Dir in Deiner neuen Schule? Bitte schreib mir doch mal!

Viele liebe Grüße aus dem Allgäu
Deine Renate

Das war eine Überraschung! Alfreds Schulfreundin Renate aus Hopferbach hatte ihm geschrieben.

»Nu, wås schreibt se dann?« Vater war neugierig auf Nachrichten aus dem Allgäu.

»Renate schreibt aus dem Internat in Kempten. Es geht ihr gut.« Alfred wollte nicht viel mehr erzählen. Er wusste, dass auch er hätte wegmüssen von zuhause, wären sie in Hopferbach geblieben. Aber seine Eltern hätten das Schulgeld nicht bezahlen können. Das war für Boheims auch ein Grund für die Entscheidung gewesen, in eine Stadt zu ziehen und Alfred so den Besuch eines Gymnasiums zu ermöglichen.

»Nu, de Rottingers woll'n ebnt och, dass de Renate als amål a bessres Leb'n fiern kann.« Vater kratzte sich nachdenklich am Kinn. Die Kinder sollten es einmal besser haben. Sie sollten mehr wissen, gut bezahlte Berufe ergreifen oder studieren können.

»Sicher, Vater!« Alfred nickte, aber Renate tat ihm trotzdem irgendwie leid. Der Ehrgeiz der Eltern war für die Schülerinnen und Schüler nicht immer leicht zu ertragen. Aber an Widerrede war nicht zu denken.

So hatte Renate dem Wunsch ihrer Eltern entsprochen und war nun Internatsschülerin: Mit elf Jahren weg von zuhause, Besuch von Eltern und Geschwistern nur alle vierzehn Tage. Alfred ahnte, dass Renate oft Heimweh hatte und sich nicht leicht in ihrer neuen Umgebung zurechtfand. Plötzlich wurde ihm bewusst, dass es ihm hier, in Leonberg mit seinen neuen Klassenkameraden und den Freunden aus der Barackensiedlung richtig gut ging. Er hatte Glück gehabt. Und er war traurig darüber, dass Renate offenbar nicht glücklich war. Er wollte ihr unbedingt einen Brief schreiben und sie aufmuntern.

Gleich am nächsten Abend schrieb er einen langen

Brief an Renate und schilderte ihr die Erlebnisse seit seinem Umzug im April. Es war ein friedlicher Brief, ohne schreckliche Erfahrungen von der Front, ohne Mord und Todschlag, ohne Kälte und Hunger – nur ein bisschen Heimweh war auch dabei. ›Heimweh, was für ein komisches Wort!‹, musste Alfred denken. Das Allgäu war doch gar nicht seine echte Heimat. An die konnte er sich gar nicht erinnern. Und an was man sich nicht erinnern kann, das kann einem doch auch nicht wehtun. Das war bei Vaters Brief in Mutters Schublade anders gewesen.

Vaters Werkstatt

Die Wochen gingen ins Land. Schon war es Herbst geworden. Boheims hatten Glück gehabt und gleich nach Fertigstellung der Sozialwohnungen in der Robert-Koch-Straße eine Zweieinhalbzimmerwohnung beziehen können. Im Schlafzimmer schliefen die Eltern und Alfons, im Wohnzimmer auf einer Schlafcouch war Alfreds Bett. Er konnte jetzt im Warmen liegen und musste in den ersten Frostnächten im Oktober nicht mehr in der Dachkammer frieren. Was wünschten sich Kinder 1956 zu Weihnachten? Natürlich träumten sie auch von großen, teuren Geschenken. Träumen durfte man ja und wünschen konnte man sich auch alles. Elektrische oder elektronische Spielsachen waren noch unerschwinglich teuer. Neben den nützlichen Dingen, wie Socken, Hosen oder Unterwäsche, gab es viel Selbstgemachtes. Das war billiger und machte die Sachen dennoch besonders wertvoll.

So standen Alfred und sein Vater in der neu eingerichteten kleinen Werkstatt im Keller und bastelten für Weihnachten. Der kleine Bruder Alfons sollte einen Lastwagen aus Holz bekommen. Alfred durfte seinem Vater dabei helfen.

»Gib amål die Zwinge riber.« Alfred war Vaters Handlanger, aber er durfte auch selbst sägen, schleifen, nageln und schrauben. Nur beim Verleimen wollte der Vater den Sohn nicht so recht heranlassen. Das war eine heikle Arbeit. Der Leim wurde aus Knochen gewonnen. Das grobkörnige Pulver wurde mit Wasser übergossen und musste einige Stunden quellen. Dann wurde das Gemisch auf ungefähr fünfzig bis sechzig Grad Celsius erhitzt und der zähe Brei auf die zu verleimenden Stücke dünn aufgetragen. Die verleimten Stücke wurden mit Schraubzwingen für eine halbe Stunde fest aneinandergepresst. Dann wurde wieder Leim erhitzt und aufgetragen. Alfons' neues Spielzeug nahm langsam Gestalt an.

»Vater, wie war das damals bei euch daheim vor Weihnachten?« Alfred nutzte eine Leimpause und Alois Boheim erzählte von früher, vom Winter im *Hohen Gesenke.* Der höchste Berg der Ostsudeten war der *Altvater*, heute nannten ihn die Tschechen *Praděd.* Ab Oktober gab es jedes Jahr viel Schnee.

»Meterhoch, dås kånnste glauben.« Alfred merkte, wie Vater ins Schwärmen geriet. Er musste ein sehr guter Skiläufer gewesen sein. Und Laufen hatte damals notwendigerweise zum Abfahren dazu gehört. Denn Lifte oder Seilbahnen hatte es zu der Zeit, Ende der Zwanziger Jahre, am Altvater noch nicht gegeben. Alois und seine hübsche Freundin Anna waren zusammen mit den anderen Mitgliedern des Turnvereins auf ihren selbst gebauten Holzskier mit Lederriemenbindung und Steigfellen den Berg im Tiefschnee hinaufgestapft. Oben auf dem Gipfel, in 1491 Metern Höhe, hatten sie ihr in Leinenrucksäcken mitgebrachtes Vesper ausgepackt, eine zünftige Brotzeit eingelegt und waren dann, am frühen Nachmittag bei strahlendem Sonnenschein in langgezogenen Bögen den Hang hinuntergefahren. Eine Abfahrt am Tag, aber was für eine!

»Deine Mutter is all'n davo gewedelt.« Alois musste lachen und steckte Alfred damit an. Es war für ihn schon eine lustige Vorstellung: Vater und Mutter bei der Schneeballschlacht. In dicken Filzjacken und Strickhandschuhen, mit Schal, Mütze und dicken Socken, alles war selbst gestrickt; dann noch die weiten Skihosen, die unterhalb der Knie zugebunden waren.

»Nu halt oche dås Stick ganz fest!« Die Kipplade des Lasters musste noch verleimt werden. Alfred machte es Spaß hier unten im Keller, zusammen mit seinem Vater und dessen alten Geschichten. Was würde Alfons für Augen machen, wenn er den Holzlaster auspackte! Wieder hatten die beiden Lastwagenbauer Zeit bis der Leim abgebunden war. So erzählte Alois Boheim vom Turnverein, genauer: vom Mährisch-Schlesischen Sudetengebirgsverein. In Freiwaldau Gräfenberg hatte es die Tradition des *Hahnschlagens* gegeben. Das war im Altvaterland fester Bestandteil der Kirmes, des Jahrmarkts am Montag nach dem Kirchweihfest. Die Hahnschlaggesellschaft versammelte sich in einem Gasthaus und marschierte mit einer Musikkapelle zum Festplatz. Auf dem Gräfenberger Festplatz war ein großes Fass aufgestellt worden, das als Tisch diente. Darauf stand ein großer Keramiktopf aus Bunzlau, der *Punzltopp*.

»Eim Punzltopp war an schener Håhn.« Wieder begannen die Augen von Alfreds Vater zu leuchten. Der Hahnenkönig des Vorjahrs hatte ein Gläschen Schnaps getrunken und sich die Augen verbinden lassen. Zunächst wurde er drei Mal um das Fass herum geführt. Dann marschierte er mit einem Dreschflegel über der Schulter unter den Klängen der Musik auf sein Ziel los.

»Wann der Kenig mänt, dass er beim Punzltoppe wär, dann hult er aus und schlät dan Flegel.« Natürlich traf er nie auf Anhieb und es hatte immer großes Gelächter bei den umstehenden Zuschauern gegeben. Wer dann den Topf getroffen und zerschlagen hatte, war neuer Hahnenkönig. Der König wurde dann von den Gästen auf einem Sessel auf den Tanzboden getragen, wo er als Preis einen Hahn bekam.

»Dodafier musste da Kenig a Fasse Bier spendier'n. So Alfred, nu gib mir oche de Bohrwinde riber.« Mit geübter Hand bohrte der Vater an den angezeichneten Stellen die Löcher, um die ausgespannte Kipplade mit dem Fahrgestell des Lastwagens zu verschrauben.

»Passt, wackelt und hat Luft.« Alois Boheim nickte anerkennend und Alfred staunte über den fertigen Rohbau, den sie nun noch schleifen und anmalen mussten: Ein rotes Führerhaus mit blauer Motorhaube und gelben Scheinwerfern, die Felgen der Gummiräder pinselten sie ebenfalls rot an. Die Kipplade wurde grün angestrichen. Nach einer Woche im Keller war das erste Weihnachtsgeschenk fertig und Alfred hatte wieder einiges über die Heimat erfahren.

Weihnachtsbäckerei

Die Adventszeit hatte begonnen. An jedem Tag im Dezember gab es bis Weihnachten für Alfred und Alfons eine Kleinigkeit zu naschen. Einen Adventskalender mit Süßigkeiten, vielleicht sogar mit Schokolade, war viel zu teuer. Die Mutter hatte ein Tuch mit selbst geklöppelten Spitzen auf dem Küchentisch und legte für die Kinder jeden Morgen etwas darunter: Nüsse, Äpfel, Lakritzschnecken, ab und zu Mandarinen.

»Ich sollt an Herd hån.« Anna Boheim hätte so gerne mit dem Backen für Weihnachten begonnen, aber sie hatte noch keinen Backofen in der Küche. Früher, im Sudetenland, hatte in jeder Küche ein großer Holzbackofen selbstverständlich dazugehört. Hier, im sozialen Wohnungsbau, in einem Mehrfamilienwohnblock gab es nur leere Räume ohne Kamin. Und die Steckdose in der Wand für einen elektrischen Backofen war in den meisten Wohnungen noch nicht in Betrieb. Kaum ein Bewohner konnte sich ein solch teures Küchengerät leisten. Derzeitig hatten Boheims nur einen elektrischen Zweiplattenkocher. Warmes Essen gab es also nur aus dem Topf. Aber was war Weihnachten ohne *Bretla*, die leckeren *Gutsle*, wie man hier im Schwäbischen die kleinen Brötchen nannte? Da war guter Rat teuer. Frau Krock, die zwei Etagen über ihnen wohnte und mit der sich die Mutter vor ein paar Wochen beim Einzug bekannt gemacht hatte, konnte vielleicht einen Herd haben. Mutter ging die Treppen nach oben und klingelte.

Frau Krock zuckte bedauernd mit den Schultern: »Das tut mir leid, Frau Boheim, aber ich habe leider auch noch keinen Backofen. Ich gehe mit meinen Teigen jeden Samstag zum Eltinger Backhäusle.« Das war ein guter Tipp. Das Backhaus war seit dem letzten Jahrhundert regelmäßiger Treffpunkt der Bauersfrauen. Durch die vielen Vertriebenen, die jetzt in der Stadt wohnten, hatte es wieder größere Bedeutung bekommen. Der große Holzbackofen wurde mehrmals wöchentlich eingeheizt, damit alle Brote, Kuchen und jetzt, in der Weihnachtszeit, alle Plätzchen rechtzeitig fertigwurden. Brot vom Bäcker konnten sich nicht alle leisten. Und heute, so hatte Frau Krock gesagt, war wieder Backtag in Eltingen.

»A su mach bers.« Anna Boheim holte das Mehl aus dem Schrank, Eier und Zucker hatte sie heute auf dem Markt gekauft, Milch war noch genügend da. Manche Teigrezepte kannte sie auswendig, andere hatte sie in einem kleinen Ringbuch notiert, das jetzt auf dem Küchentisch lag.

»Nimm oche deine Schulsachen vom Tische, Alfred!« Gerade war er mit den Hausaufgaben fertig geworden. Nun brauchte Mutter den Platz zum Teig rühren. Und Alfred durfte helfen.

»Als erschtes, mach ber Bär'ntatzen.« Alfreds Augen leuchteten. Bärentatzen mochte er am liebsten. Mutter siebte Mehl auf den Tisch und vermengte es mit Zucker, Nüssen, gemahlenem Zimt, gemahlener Gewürznelke und Vanillezucker. Alfred verteilte kalte Butterflöckchen darauf und hackte alles mit einem Messer bröselig. Dann knetete die Mutter mit den Händen alles zu einem glatten Teig. Schließlich umhüllte sie den Teigklumpen und legte ihn raus auf die Fensterbank. Schon war der erste Teig fertig.

»Wie war das denn früher im Advent?« Alfred wollte von der Mutter mehr über die Vorbereitungen, das Backen, Handarbeiten, das gemeinsame Singen an den kalten Winterabenden in Buchelsdorf wissen. Und Anna Boheim erzählte von zuhause, vom elterlichen Bauernhof mit der großen Küche, in der alle Familienmitglieder Platz fanden. Im Winter war es dort mollig warm, denn das Holz im großen Herdofen war schon frühmorgens angefeuert worden und das Feuer wurde den ganzen Tag am Brennen gehalten. Die Feldarbeit ruhte in den Wintermonaten, denn meistens hatte es schon Ende Oktober mit Schneien begonnen. Die Männer erledigten in ihren Werkstätten Reparaturen an Geräten und Werkzeugen. Außerdem waren sie mit Bastelarbeiten für die Kinder beschäftigt. Das meiste Spielzeug stellten sie auch damals selbst her. In den Küchen versammelten sich am Abend die Frauen und Mädchen zum Handarbeiten. Sie berichteten Neuigkeiten und erzählten Geschichten, musizierten und sangen gemeinsam. Anna hatte von ihrer Mutter das Klöppeln gelernt.

»Das is ni a su leicht.« Alfred sah sich das Adventsdeckchen nun genauer an, unter dem jeden Morgen etwas für ihn und Alfons lag. Die Mutter erklärte es ihm.

»Zum Kleppln gehearn zwee Paare Kleppl. Das sind a su Spuln, guck oche.« Mutter hatte ihr Klöppelkissen mit den Klöppeln aus dem Schrank geholt. Durch Kreuzen und Drehen wurden die Fäden der Klöppel miteinander verflochten.

»Und woher weißt du, wohin du welchen Klöppel klöppeln musst?« Alfred konnte sich die komplizierten Muster nicht erklären.

»Gelearnt is gelearnt!«, antwortete seine Mutter und zwinkerte ihrem Sohn zu.

»Nu woll'n ber aber noch an zweten Teig mach'n. Sunst

lohnt sich dås mit am Backhaisl ni.« Schon hatte Anna Boheim die Handarbeitssachen wieder im Schrank verstaut und holte eine große Schüssel hervor. Für den Teig der Vanillekipferl vermengte sie nacheinander Mehl, Butter, Zucker, Vanillezucker und geriebene Mandeln. Wieder wurde der fertige Klumpen abgedeckt und ins Freie gestellt.

Dann gingen Alfred und seine Mutter mit den Teigen zum Eltinger Backhaus. Man roch den Duft von frisch gebackenem Brot und Plätzchen schon von weitem. Einige Frauen waren mit Brotlaiben zugange. Große Bleche mit Plätzchen verschiedenster Form und Größe wurden in das Ofenloch geschoben, herausgeholt, auf Rosten abgekühlt, sorgsam in mitgebrachte Blechdosen gelegt und natürlich auch immer wieder probiert.

Alfred half der Mutter, die Bärentatzen in dem Holzmodel zu formen. Mit einem Teelöffel stach er kleine Ecken aus dem Teigklumpen, formte mit den Handflächen kleine Kugeln, wälzte sie in Zucker und drückte sie vorsichtig in die Form. Dann legte er die rohen Tatzen auf eines der großen Bleche. Inzwischen formte seine Mutter aus dem anderen Teig eine lange, dünne Wurst, schnitt mit dem Messer kleine Stücke ab und rollte daraus kleine Hörnchen, die sie an beiden Enden bog. Die Kipferl legte sie ebenfalls auf ein Blech.

»So, Frau Boheim, jetzad kennetse ihre Gutzla in da Ofa schieba.« Frau Röckle, die Bäuerin, deren Mann den Boheims beim Umzug geholfen hatte, war für die Einteilung der Backzeiten und das Anfeuern des Ofens an diesem Tag zuständig. Alfred gab seiner Mutter das Tatzenblech. Die schob es mit einer langen Schaufel in das Ofenloch.

»Und wie lange dauert das jetzt?« Alfred hatte Sorge, dass die kleinen Tatzen in dem großen Ofen schwarz werden könnten. Seine Mutter fragte Frau Röckle, die gerade das Kipferlblech in die andere Ecke schob.

»Ha, so um die zwanz'g Minutta, miasst se scho rechna.« Vom Backhaus aus konnte man die Turmuhr der Eltinger Michaelskirche gut sehen. Schlag sechzehn Uhr holte Anna Boheim die Plätzchen aus dem Ofen. Wie das duftete! Zum Probieren waren sie leider noch zu heiß. Aber schon nach ein paar Minuten konnte man sie anfassen und mit etwas Pusten auch testen. Tatzen und Kipferl schmeckten wunderbar.

»Welletse no a paar andere Sorta mitnemma?« Frau Röckle war eine Gutslesbäckerin aus Leidenschaft und hatte bereits Springerle, Kokosmakronen, Zimtsterne und Ausstecherle in ihren Dosen verstaut. Sie hob die Deckel ab und nahm von jeder Sorte eine Handvoll heraus. Anna Boheim revanchierte sich und schenkte Frau Röckle Bärentatzen und Vanillekipferl.

»Siehste, a su kimmt ma zu sechs Sorten und håt bloß zweje gebacken.«

Als sie heimkamen, war es draußen schon dunkel geworden, und im Wohnzimmer war Vater mit dem Aufstellen der Krippe beschäftigt. Krippen waren in der alten Heimat von großer Bedeutung gewesen. Teilweise waren ganze Landschaften aufgebaut worden und am Ende der Adventszeit standen über hundert Figuren in mehreren Gruppen rund um das Jesuskind herum. Engel schwebten an Fäden über dem Stall, zwischen den Gebäuden war alles mit frischem Moos ausgekleidet. An jedem Tag bis Heilig Abend stellte Vater neue Figuren in die Krippe. Das Jesuskind kam erst am Heiligen Abend in die Futterkrippe im Stall.

»Woher hast du die?« Alfred staunte über die geschnitzten Hirten, Kinder, Frauen und Männer, über die Schafe,

Ziegen, den Ochsen und den Esel. Da war ein dicker Mann in edlen Gewändern, mit Pelzmütze auf dem Kopf.

»Au su håt mein Kompaniechef ausgesah'n.« Vater lächelte und klopfte Alfred auf die Schulter. Da saßen Männer mit hochgekrempelten Ärmeln auf einer Bank in einer Stube.

»Ist das ein Wirtshaus?« Der Vater nickte.

»Das då sin meine Stammtischbrider.« Tatsächlich hatten sie winzige Krüge vor sich auf dem kleinen Holztisch stehen. Eine Kneipe hatte zwar nichts mit Weihnachten zu tun, aber die Krippen im Sudetenland erzählten meist mehrere Geschichten und hatten immer auch etwas mit dem Ort und seinen Bewohnern zu tun.

»Und wer ist das da?« Alfred hatte einen Buckligen hinter zwei Bäumen am Waldrand entdeckt.

»Das war unser Gleckner vo Buchelsdorf.« Vater lachte. Alfred und er hatten vor Kurzem im Kino in der Grabenstraße den Spielfilm »Der Glöckner von Notre Dame« mit Anthony Quinn in der Rolle des *Quasimodo* gesehen. Gina Lollobrigida hatte als schöne *Esmeralda* nicht nur *Quasimodo* im Kinosaal den Kopf verdreht.

»Woher hast du diese tollen Figuren?«, wiederholte Alfred seine Frage, die der Vater noch nicht beantwortet hatte.

»Die hå ich gemacht ei der Gefangenschåft.« Und Alois Boheim erzählte, wie er als gefangener Soldat in Polen in den Nächten bei Kerzenschein im Kalten, mit klammen Fingern und einem selbst geschliffenen, kleinen Messer aus Lindenholzresten einige Dutzend Figuren geschnitzt hatte. Manche davon hatte er den Aufsehern übergeben müssen, die meisten aber hatte er in einem Tuch hinter seinem Bettverschlag versteckt und hatte sie nach seiner Freilassung mit ins Allgäu gebracht.

Seitdem gehörten sie zu Weihnachten in der Familie Boheim wie Mutters *Bretla*. Vater ist ein echter Künstler, dachte Alfred.

Kurz vor Weihnachten gab es für Familie Boheim schon eine vorzeitige Bescherung. Vater hatte von einem Arbeitskollegen erfahren, dass dessen Tante gestorben war. Deren Haushalt wurde aufgelöst und es war ein fast neuer Elektroherd günstig zu verkaufen. Er hatte vier Kochplatten und einen Backofen mit Rost und Blechen. Alois Boheim einigte sich mit seinem Kollegen auf einen Ratenkauf. Jeden Monat zahlte er ihm zehn Mark und konnte das Gerät so in einem Jahr abbezahlen. Zusammen hievten die beiden Männer den Herd auf einen Leiterwagen und zogen ihn vom Leonberger Marktplatz in die Robert Koch-Straße. Der Kollege war zufälligerweise Elektriker beim Städtischen Bauhof, sodass er den Herd in Boheims Küche fachgerecht anschließen konnte.

»A su a schener Ufen!«, sagte Anna Boheim und strahlte über beide Backen. Seit Jahren hatte sie keinen Herd mehr besessen und einen elektrischen noch nie. Das aufwändige Anfeuern am frühen Morgen war nicht mehr nötig. Sie konnte einfach an einem Knopf drehen und die Kochplatte wurde heiß. Sie drehte an einem anderen Knopf und der Backofen heizte auf die gewünschte Temperatur hoch – Wunder der Technik! Das musste sie natürlich sofort ausprobieren und kochte und buk nach Herzenslust. Bald wurden die Vorräte knapp und eigentlich war ja auch gerade Fastenzeit. Also überlegte sie sich für Heilig Abend ein leckeres Festessen.

Bescherung

Der vierundzwanzigste Dezember 1956 war ein Montag. Vater war schon früh aufgestanden und zur Arbeit gegangen. An Weihnachten musste Alois Boheim aber nur bis vierzehn Uhr im Bauhof sein. Dann hatte er Feierabend und zu feiern gab's ja heute wirklich etwas. Alfred und Alfons waren auch schon früh wach. Alfons war richtig aufgedreht und zischte durch die kleine Wohnung, wie das Vierjährige eben tun, wenn Heilig Abend ist. Auch Alfred hatte so ein wohliges Kribbeln im Bauch und freute sich.

»Alfred, kimm ei de Kiche und räum oche die Teller auf an Tisch!« Mutter war in der Küche zugange und kochte eine Wassersuppe. Nach katholischem Brauch gehörte der Weihnachtsmorgen noch zur adventlichen Fastenzeit. Schließlich sollte das Festessen am Abend jedem hungrigen Bauch richtig gut schmecken. Anna Boheim saß mit ihren beiden Söhnen am Küchentisch.

»Alfons, gehst nåch'n Essen mit deim Bruder raus ein Schnee. Ich brauch hier drin ei der Kiche a bissla meine Ruhe.« Alfons schaute die Mutter fragend an, aber Alfred hatte den Wink wohl verstanden. Mutter musste noch Vorbereitungen für den Nachmittag treffen und da waren ihr die Jungs im Weg.

»Ist gut Mutter, wir gehen raus eine Schneeballschlacht machen. Kommst du mit, Alfons?«

»Au ja!« Alfred half Alfons beim Anziehen: Jacke,

Mütze, Handschuhe, Stiefel – und schon waren sie auf der Wiese zwischen den Wohnblocks im Schnee. Es hatte in den vergangenen Tagen immer wieder geschneit. Und es war wie meistens an Heilig Abend wärmer geworden, sodass der Pappschnee für eine Schnellballschlacht bestens geeignet war. Alfons formte mit seinen kleinen Händen dicke Batzen, die er in Alfreds Richtung warf. Alfreds Schneebälle verfehlten absichtlich das Ziel. Mutter hatte ihm eingeschärft, dass er Alfons nicht abschießen sollte. Das konnte wegen kleiner Steinchen im Schneeball richtig gefährlich für die Augen sein.

»Sollen wir einen Schneemann bauen?«

»Gute Idee!« Schon begann Alfons eine kleine Kugel im weichen Schnee zu wälzen. Sie wurde schnell größer und bald brauchte er Alfreds Hilfe. Gemeinsam hievten sie eine zweite, etwas kleinere Kugel auf die erste und befestigten sie mit losem Schnee. Dann kam der Kopf an die Reihe. Den musste Alfred alleine auf der Bauchkugel befestigen, denn Alfons' Arme waren dafür zu kurz.

»Bekommt der Schneemann noch Augen und Knöpfe?« Alfred nickte.

»Klar, und eine Möhrennase und einen Topf als Hut, wie es sich für einen anständigen Schneemann gehört.«

»Und einen Besen?«, ergänzte Alfons.

»Ja, auch einen Besen, damit es ein richtiger Weihnachtsschneemann wird.« Alfons klatschte vor Begeisterung mit seinen Fäustlingen in die Hände und hüpfte wie ein Schneehase aufgeregt über die verschneite Wiese. Alfred warf vorsichtig ein kleines Steinchen ans Küchenfenster, um sich bei der Mutter bemerkbar zu machen.

»Alfred, mein Jonge, was gibt's dann?« Sie öffnete und sah das Schneemannkunstwerk.

»Ah, der is aber schen geword'n. Na, da werd sich das

Christkindl aber freu'n!« Anna Boheim nickte den Baumeistern anerkennend zu.

»Schön schon, aber ihm fehlen noch Nase, Hut und Besen.« Mutter reichte Alfred die Sachen durchs Fenster nach draußen. Alfons hatte inzwischen dunkle Steine für die Augen, den Mund und die Knöpfe gesammelt. Die Brüder legten noch einmal Hand an. Bald war der Schneemann fertig und sah wirklich toll aus.

Die Zeit war wie im Nu verflogen. Schon war früher Nachmittag und Vater kam nach Hause. Alfons zog ihn gleich wieder aus der Wohnung mit nach draußen und Alois Boheim bewunderte den Schneemann.

»A su an schen'n Schneemann hå ich no selt'n gesahn!« Der Vater war stolz auf seine beiden Söhne und strahlte über das ganze Gesicht. Puff! Da hatte er schon einen Schneeball auf den Rücken bekommen.

»Na wart' Alfred, du Lausejonge! Dich krieg' ich schon, warst sehn.« Und Vater versuchte Alfred zu fangen um ihm eine Abreibung zu erteilen. Aber der schlug Haken wie ein Feldhase und brachte sich immer wieder in Sicherheit.

»Nu kommt rein, ihr Schneemänner!« Mutter hatte dem Treiben vom Küchenfenster aus zugesehen und holte ihre Männer ins Haus. Vater ging in den Keller und brachte einen kleinen Tannenbaum ins Wohnzimmer. Dort stellte er ihn in den Christbaumständer auf der Anrichte. Mutter hatte den Karton mit Kugeln, Kerzen, Strohsternen und Lametta aus dem Schlafzimmer geholt und fing mit Alfred an, den Baum zu schmücken. Alfons durfte auf den Stuhl steigen und an die unteren Zweige auch etwas hinhängen. Schnell verwandelte sich der Raum in eine weihnachtliche Feierstube. Vater öffnete das Fenster einen Spalt weit.

»A su misste das Christkindl oche dan Weg find'n.« Er

lächelte Alfons an und zwinkerte Alfred zu.

»Komm Alfons, lass uns noch einmal nach dem Schneemann schauen.« Schnell hatten sich die beiden angezogen und gingen in die abendliche Dämmerung hinaus. Es war kalt geworden und der Schneemann stand wie festgefroren an seinem Platz. Alfons wurde kalt.

»Fang mich, wenn du kannst.« Alfred lief seinem kleinen Bruder immer ein Stück voran. Und immer, wenn Alfons in seine Nähe kam, lief er wieder ein paar Meter.

»Das gilt gar nicht!« Alfons war schon ganz außer Puste.

»Aber warm ist dir jetzt wieder.« Alfred klopfte Alfons einen Schneebatzen in den Rücken, dass die Schneekristalle in Alfons Kragen fielen.

»Uahhh! Kalt! Na warte!« Und wieder ging die Jagd von vorne los. Da hörten sie plötzlich das Weihnachtsglöckchen läuten. Und durch das Fenster sahen sie drinnen die Kerzen des Baums brennen. Wie schön und feierlich das aussah! Alfred und Alfons stürmten ins Treppenhaus, die paar Stufen zur Wohnung hoch und wollten gerade klopfen, als Mutter ihnen schon in ihrem feinen Festtagskleid die Tür öffnete.

»Kummt rein, ihr Lauser, frohe Weihnåchten!« Sie nahm ihre Söhne in den Arm und drückte sie an sich. Das fühlte sich gut an und roch nach Mutter, Weihnachten und Geborgenheit. Über der ganzen Wohnung lag bereits der Duft von leckerem Essen.

»Und wer kisst mich?« Vater kam aus dem Wohnzimmer und sah die große Umarmung. Da stürmten Alfred und Alfons auf ihn los.

»Frohe Weihnachten, Vater!«

»Frohe Weihnachten, ihr zwee. Nu, schaut oche eis Wohnzimmer!« Und das taten sie und staunten und der

Mund blieb ihnen offen stehen. Der Christbaum strahlte, das Lametta funkelte und auf dem Tisch stand ein großer Teller mit leckeren *Bretlan*. Jeder durfte sich eines nehmen, dann setzten sie sich auf das Sofa und Vater las ihnen die Weihnachtsgeschichte nach dem Evangelisten Lukas aus der Bibel vor:

> *In jenen Tagen erließ Kaiser Augustus den Befehl, alle Bewohner des Reiches in Steuerlisten einzutragen. Dies geschah zum ersten Mal; damals war Quirinius Statthalter von Syrien. Da ging jeder in seine Stadt, um sich eintragen zu lassen. So zog auch Josef von der Stadt Nazaret in Galiläa hinauf nach Judäa in die Stadt Davids, die Bethlehem heißt ...*

Vater schlug die Bibel zu, legte die Brille auf die Seite und sah das Strahlen in den Kindergesichtern. Wohl kaum eine Geschichte rührte die Menschen so an, wie die Geburt des kleinen Kindes in dem Stall. Alois Boheim ging zur Anrichte und zog aus dem kleinen Schächtelchen hinter dem Christbaum das von ihm geschnitzte Jesuskind heraus.

»Alfons, mechste dås Christkindl ei de Krippe leg'n?« Und wie er wollte! Alfons nahm die kleine Figur vorsichtig aus Vaters Hand und legte sie behutsam in die Krippe. Nun fehlten nur noch die Heiligen Drei Könige aus dem Morgenland. Die würden aber, so wollte es der Brauch, erst am sechsten Januar dazukommen, wenn die Sternsinger zu Besuch gewesen waren.

»Stille Nacht, heilige Nacht!« Sie sangen das alte, bekannte Weihnachtslied mit allen Strophen, das hatten sie von klein auf gelernt. Auch Alfons versuchte schon mitzusingen. Das gehörte einfach dazu. Genauso wie die Geschenke. Vater flüsterte Alfred ins Ohr.

»Geh' mål ei de Kiche und hul dam Alfons sei Geschenke.« Alfred kam kurz darauf zurück und hatte die Hände hinter dem Rücken versteckt.

»Hier, Alfons, hab' ich was für dich.«

»Was denn? Was denn?« Alfred gab seinem kleinen Bruder ein in buntes Papier eingeschlagenes, ziemlich großes Geschenk. Alfons riss das Papier ungeduldig auf und dann blieb ihm der Mund offenstehen.

»Ein Lastwagen!« Es war der bunte Holzlaster, den Alfred und Vater in der Kellerwerkstatt gebaut hatten. Wie schön er im Kerzenschein glänzte! Alfons setzte sich auf den Boden und fing gleich mit lautstarken Lastwagengeräuschen an, den Wagen durch das Wohnzimmer zu fahren. Vater holte noch einen Sack mit Holzresten hervor.

»So, dås is de Ladung fir dein Lastwåg'n.« Und Alfons belud und entlud sein neues Spielzeug und belud und entlud und belud und entlud und er war ganz und gar glücklich.

»Hast du den gemacht?« Vater nickte und Alfons drückte seinen Kopf in Vaters Jacke.

»Danke, vielen, vielen Dank!« Dann ging Vater aus dem Zimmer.

»Alfred, was bekommst oche du zu Weihnåcht'n?« Die Mutter sah ihren Ältesten fragend an. Alfred zuckte mit den Schultern und Mutter schaute ebenfalls, als wisse sie gar nichts. »So, mein Baumeester, nu kimmt dei Geschenke.« Da blieb auch Alfred der Mund offenstehen. Sein Geschenk war so groß, dass Vater kein passendes Einpackpapier gefunden hatte. Es war ein Schlitten mit einer großen, roten Schleife daran. Ein eigener Schlitten aus Holz mit blitzenden Kufen!

»Hast du den gemacht?« Wieder nickte der Vater und

dieses Mal war es Alfred, der ihn umarmte. Eine Freudenträne saß in Alfreds Augenwinkel und er räusperte sich und bedankte sich bei dem tollsten Schlittenbauer-Vater der Welt. Der bekam von seiner Frau Anna selbstgestrickte Socken und eine gute Hose für Sonn- und Feiertage. Alfreds Mutter freute sich über ein schönes Bild mit einem Nikolaus drauf, das Alfons gemalt hatte. Dann zog Alois ein kleines Schächtelchen aus der Jacke und gab es Anna.

»Du bist ni gescheit!«, tadelte sie ihren Mann mit einem Lächeln. Sie öffnete den Deckel und sah hinein. In einem schwarzen Samtpolster steckte ein Ring mit einer Perle. Es war das erste Schmuckstück, das sie nach der Flucht aus der alten Heimat nun wieder besaß.

»Alois, du bist ni gescheit!«, wiederholte sie mit rauer Stimme. Sie wusste, wie lange Alois auf dieses Geschenk gespart haben musste. Anna freute sich einerseits sehr über diesen wundervollen Ring, andererseits waren sie jedoch keine reichen Leute. Sie mussten doch sparen, jeden Pfennig umdrehen, konnten sich solche Dinge eigentlich gar nicht leisten. Alois nahm seine Frau in den Arm und küsste sie.

»Mir wer'n dås schon iberleben.« Anna streifte den Ring über ihren Finger, er passte wie angegossen. Und er stand ihr ganz ausgezeichnet, fand Alfred. Anna gab ihrem Alois einen Kuss.

»Hübsch siehst du aus, Mutter«, sagte Alfred. Dann deckten sie gemeinsam den Wohnzimmertisch. Sonst aßen sie meistens in der Küche, aber an besonderen Tagen wurde in der Guten Stube gegessen. So war es zuhause auch gewesen. Im schönsten und größten Raum, der beheizt werden konnte, wurden Gäste empfangen, wurden Geburtstage, Weihnachten und Ostern gefeiert. Alfred legte das Besteck auf, der Vater brachte die Teller. Mutter hantierte in der Küche und Alfons schleppte Wassergläser aus der Küche ins Wohnzimmer. In der ganzen Wohnung roch es nach geschmorten *Geckala*. Zwei Hühnchen brutzelten im Bräter und auf dem Herd standen zwei Töpfe mit Rotkraut und Kartoffelpüree. Mutter schwang die Topflappen und nahm den großen Topf aus dem Backofen. Dann zog sie die Geflügelschere aus der Schublade und zerteilte die Hühnchen fachgerecht. Fleisch oder Geflügel stand bei den Boheims selten auf dem Speiseplan. Normalerweise war es einfach zu teuer. Aber heute war Weihnachten und dazu gehörte ganz einfach ein Festessen. Alfred schnappte sich Holzbrettchen als Untersetzer und nun wurde aufgetragen. Vater hatte inzwischen die Stoffservietten neben das Besteck gelegt und Mutter und sich ein Glas Bier eingeschenkt. Die Familie nahm Platz und Vater verteilte das Essen auf die Teller. Dann falteten alle die Hände und beteten.

»Heiliger Vater sei unser Gast und segne, was du uns bescheret hast. Amen.« Sie wünschten sich gegenseitig einen guten Appetit und dann wurde mit Genuss und ordentlichem Hunger endlich das leckere Essen verspeist. Es war ein Schmatzen und Knabbern und immer wieder ein Lachen mit vollen Backen. Vater erzählte kuriose Geschichten, die sich zuhause rund um den Altvater in der Vorweihnachtszeit zugetragen hatten. Vom alten Bohatschek zum Beispiel, der am Weihnachtstag mit seinem Schlitten in den Wald gegangen war, um einen Christbaum zu schlagen. Beim Aufladen war der Schlitten ins Rutschen geraten. Der Alte hatte sich gerade noch obenauf schwingen können und war nun mit Baum und Schlitten zu Tal geflitzt. In der ersten Kurve verlor der Schlitten seine Ladung, raste leer quer durch den Wald nach unten und verschwand im Dickicht. Der alte Bohatschek war, völlig außer Puste, erst in der Dunkelheit ins Dorf zurückgekommen. Er schleifte seinen Baum hinter sich her und fluchte ganz unweihnachtlich. Die Männer aus dem Dorf halfen dem Alten beim Aufstellen des Christbaums, die Frauen schmückten ihn. Dann versammelten sich allein Bohatscheks guter Stube und sangen und aßen gemeinsam. Den Schlitten fanden Forstarbeiter beim Baumfällen erst im nächsten Frühjahr im Wald wieder.

Alfred und Alfons mussten über das Missgeschick des Alten herzlich lachen – auch wenn Alfred wusste, dass man sich bei Schadenfreude eigentlich zurückhalten sollte. Die Zeit bei Tisch verging rasch. Von den Hühnchen blieben nur die abgenagten Knochen übrig. Zum Nachtisch hatte die Mutter noch Schokoladenpudding gekocht, den sie zum Abschluss genüsslich aus kleinen Schälchen löffelten. Anschließend räumten sie den Tisch ab und spielten Karten. Die Mutter legte Alfons in sein Bettchen im Schlafzimmer nebenan. Er sollte schon ein bisschen schlafen, bevor sie ihn noch einmal weckte. Der Vater hatte inzwischen die Karten gemischt und ausgeteilt. Sie spielten *Schnapsen* zu dritt, auch *Sechsundsechzig* genannt, ein altes, österreichisch-ungarisches Kartenspiel. Das hatte nichts mit Alkohol zu tun, sondern meinte eigentlich das Schnappen oder Trumpfen der Spielkarten bis man sechsundsechzig Augen hatte und eine Runde damit gewann. Anna war eine sehr gute Spielerin, die meistens die Runden für sich entscheiden konnte. Manchmal schummelte sie auch ein bisschen, aber meistens merkten es Alois und Alfred und konnten ihr nicht wirklich böse sein. Nun mischte Alfred die Karten – gut und gründlich.

»Ei Hopferau hat's gegeben Leite mit a su korz'n Fingerlan. Die han sich dås ålles ogemischelt.« Mutter musste über ihren Witz selber am meisten lachen – die Finger sollen vom Mischen kurz geraten sein, so ein Quatsch! Sie spielten Runde um Runde bis es auf Mitternacht zuging.

»So, nu wird's oche bald Zeit fir de Kirche«, stellte der Vater fest. Die Familie räumte den Tisch ab, spülte das Geschirr und richtete sich für die Christmette.

Alfreds Vater hatte in dieser Weihnacht Dienst als Mesner und bereitete im Altarraum und in der Sakristei alles für den Gottesdienst vor. Schon kamen die ersten Gottesdienstbesucher, denn an diesem Abend würde die neue Kirche in der Stohrerstraße sehr voll werden. Sie war seit 1948 für die vielen katholischen Flüchtlinge in Leonberg gebaut und im Juni 1951 von Bischoff Leiprecht geweiht worden. Die Kirche der Gemeinde Sankt Johannes – Schutzpatron war Johannes der Täufer – war im Innenraum erst vor zwei Jahren fertig ausgebaut geworden, der Kirchturm fehlte noch. Über sechshundert Besucher wurden erwartet. Nun kam auch Anna Boheim mit ihren beiden Söhnen. Alfons hatte sie wecken müssen. Zum Glück hatten sie es nicht weit. Die Glocken läuteten zur Mitternacht, zur heiligen Nacht, die Kirchenbesucher erhoben sich und sangen das erste Lied zum Einzug der Ministranten und des Pfarrers. Die Gebete und die Lesung wurden noch auf lateinisch gesprochen. Erst Anfang der sechziger Jahre sollte sich das ändern. Ein Lektor las die Weihnachtsgeschichte, las von der beschwerlichen Reise von Josef und Maria aus Nazareth nach Bethlehem um sich nach dem Willen des Kaisers zählen zu lassen. Und Anna Boheim musste an ihren beschwerlichen Weg denken. An den in aller Eile beladenen Kinderwagen, in den sie ihren kleinen Alfred gelegt hatte und mit dem sie, zusammen mit ihrer Mutter, zu Fuß ihre Heimat verlassen musste.

Pfarrer Kner forderte in seiner Predigt die Gemeinde zu Frieden und Dankbarkeit auf. Er erinnerte an das persönliche Leid von vielen, die sich in dieser Nacht hier in der Kirche versammelt hatten, von Flucht und Vertreibung und den schweren Jahren des Neuanfangs in der Fremde, die sie bis hierher erfolgreich und mit Gottes Hilfe gemeistert hatten. Manchen Frauen und Männern in den Kirchenbänken traten bei diesen Worten Tränen in die Augen. Der Schmerz des Heimatverlusts, die Trauer über Angehörige, die im Krieg geblieben waren, die Mühen des Alltags, die Schmähungen der Einheimischen überkam sie. Darunter mischte sich aber auch Zufriedenheit über das Erreichte. Sie waren entkommen und sie waren dabei, sich hier neue Existenzen aufzubauen. Ihre Hoffnungen lagen in dieser Nacht vor allen auf den Kindern wie Alfred und Alfons. Sie sollten die Fehler der Alten nicht wiederholen, sondern es besser machen. Feindbilder, Sündenböcke, Krieg und Vernichtung sollte es nie wieder geben. Das wünschten sich die Erwachsenen, dafür beteten und sangen sie.

Nach dem Gottesdienst wünschte man sich auf dem Vorplatz gesegnete, frohe Weihnachten, tauschte sich noch kurz mit Bekannten aus und machte sich dann auf den Nachhauseweg.

Besuch aus dem Allgäu

Am zweiten Weihnachtstag bekamen Boheims Besuch. Familie Kneissl aus Hopferbach hatte sich angekündigt. Sie waren während der Allgäuer Zeit Nachbarn gewesen und Emil, einer der Söhne von Kneissls, war zusammen mit Alfred in die Volksschule gegangen. Emils Vater Alfons und seine Mutter Magda hatten einen kleinen Bauernhof. Während ihrer Reise ins Württembergische mussten sich Kneissls Nachbarn um das Vieh kümmern, morgens und abends die Kühe melken, füttern und den Stall ausmisten. Für ein paar Tage ging das, aber an ein oder zwei Wochen Urlaub war nicht zu denken. Mit großem ›Hallo!‹ wurden die Gäste begrüßt. Die Erwachsenen setzten sich an den Kaffeetisch und schwelgten in Erinnerungen. Den Kindern war es nach dem Kuchenessen zu langweilig geworden und sie verzogen sich ins Zimmer nebenan.

»I muass d'r ebbas verzähla!« Emil zupfte seinen alten Freund Alfred am Ärmel und konnte sich das Lachen kaum verkneifen.

»Mir hand heuer a bsonders Weihnachtsfeschd g'het, sell ka d'r saga.« Und dann erzählte Emil von seinen wochenlangen Vorbereitungen auf Weihnachten. Mit einem Märklin-Baukasten hatte er eine große Krippe gebaut. Eine richtige Modelllandschaft mit bemalten Hügeln aus Pappmaschee, Bäumen aus Tannenzweigen und Moosflechten, einem Stall und Figuren. Es waren nicht ganz so viele, wie Boheims in ihrem Wohnzimmer aufgestellt hatten, aber dafür brannte in Emils Krippe elektrisches Licht! Aus einem alten Radio hatte er einen Trafo ausgebaut und geprüft. Den hatte er mit verschiedenfarbigen Glühlampen verbunden. Das Hirtenfeuer brannte rot, der Stall war mit blauem und grünem Licht erleuchtet. Wie an allen anderen Tagen auch, musste Emil an Heilig Abend seinen Eltern im Stall helfen.

»Und auf eimal war's zappaduschd'r!« Emils kleiner Bruder Ewald hatte sich mit seinen vier Jahren mitten in die Krippe gesetzt und einen Kurzschluss ausgelöst. Die gesamte Elektrik des Bauernhofs hing damals an einer Sicherung, die nun durchgebrannt war.

»Mir musstat zersch amal a Kerze suacha, bis m'r dann die Bescherung gseha hant.« Zum Glück war Ewald nichts passiert. Immerhin wurde damals der Hausstrom auch schon mit 110 Volt betrieben. Emil war zunächst sehr traurig gewesen, dass seine wochenlange Arbeit von seinem kleinen Bruder kaputtgemacht worden war. Aber dann hatte er sich von seinen Eltern trösten lassen mit der Aussicht, dass sie ihm beim Reparieren halfen.

»Und vor Weihnachta nägsch Jahr darf i mei Krippe in d'r Schual aufstella.« Emil freute sich schon sehr und war auch ein bisschen stolz auf sein Werk. Dann gingen sie hinaus in den Schnee und lieferten sich zwischen den Wohnblocks der Robert-Koch-Straße eine ordentliche Schneeballschlacht. Als die Arme müde wurden, gingen sie ein Stück die Straße entlang.

»Hant ihr da a Schleifetze?« Emil nahm Anlauf und schlitterte auf dem Weg vor dem Haus einige Meter. Der Schnee war bestens geeignet für eine Rutschbahn, die mit jedem Versuch glatter und glatter wurde. Immer weiter und immer schneller schlitterten die Jungen und die vereiste

Bahn, die ›Schleifetze‹, wie man das im Schwäbischen nannte, spiegelte vor Glätte in der Nachmittagssonne.

»Achtung, jetzt komm' ich!« Alfred nahm ein paar Schritte Anlauf und schlitterte gekonnt über die Bahn. Auch die Kleinen, Alfons und Ewald, rutschten und fielen immer wieder auf den Hosenboden oder landeten auf den Knien. Aber mit vier Jahren waren das noch keine großen Höhen oder heftigen Schmerzen. Sie rieben sich lachend den Hosenboden und machten bei der Rutschpartie begeistert mit. Die Nasen wurden röter, die Hände kälter und die Lust verließ sie auch irgendwann. Also läuteten sie und gingen zurück in die warme Stube.

»So, ihr's Lausbuaba. Was habt's es denn draust wieder agstellt?«, fragte Alfons Kneissl argwöhnisch.

»Nichts, wir haben nichts angestellt.« Voller Entrüstung zogen sich die Jungen wieder ins Nebenzimmer zurück und waren gerade dabei das Mensch-ärgere-dich-nicht-Spiel aufzubauen, da hörten sie durchs leicht geöffnete Küchenfenster einen lauten Schmerzensschrei. Schon stürmte Alois Boheim besorgt ins Spielzimmer.

»Håt sich oche jemand vo eich was getan?« Die Jungen schütteln die Köpfe und folgten Alfreds Vater in die Küche. Der öffnete das Fenster und sah hinaus.

»Ach Gott, ach Gott, Frau Krock! Was machen sie denn fir Sach'n?!« Die Nachbarin lag der Länge nach auf dem Boden und hielt sich das rechte Knie.

»Aua! Mei, Herr Boheim. Guck i rom, guck i nom, haut's mi hie, schmerzt mei Knie.« Das tapfer reimende Unfallopfer rang sich ein schmerzverzerrtes Lächeln ab. Und nun sah Alfreds Vater den Grund des Unfalls in der Sonne glitzern.

»Habt ihr etwa de Rutschbahn då hi fabriziert?« Mit strengem Blick sah er in verlegen zu Boden starrende Bubengesichter. Dieses Mal schüttelte keiner der Jungen entrüstet mit dem Kopf.

»Wir wussten ja nicht, dass Frau Krock …«, versuchte Alfred sich zu rechtfertigen, wurde aber von der mürrischen Handbewegung seines Vaters unterbrochen.

»Spar dir dås Gesülze! Nu geht ihr ei'n Keller, hult Sand und streut de Eisbahn.« Inzwischen half Herr Boheim der Nachbarin wieder auf die Beine und stützte sie.

»I glaub' es goht scho wieder, Herr Boheim.« Mehrmals musste Frau Krock versichern, dass alles in Ordnung war und sie, außer ein paar blauen Flecken, keine schwerwiegende Verletzung erlitten hatte.

Nach dem Abendessen, bei dem für die Jungen der Nachtisch ausfiel, gingen Alfred und Emil freiwillig ins Bett. Sie hatten sich doch noch so viel zu erzählen. Streiche von früher, Erinnerungen an die gemeinsame Schulzeit, die ja noch gar nicht so lange zurücklag. Als die kleinen Brüder Ewald und Alfons schliefen, flüsterten die Großen noch lange.

»Woisch no, wia m'r bei s'Zellers gschlittlet sen?« Klar konnte sich Alfred noch an die Schlittenpartie im Winter vor zwei Jahren erinnern. Hinter dem Hof von Bauer Zeller war der beste Schlittenhang von ganz Hopferbach. Sie hatten aus zwei alten Schlitten einen lenkbaren Bob gebaut. Mit Schrauben und einem Vierkant hatten sie in der Zimmerei von Rottingers die Schlitten so verschraubt, dass der vordere als Lenkbob funktionierte. Dazu hatte auch eine Eisenstange gedient, auf die man als Fahrer die Beine hatte abstellen können. Der Hintermann sollte im Notfall mit einem zweiten Vierkant bremsen. Die Probefahrt war erfolgreich verlaufen. Stolz und glücklich zogen Emil und Alfred anschließend das Gefährt hinter dem

Zeller-Hof den verschneiten Feldweg den Hügel hinauf. Oben, am Waldrand gab es eine Futterstelle für das Wild. Auf dem Weg wurde das Futter von den Hegern mit Wagen und Zugtieren oder Traktoren befördert. Die Schlittenbahn war dadurch bestens vorbereitet.

»Mir hant an ordentlicha Zacka drauf g'habt!« Emil geriet immer noch ins Schwärmen, als er an die rasante Fahrt dachte. Alfred war der Anschieber und Bremser, Emil der Bobpilot gewesen. Mit viel Gefühl hatte Emil den Eigenbau durch die Kurven hinunter gesteuert, nur selten musste Alfred das Tempo abbremsen. Mit Karacho waren sie auf die Zielgerade eingebogen. Der Bob war so schnell geworden, dass Emil nicht mehr lenken konnte. Und dann war das Bremsholz abgebrochen und die beiden Bruchpiloten fuhren direkt in das Klohäuschen des Zeller-Hofs hinein.

»Wie die Alte blöd geschaut hat!« Alfred bog sich heute noch vor Lachen.

»›Ihr's Lausbuaba, ihr's verreckte!‹« Emil ahmte die wütende Bauersfrau nach, die sich wohl ordentlich erschrocken hatte, als sie ahnungslos auf dem Plumpsklo ihre Geschäfte verrichten wollte. Der Bob mit Emil und Alfred war in die Bretterwand gerauscht und hatte ein großes Loch in den Abort gerissen. Die Bäuerin war aufgesprungen, hatte ihre Röcke schnell über die Knie fallen lassen und dann, in der offenen Klotür stehend, ihr Donnerwetter losgelassen.

»›Aber des zahl' i eich heim, ihrs Herrgottskrampa!‹« Emil traf den Ton von damals ganz genau. Er und Alfred waren so verdutzt über das jähe Ende ihrer Fahrt gewesen, dass sie sich nicht hatten rühren können. Ihnen war zum Glück nichts passiert, aber der Schreck saß ihnen in den Gliedern. Und die Bäuerin war richtig sauer. Sie schimpfte und zeterte, drohte den Jungen mit Prügeln, bis der Zeller-Bauer aus der Stalltür kuckte und den kaputten Lokus sah – und in lautes Lachen ausbrach. Tags darauf waren die Zellers auf dem Rottinger-Hof zu Besuch und man einigte sich gütlich. Alois Boheim hatte herzhaft über das Malheur gelacht und erklärte sich bereit, den Schaden am Klohäuschen der Zellers fachgerecht zu reparieren. Emils Vater allerdings reagierte ziemlich sauer auf das Missgeschick, als ihm sein Sohn kleinlaut davon berichtete. »Wir send doch hier et in Oslo!« Alfons Kneissl hatte wohl die Olympischen Winterspiele von 1952 vor Augen, als Anderl Ostler mit seinem Bremser Lorenz Nieberl in einem siebzehn Jahre alten Bob die Goldmedaille im Zweierbob und später auch noch den Wettbewerb im Viererbob gewonnen hatte. Im Kino in Kempten hatten Emil und Alfred damals in der Wochenschau die Aufnahmen aus Norwegen gesehen und waren schwer beeindruckt von der technischen Ausrüstung und den Geschwindigkeiten in der Olympischen Bobbahn. Es waren die ersten deutschen Siege im Sport nach dem Zweiten Weltkrieg gewesen. »Unser schöner Bob war danach nicht mehr zu gebrauchen.« Alfred ärgerte sich noch heute darüber. So viel Mühe hatten sie in den Bau gesteckt und danach waren nicht einmal mehr die beiden Schlitten einzeln zu benutzen gewesen. Alfreds Vater hatte die gebrochenen Kufen erst wieder leimen müssen.

»So, ihr zwee Helden. Nu wird aber geschlåf'n!« Alois Boheim knipste das Licht aus und wünschte den Buben eine gute Nacht. Alfred hatte den besten Vater der Welt!

Feuerwerk

Die Tage zwischen den Jahren vergingen wie im Flug. Kneissls waren wieder zurück ins Allgäu gefahren, sie mussten nach ihrem Vieh sehen. Es hatte reichlich geschneit und der gleißende Schnee verwandelte Leonberg und Umgebung in eine wunderschöne Winterlandschaft. Die Kinder zogen mit ihren Schlitten auf die Gerlinger Heide. Dort gab es gleich mehrere Bahnen, vom Babyhang bis zur Schanzenstrecke. Großeltern, Onkels und Tanten standen oben beim Start und sahen den Enkeln, Nichten und Neffen beim Rodeln in Kolonnen zu. Dann und wann lächelten sie über eine Massenkarambolage, wenn die Schlitten umkippten, ineinander fuhren und die jungen Piloten übereinander purzelten. Schneeballschlachten gehörten natürlich auch dazu. Alte und Junge hatten ihren Spaß. Der Schnee stob in Kristallwolken im gleißenden Sonnenlicht. Nachbarn grüßten sich freundlich, unterhielten sich und wünschten einander eine gute Zeit. Immer mehr Kinder kamen am frühen Nachmittag auf die Heide. Darunter waren auch Klassenkameraden aus Alfreds 5c. Am Tag zuvor hatten sie sich in der Stadt getroffen und für heute, Silvester, hier auf der Schlittenpiste verabredet.

»Hallo Alfred! Na wie geht's? Hast du an deinen Schlitten gedacht?« Georg klopfte seinen Freund ab. Alfred hatte ihm von seinem Weihnachtsgeschenk berichtet, aber nun war es nicht zu sehen.

»Hi- hi- hier ist mein Schlitten«, sagte Alfred im Scherz. Er war so froh, dass er nicht mehr so oft stottern musste und nahm sich jetzt sogar selbst manchmal damit auf die Schippe. Nun zog er seinen neuen Schlitten stolz aus der Hecke neben sich.

»Tataa!« Georg nickte anerkennend. Ein tolles Gerät, das musste er Alfred lassen. Vater Boheim hatte sich damit selbst übertroffen. Plötzlich wurden Alfred die Augen zugehalten. Gestrickte Fausthandschuhe verdeckten seine Sicht.

»Bärbel?« Die ›flüsternden Fäustlinge‹ verneinten. Wer mochte das sein? Alfred tippte noch zweimal daneben, dann wand er sich aus der Sichtsperre heraus und vor ihm stand Lisa.

»Hallo Alfred.«

»Hallo.« Alfred freute sich mehr über das Treffen, als er das den anderen gegenüber zeigen wollte. Zum Glück hatten sie alle durch die Winterkälte rote Backen. So fiel Alfreds Verlegenheitstönung nicht so auf. Gedankenblitze zuckten durch seinen Kopf, Wortfetzen – aber es kam nichts heraus. Wieder einmal! Immer wenn er meinte etwas Witziges, etwas Geistreiches, einfach irgendetwas sagen zu *müssen*, um nicht wie ein Volltrottel dazustehen, verknotete sich sein Zunge und es kam nur warme Luft aus seinem karpfigen Mund, die im eisigen Wind kondensierte. Dann hatte er eine Idee. Wortlos bat er Lisa auf seinem Schlitten Platz zu nehmen. Er würde sie zum Start ziehen. Vielleicht würden sie sogar zu zweit den Hang hinunterrodeln. Lisa ließ sich nicht lange bitten und setzte sich wie eine Prinzessin, auf ihren ›goldenen‹ Schlitten.

»Wohlan denn, ziehe Er mich!« Und das tat Alfred. Er zog seinen Schlitten mit Lisa, wie es sonst nur erfahrene Kutschpferde tun.

»Ruhig, Brauner, ruhig!« Lisa genoss ihre Prinzessinnenrolle zügelte ihr Pferd ohne Zügel und grüßte die umstehenden Klassenkameraden würdevoll mit winkender Hand.

»Die Dambacherin ist heute aber vornehm!« Waltraut und Manfred mussten über das Gespann kichern, das da an ihnen vorüberglitt. Aber Lisa und Alfred kümmerte das nicht. Am Startpunkt der Schanzenstrecke schnaubte Alfred und nickte mit dem Kopf. Dann drehte er sich um.

»Willst du mit mir runterfahren?« Lisa nickte, nahm Alfred die Schnur ab und stellte ihre Füße auf die Kufen. Alfred setzte sich dahinter. Es roch nach Lisa. Dann stieß er den Schlitten energisch ab und sie nahmen rasch Fahrt auf.

»Achtung!« Aber es war schon zu spät. Nach dem kurzen Sprung über die Schanze, kam der Schlitten schräg auf, warf seine beiden Passagiere ab und Lisa und Alfred kugelten die Piste entlang. Alfreds Schlitten kam erst am Ende der Bahn in den Schlehenhecken zum Stehen.

»Hast du dir weh getan?« Alfred war einen Moment besorgt, denn Lisa blieb regungslos im Schnee liegen. Aber dann musste sie doch laut loslachen.

»Du bist mir ja ein schöner Bruchpilot!« Sie zwinkerte Alfred zu, dann klopften sich beide den Schnee von den Kleidern.

»Wo ist denn dein Schlitten?« Alfred zeigte wortlos auf die Hecke und sie rannten die Bahn entlang nach unten.

Gerade als Lisa und Alfred den Schlitten aus der Hecke gezogen hatten kreischte es neben ihnen: »Aus der Bahn!«

Anton und Manfred waren ebenfalls zu zweit über die Schanze gefahren und bremsten nun ganz dicht neben den beiden Bruchpiloten, dass der Schnee nur so spritzte.

»So macht man das!« Anton ahmte mit beiden Händen die unfallfreie Schanzenfahrt nach.

»Angeber!« Alfred war genervt. Hätte er sich richtig an Lisa festgehalten, wäre das nicht passiert. Aber er konnte sie doch nicht einfach so anfassen. Davon hatten die beiden Angeber natürlich keine Ahnung. Waltraut kam alleine auf ihrem Schlitten angesaust, dann auch noch Peter und Georg. Sie zogen die Schlitten wieder nach oben, banden sie aneinander und fuhren in Kolonne über die Schanze. Das musste ja schief gehen.

»Schlittensalat mit Kadaver.« Georg brachte es wieder mal auf den Punkt.

»Wieso Kadaver? Wir sind aber noch ziemlich lebendig«, stellte Waltraut die Sache richtig. Noch etliche Male zogen sie ihre Schlitten bergauf, fuhren bergab, wälzten sich im Schnee, bewarfen sich damit, seiften sich ein und waren durch und durch nass, als die Sonne unterging und sie müde aber glücklich heimwärts zogen.

»Tschüs Alfred.« Lisa winkte ihm zum Abschied und Alfred winkte zurück. So nahe wie heute auf dem Schlitten waren sie sich noch nie gekommen. Das nächste Mal würde er sie anfassen und dann würden sie auch bestimmt nicht wieder umkippen. Da war er sich sicher.

Als Alfred nach Hause kam, waren Fietzens zu Besuch. Bärbel saß mit seinen und ihren Eltern, mit Alfons und den drei Brüdern Helmut, Bruno und Rudi im Wohnzimmer. Die Fietz-Kinder hatten sich mit anderen aus der Siedlung nachmittags am Bloßenberg zum Spielen getroffen.

»Då kimmt der gruße Schlittlfahrer!« Bärbels Vater Edwin winkte ihm durch die offene Tür zu. Alfred zog seine tropfende Jacke, seine patschnassen Stiefel, seine triefenden Handschuhe und die völlig durchnässte Mütze im

Flur aus und legte alles zum Trocknen auf die Heizkörper im Schlafzimmer.

»Hallo zusammen.« Mit frischen, trockenen Sachen setzte sich Alfred in die Runde und nahm ein *Bredla* vom Teller.

»Edwin, nu erzähl oche die Geschichte weiter«, ermunterte Anna Boheim ihren Schwager neugierig zum Weitererzählen. Offenbar hatte Bärbels Vater mit einem seiner Schwänke aus der Heimat die Runde unterhalten, bevor Alfred nach Hause gekommen war. Edwin Fietz ließ sich nicht zweimal bitten. Unermüdlich gab er bei jeder Gelegenheit Witze und Anekdoten zum Besten, bis sich seine Zuhörer die Bäuche hielten und Tränen lachten.

»Also gut. Wo war ich noch amål steh'n geblieb'n? Ja, genau, als die alde Kintopperin ei da gut'n Stube gelehn is und a Näppala gehald'n hat.« Es war die Großmutter von Alois' Schwager Severin, die vor Jahren bereits hochbetagt in ihrem Wohnzimmer im Kintop-Hof von Buchelsdorf ein Nickerchen gehalten hatte – ahnungslos und bereits etwas seltsam. Jedenfalls war sie sehr schreckhaft und glaubte an Gespenster – das wusste man im Dorf, das wusste jedes Kind.

»Nu, da hå wir halt vo dahäme zwee Bettticha mitgebråcht gehod und iba de Keppe gestilpt – wesstas no, Lois?« Natürlich konnte sich Alfreds Vater noch an den Lausbubenstreich erinnern. Edwin und er hatten an die Scheibe geklopft und gelärmt, wie es Gespenster wahrscheinlich auch getan hätten, wenn sie eine alte Frau erschrecken wollten.

»Aber was war? Nüscht is passiert. Rein gar nüscht. De Alde war beinahe taub und håd ordentlich weiter geschnarcht.« Aber Severins Vater musste den Mummenschanz vom Schlafzimmerfenster aus beobachtet haben.

Er hatte sich ebenfalls ein Laken über den Kopf gezogen und war auf leisen Sohlen mit einem Kerzenleuchter in der Hand auf den Hof geschlichen.

»›Huaah!‹, hat's uf ämal hinda uns gegruselt, un wir sein vor Schreck ein Schnee gefall'n.« Die beiden Plagegeister hatten sich ordentlich erschreckt. Dann hatte Bauer Kintop sein Laken vom Kopf gezogen und die beiden Lausbuben lachend vom Hof gejagt.

»Ja, ja – wer andern eene Grube gräbt …« Alois musste die Moral von der Geschichte nicht weiter ausführen.

»Då håste Recht! Prost, Lois!« Die Gelegenheitsgeister von damals stießen lachend auf den missglückten Spuk an.

Jetzt war Edwin so richtig in Fahrt. Auch die Kinder am Tisch amüsierten sich köstlich.

»Kennt ihr den schon? Zwee Pferde stehn neb'neinander vor da Tränke. Da schaut dos eene dos andere vo ob'n bis unt'n an und spricht: ›Wemma dich a su sieht, kennte ma glaub'n a Hungersnot sei ausgebroch'n.‹ Da schaut dos andere Pferd dås erschte vo ob'n bis unt'n an und spricht: ›Und wemma als dich a su sieht, kennte ma glaub'n du bist oche Schuld daran.‹« Nun meldete sich Alfred zu Wort und erzählte der Runde die Geschichte von seiner Unfallfahrt mit Kneissls Egon in Hopferbach.

»Das hätt' ich gerne gesahn! Wie de Zellersche mit ihr'n Reck'n vom Aborte aus ieban Hof gerannt is un Zeter un Mordio geschrien håt.« Edwin schlug vor Lachen mit der Faust auf den Tisch. Das war ein Malheur nach seinem Geschmack. Das Feuerwerk der haarsträubenden Geschichten wollte kein Ende nehmen.

»Jetza verzähl ich eich dos Märchen vo der einäugigen Not.« Alfreds Mutter war eine richtige Märchentante. Jede Menge uralte tschechische und böhmische Geschichten konnte sie erzählen. So spannend und so lebendig, dass man meinte der böse Wolf stünde leibhaftig in der Schlafstube der Großmutter.

»Es wår amål a Schmied, der håtte vo allem genug un hatte noch keen Tag in sein Leb'n Not gelitt'n. ›Hm‹, hot er gegriebelt, ›ich ho nie de Not gesahn.‹« Da fragte der Schmied die Leute, ob auf der Welt irgendeine Not sei, und sagte, er werde gehen und die Not finden. Er machte sich also auf und ging die Not suchen.

»Auf am Wege håt er an Schneider getroff'n: ›Gelobt sei Jesus Christus!‹ ›In Ewigkeit, Amen!‹, sät da Schneider. ›Wohin gehst de dann?‹ Da meent da Schmied: ›No, de Leite erzähl'n immerfort vo der Not, die was auf der Welt sei. Und ich ho se noch nie gesahn. Die wär ich jetza such'n geh'n.‹ Da wird da Schneider als neigierig und sät: ›Das tut mich interessier'n. Da kumm ich mit. Wir beede wearn de Not schon find'n.‹« Der Schmied und der Schneider gingen also und kamen in einen dunklen Wald zu einem großen Gemäuer. Sie krochen beide hinein, sahen dort aber niemanden. Da setzten sie sich und warteten. Da kam auf einmal ein großes, dürres, einäugiges Weib herein und behauptete, sie sei die Not.

»›Nu schau dir das an! Wir han ja Gäste! Willkommen ei meiner bescheidenen Hitte‹, seiselte die Alde. ›Vergelt's Gott! Wir sein kumm weng am Nachtlager‹, sät da Schneider. No, die Alde fiehrte die beiden Gesell'n in de gute Stube und verriegelte de Tir. ›Na, wenigstens wär ich was zum Abn'dassn hån.‹ No, die beiden sein ordentlich erschrock'n und hån sich ganz bedreppelt ogesahn. Aber da war's schon a zu spät. De Alde håt Holz ein Ufn eigeschicht un ogezindt. Dann håt se dås Schneider-Männlan gepackt un ersschlog'n, gebrot'n un uffgegassn.«

»Igitt, wie eklig!« Bärbel lief es bei der Erzählung ihrer Tante Anna eiskalt den Rücken runter. Einige der böhmischen Märchen waren ziemlich grausam, das wusste sie. Aber sie war neugierig und wollte wissen, wie es weiterging.

»Nu, ihr kennt eich vorstell'n: dem Schmiede war's angst und bange. ›Ich bin a Schmied! Ich bin a Schmied!‹, un håt am ganzen Kerper geschlottert. ›Na was, a Schmied biste? Na, was kannste dann?‹, hot de Alde gefragt. ›Nu, ich kann alles!‹«

»Das hätte ich an seiner Stelle aber auch gesagt«, meinte Bärbel.

»Nu unterbrich de Tante ni immerfort!« Edwin konnte es selbst auch nicht leiden, wenn jemand ihm bei seinen Geschichten ins Wort fiel. Anna erzählte weiter:

»›Nu, dann beschlag mir mei Auge!‹ ›Gut‹, sät da Schmied, ›aber ich brauch an stark'n Strick, damit ich dich binden kann.‹« Die Alte brachte ihm zwei Stricke, einen dünnen und einen starken. Darauf nahm er den dünnen, band sie und sprach:

»›Wälz dich auf de Seite!‹ Nu, de Alde håt sich auf de Seite gewälzt un dås Strickla is geriss'n. ›Mit dem geht's ni.‹« Darauf nahm der Schmied den starken Strick, band sie und bat sie abermals, sich auf die Seite zu wälzen. Die Alte wälzte sich auf die Seite, und der Strick zerriss jetzt nicht mehr.

»Hernåch håt da Schmied an Pfriem genomm und eis Feier gelät, bis er rot geglieht håt. Mit dam gliehend'n Pfriem hot er eis gesunde Auge gestoch'n, dass es nur a su gezischt håt.« Bärbel und die kleinen Kinder am Tisch rissen vor Schreck die Augen weit auf. Das Märchen war nicht jugendfrei, aber darauf nahm die Märchentante keine Rücksicht. Da mussten sie jetzt durch.

»Nu, was soll ich eich sag'n? Der Strick is zerriss'n un de Not is zur Tire getorkelt. ›Du leifst mir ni davon!‹, håt de Alde gebrillt. No, was sollte der Schmied nu mach'n? Was meent ihr?« Die Märchenerzählerin schaute in die gebannt lauschende Runde. Man hätte in diesem Moment eine Stecknadel fallen hören, so gespannt waren alle auf den weiteren Fortgang der Geschichte.

»Ich weiß nicht«, sagte Alfred, der das Märchen von seiner Mutter auch noch nicht kannte. Aber er hatte eine ähnliche Geschichte aus der Sage des Odysseus schon einmal gelesen. Da war es der einäugige Kyklop gewesen, der den Helden gefangen gehalten hatte.

»Hat das vielleicht etwas mit den Schafen zu tun?«, fragte er. Nun war Anna sichtlich erstaunt.

»Woher wesste dann dås? Tatsächlich sein de Schafe vom Felde heimkumm un de Alde håt se eis Gemeier getrieb'n. Da håtte der Schmied a Idee. Er håt sein Pelz genomm un am nächsten Morgen verkehrt herum ogezog'n. Blind, wie de Not nu war, håt se jedes einzeln rausgelass'n un ni gemerkt, wie sich der Schmied eim Pelze durchgeschmuggelt håt. A su is er mit am Leb'n davo gekomm un håt geruf'n: ›Gott befohl'n, Not!‹ So is er nach Haus kumm un håt fortan ständig vo der Not erzählt. Und wann se ihn gefragt hån, ob er de Not schon amål gesah'n hot, dann håt er immerfort gefaselt: ›Das war a aldes Weibe, das kann ich eich sag'n, schlimmer als a Hexe!‹ Un wenn er jetzt noch lebt, dann wird er eich vo der einäugigen Not erzähl'n und wie se ein Schneider gegass'n håt.«

Erleichterung machte sich breit auf den Kindergesichtern. Zwar war die böse Not nicht getötet worden – Not gab es ja zweifellos immer noch auf der Welt – aber zumindest war der schlaue Schmied mit dem Leben davon gekommen und konnte die anderen vor ihr warnen. Ob das die Not auf der Welt gelindert hatte, wusste freilich niemand so recht zu sagen.

Dann zog Bärbel ihr Akkordeon aus dem Kasten und spielte alte Lieder: Volkslieder, Weihnachtslieder, Liebes- und Schlaflieder. Die Erwachsenen stimmten in die Melodien ein und sangen die Strophen mit, die sie fast alle vom gemeinsamen Singen auf Festen oder bei der Arbeit kannten.

So war es bereits halb zwölf geworden. In einer halben Stunde würde das neue Jahr beginnen.

»Na, dann woll'n wa amål.« Die Familien zogen ihre Wintersachen an, denn draußen war es inzwischen empfindlich kalt geworden. Auch Alfreds Sachen waren inzwischen wieder getrocknet, sodass er nicht frierend und bibbernd das Silvesterfeuerwerk ansehen musste. Sie spazierten zum Eisplatz an der Schellingschule. Von dort hatte man eine gute Sicht auf die Leonberger Altstadt und den Engelberg. Manch einer ließ es sich nicht nehmen, die letzten Pfennige zusammenzukratzen und, wie die wohlhabenderen Bürger der Stadt, Feuerwerkskörper zu kaufen. Boheims und Fietzens konnten und wollten sich solch einen Luxus nicht leisten, sahen aber gerne zu, wenn die Silvesterraketen in den eisigen Nachthimmel geschossen wurden. Man hörte schon vor Mitternacht Böller krachen und heulen. Dann schlug die Kirchturmuhr, das neue Jahr hatte begonnen. Die Kinder staunten über die bunten Leuchtkugeln, den Feuerregen, das Glitzern und Funkeln über der Altstadt, die Erwachsenen lagen sich in den Armen und wünschten sich ein gutes, neues Jahr. Nur die Männer sahen seltsam bedrückt aus.

»Was ist los, Vater?« Alfred schaute in das ernste Gesicht seines Vaters und entdeckte im Augenwinkel eine kleine Träne. Woran er wohl dachte? Was ging ihm durch den Kopf?

»A gutes, neies Jåhr, Lois!« Anna drückte ihren Mann ganz fest und gab ihm einen zärtlichen Kuss. Sie war in diesem Moment rundum glücklich und zufrieden. Sie hatten ein Dach über dem Kopf, zwei gesunde Kinder, genug zu essen und sie erarbeiteten sich Stück für Stück einen bescheidenen Wohlstand. Mehr konnten Flüchtlinge wie sie, konnten Davongekommene eigentlich nicht erwarten. Und es war mehr, als die meisten Menschen von sich sagen konnten. Auch Anna bemerkte jetzt die Ernsthaftigkeit ihres Mannes und schaute ihn fragend an. Aber der winkte ab. Er konnte und wollte nicht darüber reden – noch nicht.

»Tatatataaa!« Maria Fietz zog tatsächlich eine Flasche Sekt aus ihrer tiefen Manteltasche und streckte sie ihrem Schwager zum Öffnen entgegen. Sie hatte sie vor einem halben Jahr von ihrer Chefin zum Geburtstag geschenkt bekommen und für diesen besonderen Abend aufgehoben. Das brachte Alois endlich auf andere Gedanken. Gekonnt ließ er den Korken knallen und trank das Überschäumende als Erster ab. Dann ließen die Erwachsenen die Flasche kreisen und wünschten sich abermals Glück und Gesundheit für 1957. Nur noch einzelne Raketen zischten ins Dunkel, die Leute gingen zurück in die warmen Stuben und feierten weiter in die Nacht hinein.

»Was war denn vorhin los mit dir?« Alfred lief neben seinem Vater her und wollte verstehen, was Alois bedrückte.

»Wesste, mein Jonge. Dås is ni a su einfach zu erklär'n.« Das wusste Alfred inzwischen.

»Immer wenn ich Leichtraketen seh un dås Kråch'n vo den Bellern hör', dann muss ich an den Krieg denk'n. Bomben und Granaten ...!« Dann zitterte seine Stimme und er konnte nicht weiterreden. Alfred fasste seinen Vater am Arm und strich ihm sanft über den Rücken. Die Granatensplitter steckten in Vaters Körper und irgendwie auch noch in seinem Kopf.

»Schon gut, Vater, schon gut!« Was musste er als Soldat an der Front durchgemacht haben! Alfred fand es traurig, dass nicht einmal ein harmloses Silvesterfeuerwerk ohne Folgen bleiben konnte. Wenn die Erinnerungen an schreckliche Ereignisse immer wieder hochkamen, war sein Vater traumatisiert. So nannte man das, er hatte es in einem Psychologielexikon nachgelesen. Alfred wollte seinem Vater so gerne helfen, aber der ließ nicht mit sich reden. Wie viele andere ehemalige Soldaten versuchte Alois Boheim, das Geschehene mit sich selbst auszumachen. Er verdrängte die Schrecken so gut es ging. Aber bei Gelegenheiten wie heute kamen sie wieder ins Bewusstsein. Er konnte nichts dagegen tun. Der Krieg senkte sich immer wieder wie ein dunkler Schatten über den Familienalltag. Da nützte auch das hellste Feuerwerk nichts.

Zuhause in der Robert-Koch-Straße ging die Silvesterfeier noch bis tief in die Nacht. Die Erwachsenen erzählten sich Geschichten aus der Heimat, die Kinder spielten am Küchentisch *Mensch-ärgere-dich-nicht, Halma* und diverse Kartenspiele. Um drei Uhr früh verabschiedete sich Bärbels Familie und ging durch die sternklare Nacht zurück zu ihrer Baracke. Alfred lag auf der Couch im Wohnzimmer und sah durch das Fenster den Mond am Himmel stehen. Er sah aus wie ein Auge.

Pferdemarkt

Auch in diesem Jahr sollte der Leonberger Nationalfeiertag stattfinden, das große Fest der Stadt, das Herzog Friedrich Karl von Württemberg 1684 mit dem Pferdemarkt begründet hatte. Damals war es Leonberg wirtschaftlich sehr schlecht gegangen und der Markt hatte Abhilfe schaffen sollen. Mehrere Februartage lang drehte sich seitdem in Leonberg alles um Pferde. Fachtagungen wurden veranstaltet, Reitturniere, Fahrwettbewerbe für Kutschen, Pferdeprämierungen und die Keller rund um den Marktplatz luden zur Geselligkeit ein. Erwachsene kamen zusammen, Einheimische und Zugereiste, Schwaben und Nicht-Schwaben, Verwandte, Bekannte, Freund und Feind, alt und jung, arm und reich – alle trafen sich, tranken, aßen, schwätzten miteinander, übereinander, gegeneinander. Manchmal fachsimpelten sie über Pferde, meistens redeten sie über Gott und die Welt: über den ›Grasdackel‹ von Nachbarn, den säumigen Mieter, den geizigen Vermieter und über die nachlässige Kehrwöchnerin von schräg gegenüber. Der Trollinger floss, die Gerüchteküche gärte, ab und an kam es zu Handgreiflichkeiten, kurz: Es war, meist um die Fastnachtszeit herum, eine *Riesengaudi*. Höhepunkt und Abschluss war der Pferdemarkts-Dienstag, der zweite Dienstag im Februar, in diesem Jahr am zwölften Februar: Das war der eigentliche Markttag.

Die Kinder hatten schulfrei, die Geschäfte schlossen

bereits um die Mittagszeit, Behörden und städtische Einrichtungen waren ebenfalls geschlossen. Alois Boheim hatte in den vergangenen Tagen einige Überstunden machen müssen. Die Stellagen für die Pferde waren von den Männern des Bauhofs montiert, Holzbuden aufgerichtet, die Zuschauerränge im Reiterstadion ausgebessert worden. Alfred hatte sich am Tag zuvor mit seiner Cousine Bärbel und den anderen Kindern aus der Barackensiedlung verabredet. Lisa hatte keine Zeit. Sie musste im Keller der Eltern Dambacher helfen, der in diesen Tagen als Besenwirtschaft diente. Und da mussten alle ran: Kinder und Großeltern, Onkel und Tanten waren eingespannt, um die Gäste zu bewirten. Es war gut verdientes Geld und auch Lisa konnte sich so ihr Taschengeld aufbessern. Sie sparte schon seit über zwei Jahren auf ein Fahrrad, da mussten die Freunde ohne sie auskommen.

»Freddy, komm runter!«, brüllte Bärbel zum Fenster der Boheimschen Wohnung hinauf. ›Freddy‹ nannte sie ihn! Das konnte Alfred gar nicht leiden. Das klang so blöd. Er konnte doch nichts dafür, wenn Barbara sich von allen Bärbel nennen ließ.

»Ja, ich komme.« Alfred zog sich seine dicke Winterjacke an, Schal und Mütze, Handschuhe und dicke Socken in die Stiefel. Es war, wie meistens am Pferdemarkt, saukalt.

»Willste ni auf uns warten?« Alfreds Vater kam in den Flur und sah seinen Sohn fragend an. Dann lachte er, als er Alfreds verzogene Mundwinkel bemerkte.

»Schon gut! De Jugend mechte unter sich sein.« Vater zog seine Geldbörse aus der Jacke und gab Alfred ein Zweimarkstück. Das war viel Geld. Davon konnte sich Alfred eine rote Wurst vom Stand kaufen und mit dem neuen Karussell fahren. Und dann wäre wohl auch noch Geld für die Boxautos übrig. Und Zuckerwatte würde er auch noch kaufen können. Alfred umarmte seinen Vater und rannte dann aus der Wohnung, die Treppen hinunter. Zum Marktplatz waren es nur ein paar Meter. Hier standen die Pferde angebunden an hölzernen Gestängen und warteten auf neue Besitzer. Die Besucher drängten sich an den Tieren vorbei über den Platz. Manche verfütterten altes Brot an die Rösser. Alfred atmete tief ein. Es lag ein Gemisch aus Pferdeäpfeln, Würstchenbraterei und gebrannten Mandeln in der Luft. Lautstark feilschten die Händler um die Preise.

»Hundertfuffzig, descht mei letschdas Wort.« Der Bauer im grünen Lodenmantel verhandelte mit hochrotem Kopf unter seinem breitkrempigen Hut. Jetzt erkannte Alfred den Mann: Es war Bauer Röckle, der ihnen im vergangenen Sommer mit seiner Schwarzwälder Stute Else und seinem Fuhrwerk beim Umzug geholfen hatte.

»Ha Röckle, des ka fei net dei Ernschd sei. Zwoihondert muaschd fir den Prachtsgaul scho sprenga lassa.« Bauer Röckle japste theatralisch nach Luft.

»Pfleiderer, du Halsabschneider! Du machsch me arm! Hundertsechzig.«

»Hundertneunzig«

»Hundertsiebzig!«

»Hundertachtzig. Und Hand druff!« Der Bauer nickte mürrisch. Pferdehändler Pfleiderer streckte seine Hand aus, Bauer Röckle schlug ein und der Handel war perfekt. Seit Jahrhunderten wurden hier so Geschäfte gemacht und in den fünfziger Jahren waren Pferde in der Landwirtschaft noch gefragte Arbeitstiere, denn nur wenige Bauern konnten sich einen Traktor leisten. Entsprechend zahlreich waren die angebotenen Vierbeiner und entsprechend groß war das Interesse der Bauern und Händler gute Geschäfte zu machen.

»Mach mal den Mund auf!«, sagte Peter und grinste.

»Wieso denn das?« Alfred schaute ihn fragend an.

»Damit ich sehen kann, ob du gesund und kräftig bist. So machen das die Pferdehändler. Sie prüfen das Gebiss – Aua!« Peter bekam von Alfred einen Klaps auf den Hinterkopf. Bärbel gab beiden ein Stück Magenbrot zur Versöhnung.

»Kommt, wir schauen uns die Gäule beim Traben an.« Bärbel zog Alfred am Ärmel in Richtung Schloßstraße. Dort liefen die Besitzer mit ihren Pferden an der Longe vor den Preisrichtern auf und ab. Die Gangarten wurden geprüft, der Wuchs der Pferde, ihr Temperament. Bei Gefallen bekamen sie eine bronzene, silberne oder goldene Schleife an das Halfter gesteckt und durften nachmittags beim großen Umzug mitlaufen. Für Züchter war es eine Bestätigung ihrer Arbeit, für Händler brachte der Verkauf ein paar Mark zusätzlich ein.

»Schau mal, der gewinnt keinen Schönheitspreis mit seinem Gewackel.« Ein dicker Bauer in Gummistiefeln lief hinkend und mit hochrotem Kopf nach Luft schnappend neben seiner jungen Stute her.

»Er nicht, aber sie.« Alfred hatte Recht. Das schöne Tier und seine eleganten Bewegungen waren eine Schleife wert. So sahen es auch die Preisrichter, als sie der jungen Haflingerstute ein goldenes Band an das Halfter steckten und dem immer noch kurzatmigen aber strahlenden Bauern zu seinem gelungenen Auftritt gratulierten.

»Ich möchte jetzt endlich zum Karussell!« Peter konnte sich für die Pferde nicht so begeistern. Er war eher für den Jahrmarkt zu haben. Also schlängelten sich die Kinder durch die eng stehenden Buden auf dem Krämermarkt hindurch. Dort gab es alles, was Hausfrauenherzen höher schlagen ließ: alle möglichen Küchenutensilien, allerlei Strickwaren, Mäntel und Jacken, Mützen und Schals, Schuhe und Strümpfe. Marktschreier priesen ihre Waren an: Fisch, Fleisch und Wurstwaren, Gemüsehobel, Fleischwölfe, Staubsauger, Teppichklopfer, Schallplatten, Schrauben, Nägel, Wasserrohre, Klobürsten, Kleiderbürsten, Schuhbürsten, Springerle-Modeln, Messer und Kuchenformen, Werkzeuge aller Form und Größe. Dazwischen immer wieder Buden mit Süßigkeiten: gebrannte Mandeln, Zuckerwatte, Magenbrot.

»Ich kauf' mir eine Tüte.« Alfred zückte seinen Geldbeutel und leistete sich eine Tüte Mandeln, von denen er auch den anderen welche anbot. So kamen sie endlich zum Reiterplatz. Dort gab es ebenfalls Pferdeprämierungen und eine Staffel der Leonberger Hunde führte ihre Dressurübungen vor.

»Wie süß!« Bärbel war ganz begeistert von den Welpen, die neben den Hündinnen her hüpften. Die Kleinen waren neugierig, verspielt, ungestüm und mit ihrem flauschigen Babyfell sehr drollig anzusehen. Dann fuhren die Kutschen auf den Platz: Einspänner, Zweispänner, Vierspänner, gezogen von Warm- und Kaltblutpferden. Es waren prächtige, alte Kutschen, wie sie von reichen Leuten noch vor dreißig Jahren tagtäglich verwendet worden waren. Erst in den zwanziger Jahren gab es mehr und mehr Automobile und die Pferdefuhrwerke verschwanden langsam aus dem Straßenbild.

Gleich neben dem Reitplatz waren die Fahrgeschäfte aufgebaut: Ein altes Kettenkarussell für die kleinen Kinder und Boxautos, wie die Autoskooter genannt wurden, für die größeren. Hier war Peter in seinem Element. Er hatte sein Taschengeld dafür gespart und kaufte sich zehn Fahrchips.

»Kommst du mit?« Da ließ sich Alfred nicht lange bitten. Die Boxautos hatten Platz für zwei. Vielleicht durfte er ja zwischendurch auch mal lenken, hoffte er. Die anderen schauten zu, wie nach dem Startsignal die Fahrer mit ihren Autos ineinander fuhren, sich anrempelten, enge Kurven drehten, Gas gaben, versuchten auszuweichen und wieder aufeinander prallten. War das ein Spaß! Viel zu schnell war die Zeit um, kamen die Autos zum Stehen, musste Peter wieder einen Chip in den Schlitz auf der Motorhaube stecken.

»Wer will noch mal? Wer hat noch nicht? Und gleich geht es hier wieder rund!« Aus dem Lautsprecher dröhnte die Ansage, dann ertönte wieder Musik und die Autos fuhren wieder ineinander.

In der nächsten Pause meldeten sich die Zuschauer lautstark zu Wort.

»Wir haben Hunger!« Bärbel und die anderen machten eindeutige Gesten. Die beiden Boxautopiloten stiegen eher widerwillig aus und trotteten zum Rand der Fahrfläche.

»Wenn wir nicht zu spät zum Umzug kommen wollen, dann sollten wir uns jetzt was hinter die Kiemen schieben.« Daniela sah Bärbel fragend an.

»Na, was essen eben. Mädchen, du wirst es schon noch lernen.« Daniela war etwas beleidigt, ließ es sich aber nicht anmerken. Die nächste Imbissbude war nicht weit. Die Würste brutzelten auf dem Grill.

»Hm, riecht das lecker. Ich hab' so einen Hunger!« Bärbel breitete beide Arme aus, um das Loch in ihrem Magen zu beschreiben.

»So, was bekommt ihr?« Der Imbissverkäufer nahm die Bestellungen entgegen, versorgte alle mit Würstchen und Senf im Wecken. Jeder legte seine vierzig Pfennig abgezählt auf den Tresen und biss herzhaft zu.

»Schmeckt dasch lecker!« Mit vollen Backen sprach

Bärbel aus, was alle in dem Moment dachten. Fast verbrannten sie sich den Mund, denn die Würste kamen frisch vom Grill und der Hunger ließ für geduldiges Pusten wenig Zeit. Dass eine Wurst vom Imbissstand eine seltene Ausnahme war, bei dem geringen Lohn, den ihre Väter nach Hause brachten, war allen klar. Deshalb genossen sie auch jeden Bissen.

Im Nu war es Nachmittag geworden. Um vierzehn Uhr würde der abschließende Festumzug in der Seestraße starten.

»Los Kinder, auf geht's!« Bärbel kommandierte die anderen zur Strecke. Sie platzierten sich an der Kurve der Eltinger Straße vor der Metzgerei Schmauder. Direkt gegenüber hatten im vergangenen Jahr noch Boheims unter dem Dach gewohnt. Schon war die Stadtkapelle mit lautem Tschingderassabum zu hören. Dahinter fuhren die Honoratioren der Stadt in den frisch prämierten Kutschen. Bürgermeister Rexer und Landrat Ramsauer winkten den zahlreichen Zuschauern des Festzuges zu, dahinter in der zweiten Kutsche Landwirtschaftsminister Leibfried und Vertriebenenminister Fiedler. Dann kamen die Reiter des Reit- und Fahrvereins Leonberg auf ihren herausgeputzten Pferden.

»Die tragen ihre Nasen ja ganz schön hoch.« Peter konnte das Etepetete der Reiter mit ihren gewichsten Stiefeln, eng anliegenden Reithosen, samtenen Reitjacken und weißen Handschuhen nicht ausstehen. Wer hatte schon Geld für Reiten als Freizeitbeschäftigung?

»Wieso? Sieht doch schick aus.« Daniela war ganz anderer Meinung: »Du bist doch nur neidisch!«

»Ja, klar! Ich hätte auch gerne weiße Handschuhe und würde mit der Gerte auf meinen Gaul einschlagen, wenn der nicht pariert. Oh Mann, Weiber muss man nicht verstehen!« Daniela war beleidigt und Bärbel streckte Peter die Zunge raus.

Hinter den Reitern kam die Staffel der Leonberger Hunde. Die Herrchen hatten alle die traditionellen blauen Bauernkittel angezogen, auch wenn sie nicht alle Bauern waren.

»Wie süß!«

»Alles klar, Bärbel, wir wissen 's schon.« Peter gab ihr einen leichten Stoß in die Rippen, der nicht unerwidert blieb.

»Wau!«, kläffte Alfred dazwischen und alle mussten lachen. Das Kichern wurde übertönt vom lauten Knattern der Traktoren, die nach der Hundestaffel die Motivwagen durch die Straßen zogen. Die Mitarbeiter des Bauhofs, auch Alfreds Vater, hatten in den letzten Wochen an den Motiven gearbeitet. Auf dem ersten Wagen hatten die Männer aus Pappmaschee einen badischen Greif und einen württembergischen Hirsch modelliert. Die beiden Wappentiere des Bundeslandes Baden-Württemberg, das erst vor fünf Jahren gegründet worden war, standen einträchtig nebeneinander. An der Wagenseite war zu lesen: ›Alles halb so wild …‹ Ja, es hatte heftige Auseinandersetzungen gegeben. Politiker aus Baden hatten den Untergang ihres Landesteils vorausgesagt. Auch die Württemberger hatten ihre Bedenken gehabt. Schließlich hatte sich aber doch eine Mehrheit der Wähler bei der Volksabstimmung für den Zusammenschluss entschieden. Nun, nach fünf Jahren, mussten die Skeptiker tatsächlich eingestehen: ›Alles halb so wild …‹ Beiden Landesteilen ging es mitten im so genannten *Wirtschaftswunder* deutlich besser. Dazu hatten auch die vielen Vertriebenen mit ihrer Arbeitskraft beigetragen. Über eine Million davon gab es in dem jungen Bundesland, weshalb ihre Interessen in einem eigens für sie geschaffenen Ministerium vertreten wurden. Ungefähr ein Drittel der momentan über fünfzehntausend Bürger Leonbergs waren Heimatvertriebene aus dem Osten. Das erklärte auch die Teilnahme von Minister Fiedler am Festzug.

Auf dem zweiten Wagen waren die neu errichteten Gebäude der Leonberger Bausparkasse im Miniaturformat mit Modellbaukränen montiert. An den Seiten war der Werbeslogan angebracht: ›Mit zinsbilligem Baugeld können auch Sie bauen‹. In diesen Aufbaujahren wurde viel gebaut, dazu brauchten die Leute Geld. Und das bekamen sie ›zinsgünstig‹, wie die Werbung versprach, von den Bausparkassen, von denen die Leonberger Bausparkasse eine der erfolgreichsten in ganz Deutschland war. Ein Vorzeigeunternehmen, das beim Festzug nicht fehlen durfte. Sie gab vielen Leonbergern Arbeit und bescherte der Stadt gute Steuereinnahmen. Dem Zug schlossen sich weitere Kapellen, Reitergruppen, Pferdefuhrwerke von Leonberger Geschäftsleuten und Vereinen an. Aus der katholisch geprägten Nachbarschaft war die Narrenzunft aus Weil der Stadt zu Gast. Die *Hästräger*, wie man die Kostüme dort nannte, schwangen als Hexen mit hässlichen Holzmasken ihre Besen. In diesem Jahr war diese Gruppe neu gegründet worden. Die Männer in Altfrauenkleidern sprangen in die Zuschauer, grapschten nach jungen Frauen und schrien wild durcheinander. Ältere Leonberger schüttelten verständnislos den Kopf. Ihnen war das närrische Treiben zuwider. Es passte so gar nicht in ihr Weltbild. Viele von ihnen waren Pietisten, überzeugte Protestanten, für die Fasching oder Fastnacht ein katholisches Übel war. Sie lehnten Verkleidungen, Maskeraden und diesen abergläubischen Unsinn kategorisch ab.

Einige Kinder erschreckten sich an den schrecklichen

Fratzen und dem wilden Geschrei und drückten sich eng an ihre Eltern. Aber Bärbel und die anderen lachten nur über den Mummenschanz. Nach ungefähr einer halben Stunde endete der Umzug mit einem Fahrzeug der Leonberger Stadtreinigung. Dahinter lösten sich die Zuschauerspaliere auf. Die Leute gingen zum Feiern an den Marktplatz oder zum Rummel auf den Festplatz und genossen die letzten Sonnenstrahlen des kalten Winternachmittags.

Die Großmutter

Anfang März war es wärmer geworden. Die Sonne schien inzwischen kräftig und es blühten sogar schon die ersten Gänseblümchen. In katholischen Gegenden feierte man Karneval oder Fastnacht, wie es hier im Schwäbischen hieß. Man wollte mit Masken, Kostümen und Feuer den Winter vertreiben. Bei den Evangelischen galt dieser Brauch als heidnisch.

Durch die vielen Vertriebenen aus den deutschen Ostgebieten, die überwiegend katholisch waren, veränderte sich das Leben im evangelischen Leonberg auch in der Fastnachtszeit. Die Kinder verkleideten sich, die Erwachsenen feierten, bevor am Aschermittwoch die vorösterliche Fastenzeit begann. Für den diesjährigen Rosenmontag hatten die Schüler der 5c ausgemacht, verkleidet zur Schule zu kommen. Alfred zog seine Cowboyweste an und am Gürtel hing im Halfter ein selbstgebastelter Holzrevolver. Von Papa hatte er einen alten, zu weiten Hut bekommen, den er mit Zeitungspapier ausstopfen musste, damit er überhaupt etwas sehen konnte. Mit schwarzem Kugelschreiber malte er sich noch ein paar Bartstoppeln ins Gesicht und dann schnallte der Revolverheld seinen Ranzen auf und ging zur Schule. Faschingsferien gab es damals noch nicht.

»Viel Spaß ei der Schule!« Mama winkte ihm aus dem offenen Küchenfenster nach. Sie war froh, dass er sich in seiner Klasse inzwischen wohlzufühlen schien. Anna war es wichtig, dass er nicht nur unter seinesgleichen, den Kindern der Barackensiedlung, blieb. Denn die hatten in der Stadt keinen guten Ruf. Sie waren die Flüchtlinge, denen man nicht so recht über den Weg traute. Offen sagte das niemand, aber sie spürten es. Im Progymnasium waren auch Kinder wie Lisa Dambacher oder Klaus-Dieter Müller. Die Dambachers hatten eine gut gehende Metzgerei direkt am Marktplatz und Müllers einen Laden für Damen- und Herrenoberbekleidung; wohlhabende Bürger der Stadt, alteingesessene Familien. So waren sie selbst vor Jahren im Sudetenland heimisch gewesen, verwurzelt mit ihrem Land, arm aber glücklich. Versonnen blinzelte Anna Boheim in die Morgensonne, als sie ein vertrautes Gesicht an der Hausecke auftauchen sah.

»Mutter! Was machst du denn ei der Frihe schon hier?«, rief Anna ihrer Schwiegermutter Sofie entgegen, die zu Besuch kam. Sie musste schon im Morgengrauen aufgebrochen und die zwölf Kilometer von Sindelfingen nach Leonberg zu Fuß gegangen sein – mit zweiundsiebzig keine Selbstverständlichkeit.

»Grieß dich, Anna. Ich wollt amål vorbeikumm.« Sofie Boheim gab ihrer Schwiegertochter durch das offene Fenster die Hand, dann setzten sich die beiden Frauen an den Küchentisch und tauschten Neuigkeiten aus.

»Na, bist du aber gewachsen!« Alfons bekam das zu hören, was wohl die meisten Enkel von ihren Großeltern hören. Er ließ sich von seiner Oma auf den Arm nehmen und auch den dicken, nassen Kuss ertrug er tapfer.

»Nu, dann geh' scheen spielen.« Sofie lächelte ihrem Enkel hinterher, der wieder im anderen Zimmer bei seinen Bauklötzen verschwand.

»Der Severin hat sich an naien Wang'n kauft«, erzählte die Alte. Ihr Schwiegersohn Severin Kintop verdiente sehr gut und konnte sich ein Auto leisten. Sofie Boheim wohnte bei den Kintops in Sindelfingen.

»So, na der wird schon wissen, was er tut.« Anna konnte ihren Schwager nicht mehr leiden. Früher, in der Heimat war er anders gewesen. Da war ihm das Geld nicht so wichtig gewesen. Damals hatten sie viel Spaß gehabt und die wenige freie Zeit miteinander im Turnverein, beim Schwimmen oder im Winter beim Skifahren verbracht. Severin war als einer der Ersten im Schwäbischen gelandet. Mit viel Fleiß hatte er sich bei Daimler-Benz in Sindelfingen, dem größten Autobauer der Region, zum Abteilungsleiter hochgeackert. Nun war er vom Ehrgeiz gepackt und schien seine arme Verwandtschaft nicht mehr zu kennen. Sofie tat es weh zu sehen, dass sich die Familien offenbar auseinandergelebt hatten – ausgerechnet in der Fremde.

»Und, was macht der Alfred ei der Schule?« Mit Interesse verfolgte die Großmutter den Werdegang des Enkelsohnes. Er war der Erste in der Familie, der es aufs Gymnasium geschafft hatte. Das erfüllte die Oma natürlich mit Stolz.

»Nu, der macht sich. Er is fleißig, da kå ich nischd sagen.« Auch Anna war stolz auf ihren Alfred. Es war vielleicht nur eine alte Redeweise, aber ihre Kinder sollten es einmal besser haben. Das beschwerliche bäuerliche Leben in Armut, oftmals mit leerem Magen, dann der verfluchte Krieg, das Elend, die Vertreibung – Alfred und Alfons sollten sich hier, in der neuen Umgebung heimisch fühlen. Sie sollten eine gute Schulbildung, eine solide Ausbildung erhalten und angesehene Berufe ergreifen können. Vielleicht konnte Alfred sogar Abitur machen und studieren. Das würde man noch sehen.

»Und wie geht's dir?«, fragte Anna ihre Schwiegermutter, die offenbar immer noch gut zu Fuß war und auch sonst einen gesunden, kräftigen Eindruck machte.

»Ach, es geht schon.« Die Erwachsenen redeten nicht viel über sich selbst. Sie hatten harte Zeiten hinter sich gebracht, hatten um ihr Überleben kämpfen müssen. Da machte niemand Aufhebens um die eigene Person. Sie mussten funktionieren, mussten füreinander, für die Kinder und die Alten da sein. Wie es innen aussah, ging keinen etwas an. Welche Ängste und Nöte sie hatten, welche seelischen Wunden, die auch die Nachkriegsjahre nicht wirklich heilen konnten. Anna wusste, dass Sofie Boheim genauso unter dem Heimatverlust litt, wie sie selbst. Wahrscheinlich wog es bei älteren Menschen noch schwerer. Da half die ganze Arbeit nicht darüber hinweg.

Und dann waren beide wieder in Gedanken bei den früheren, den besseren Zeiten angelangt. Sie erzählten sich Geschichten aus der Heimat, Erlebnisse, kuriose Begebenheiten, lustige Anekdoten, die sie mit eigenen Augen gesehen hatten oder die ihnen zugetragen worden waren. Vom alten Bohatschek zum Beispiel, dessen Kühe ausgebüxt und zur Backstube galoppiert waren. Bäcker Schintke hatte die Türe offenstehen lassen und ein besonders neugieriges Rindviech hatte nachgesehen, woher es denn so lecker roch. Der Bäcker hatte nicht schlecht gestaunt, als er beim Griff in den Mehlhafen auf einmal ein feuchtes Kuhmaul berührte. Beim Schrei des Bäckers war die Kuh getürmt, nicht ohne in der Backstube ein heilloses Durcheinander anzurichten. Das Mehl hatte nur so gestaubt, die Teiglinge lagen kreuz und quer verteilt auf dem Boden. Einige Frauen hatten sich vor der Bäckerei über die weiße Geisterkuh gewundert, die unter lautem Gebrüll aus dem Laden gerannt kam. Erst als der ebenfalls mit Mehl bestäubte Schintke laut fluchend ins Freie torkelte, verschwand die

›Entgeisterung‹ der Leute und machte schallendem Gelächter Platz.

»Ich kennte mich heite noch wegwerfen vor Lachen.« Sofie Boheim war Augenzeugin des tierischen Bäckereiüberfalls gewesen. Der alte Bohatschek hatte erst am Nachmittag von seiner entlaufenen Herde erfahren und ganz Buchelsdorf war bis zum Abend mit dem Zusammentreiben der Kühe beschäftigt gewesen.

Die Frauen bereiteten in der Küche gemeinsam das Essen vor und unterhielten sich über den eigenen Bauernhof in Fietzenhau, über die schönen Pferde des Vaters, die er für die Feldarbeit mit dem Kummet eingespannt hatte, das er auch für Ausfahrten mit der Kutsche am Wochenende benutzte.

»Haste schon geheart? Se wollen a Europäische Wirtschaftsgemeinschaft gründen.« Sofie Boheim las regelmäßig die Tageszeitung, die Severin Kintop abonniert hatte. Eigentlich interessierten sich die beiden Frauen nicht so sehr für Politik. Sie hielten das für Männersache.

»Na, mir soll's recht sein. Wenn oche nur amål de Rente a bissla mehr wern kennte.« Sofie Boheims Rente war sehr dürftig. Ein eigenes Zimmer hätte sie sich nicht leisten können, denn sie war keiner regelmäßigen Erwerbsarbeit nachgegangen.

»Oma!« Es war Mittag geworden. Alfred kam von der Schule nach Hause.

»Grieß dich, mein Jonge! Na, wie war de Schule?« Alle Omas stellten wohl die gleichen Fragen.

»Was is denn mit deiner Verkleidung passiert?« Anna wunderte sich über das ›Räuberzivil‹, die halb abgewaschenen Stoppeln und die im Ranzen verstaute Holzpistole.

»Die haben uns alles verboten. Kein Fasching, keine

Verkleidung, kein Rosenmontag. ›Der einzige, der narret wird, bin ich‹, hat der Rektor gesagt und uns ermahnt unsere Gesichter zu waschen. Aber Kuli geht so schwer ab.« Sichtlich geknickt schaute sich Alfred die Überreste seiner Verkleidung und seiner Cowboy-Maskerade im Badezimmerspiegel an.

»Die wollen das hier nicht. Die wollen uns hier nicht.« Alfred war traurig und wütend zugleich.

Alfred freute sich schon auf die Ferien und das Ende des Schuljahres. Er hatte keine große Lust, viel aus der Schule zu erzählen. Aber vor Ostern gab es noch Zeugnisse. Manch einer in der Klasse bangte um seine Versetzung – Klaus-Dieter zum Beispiel. Dem nützten auch seine spendablen Eltern nichts. In Mathe hatte er große Probleme und wenn nicht noch ein Wunder geschah, dann musste er die Klasse wiederholen oder von der Schule abgehen.

»Na, ich wer mir dein Zeugnis genau ansahn und vielleicht gibt's a kleene Belohnung dafir.« Die Oma grinste schelmisch und Alfred grinste zurück.

»Oh fein! Dann mach' ich jetzt schnell Hausaufgaben.« Alfred lief ins Wohnzimmer, breitete seine Schulsachen auf dem Esstisch aus und schrieb seine Latein-Vokabeln in das kleine Oktavheft.

»A su an fleißigen Jungen haste då.« Sofie Boheim war gerührt von so viel Eifer. Ja, es konnte tatsächlich sein, dass es die Enkel einmal besser haben würden.

Am späten Nachmittag kam Alois von der Arbeit nach Hause.

»Mutter!« Er umarmte Sofie und führte sie an den Wohnzimmertisch. Lange sahen sich Mutter und Sohn an. ›Alt ist sie geworden‹, dachte er. ›Gut sieht er aus‹, dachte sie. Sie musste an seine Rückkehr vor acht Jahren denken. Wie ein Gespenst hatte er damals ausgesehen. In zerfetzten Schuhen, löchrigen Hosen, geflickter Jacke war er wie ein Bettler aus der Gefangenschaft zur Familie zurückgekehrt. Fast ein Jahr hatte es gedauert damals, bis er wieder normal essen und arbeiten konnte. Sie hatten ihn zurückbekommen. Aber was hatten der Krieg und die Gefangenschaft aus ihm gemacht?

Gemeinsam tranken sie zur Feier des Tages einen Bohnenkaffee. Dazu holte Anna Boheim *Kiechla* aus dem Vorrat. So feierten sie doch noch Rosenmontag.

»Mutter, willste ni bei uns ibernacht'n? Es wird oche glei dunkel draußen.« Aber Sofie Boheim schüttelte nur den Kopf, legte sich das Tuch über die Haare, zog ihren Mantel an und ging zur Tür hinaus in die Abenddämmerung, vor sich die zwölf Kilometer Fußweg, zurück nach Sindelfingen.

Inventur

Es waren die letzten Tage des Schuljahres. Die Klasse 5c hatte Deutsch bei Klassenlehrer Seifert. Er war streng wie fast alle Lehrer, aber das waren die Schüler nicht anders gewohnt. Alfred schätzte Herrn Seifert, denn der war kein brutaler Schläger und auch kein alter Nazi. Was ein Nazi war, hatten sie neulich herausgefunden.

Letztlich waren die dafür verantwortlich, dass Alfred hier und nicht in Oberschlesien in die Schule gehen musste. Im Osten hatte die *Rote Armee* der *Sowjetunion* unter großen Verlusten die deutsche *Wehrmacht* geschlagen und auch das Sudetenland besetzt. In der Folge hatten sich die Tschechen an den Deutschen gerächt und sie aus ihrer Heimat vertrieben. Der Hass von Alois Boheim und vielen anderen ehemaligen Soldaten richtete sich gegen die Tschechoslowakei. Eigentlich hätte sich sein Zorn aber gegen das Deutsche Reich und seinen ›Verführer‹ Adolf Hitler richten müssen.

»Hat jemand von euch schon mal seine Eltern gefragt, warum Deutschland den Krieg verloren hat?« Herr Seifert sah fragende Blicke in seiner Klasse. Da meldete sich Lisa.

»Das waren die Nazis und ihr Größenwahn, sagt mein Vater. Hätten die den Krieg nicht vom Zaun gebrochen, dann wären viele Menschen noch am Leben. Was die mit den Juden angestellt haben, sagt er, ist eine gewaltige Sauerei! Und es gibt immer noch einige davon. Die zeigen das nicht mehr offen, sondern äußern sich nur noch heimlich.« Herr Seifert nickte.

»Ja Lisa, da hast du leider recht. Wusstet ihr, dass es hier in Leonberg ein *Konzentrationslager* gegeben hat?« Einige Schüler zuckten mit den Schultern, nur einzelne nickten leicht.

»Im Autobahntunnel mussten Zwangsarbeiter und Häftlinge Flugzeugteile für die deutsche Luftwaffe anfertigen«, wusste Alfred von Bärbel und Peter, die sich in der Nachbarschaft der Barackensiedlung erkundigt hatten. Gleich in der Nähe, auf dem Gelände des heutigen Altenheims, war das Lager eingerichtet worden.

»Über dreitausend Menschen sind durch Hunger, Krankheit, Misshandlung und Tötung im Leonberger KZ umgekommen.« Herr Seifert sprach im Unterricht auch offen über die sogenannte Entnazifizierung:

»Viele wollten nach fünfundvierzig nichts mehr davon wissen. Sie hatten niemals mitgemacht, sie wussten von nichts, hatten niemanden verraten und auch nie jemanden umgebracht. Und viele kamen bei den Befragungen davon. Schlimmer noch: Einige davon haben heute wieder Macht und Einfluss. Diese Kriegsgewinnler regieren uns, sie richten über uns, sie machen Politik und verdienen gutes Geld!« Herr Seiferts Stimme wurde lauter. Es ärgerte ihn sehr, das merkte man ihm an.

»Wie kann das sein?« Manfred konnte es nicht fassen.

»Das ist eine gute Frage. Vielleicht waren es einfach zu viele. Vielleicht hätte Deutschland ohne sie nicht mehr funktioniert. Oder die Sieger, die Amis, Engländer und Franzosen hatten mehr Vorteile davon, als von ihrer Verhaftung. Aber keiner kann es mit Sicherheit sagen.« Viele in der Klasse schüttelten den Kopf.

»Ich riskiere übrigens mit diesen Äußerungen meinen Job als Lehrer.«

»Wieso denn das?«, fragte Anton ungläubig.

»Weil auch im Kultusministerium, in Schulleitungen und Lehrerkollegien viele alte Nazis sitzen, darum. Und nun möchte ich mit euch ein Gedicht lesen, dass das Ende des Krieges auf den Punkt bringt. Vorher noch ein Frage: Welche Väter waren als Soldaten im Krieg?« Alle Hände in der Klasse gingen nach oben. Herr Seifert wusste, dass er nach den Gefallenen, den im Krieg getöteten Soldatenvätern nicht fragen durfte. Auch dabei würden sich vier Schüler melden.

»Wo waren Sie eigentlich im Krieg, Herr Seifert?«, wollte Waltraut wissen. Der Klassenlehrer hatte auf die Frage gewartet. Und dann begann Herr Seifert von seinen Kriegserlebnissen zu berichten und wie er als junger Mann in die Wehrmacht eingezogen worden war.

»Ich war auf einem U-Boot im Nordatlantik: Obermaat auf U 155. Im Oktober 1944 waren wir zum letzten Mal auf Feindfahrt. Dabei haben wir zum ersten Mal keine Schiffe versenkt. Dann wurde das Boot am 8. Mai 1945 an die Briten übergeben und vor der irischen Küste versenkt. Wir kamen in Kriegsgefangenschaft und konnten im Dezember fünfundvierzig nach Hause. Das war's.« Man merkte Seifert an, dass ihn die Erinnerung aufwühlte. Keiner der Schüler traute sich, noch irgendetwas zu fragen. Das passierte immer wieder. Die Älteren konnten oder wollten nicht ausführlich über ihre Erlebnisse mit den Kindern sprechen. Vielleicht würde ja später noch ein günstigerer Moment kommen. Herr Seifert sammelte sich wieder.

»Zurück zum Deutschunterricht. Das Gedicht heißt Inventur. Es beschreibt die Stunde Null, eben jenen 8. Mai vor zwölf Jahren, als die Deutsche Wehrmacht bedingungslos kapitulierte. Lest euch den Text zunächst einmal durch.«

Herr Seifert hatte ihn auf Matrize abgetippt und vervielfältigt, sodass jeder Schüler ein Exemplar des Gedichts vor sich liegen hatte. Das Gedicht von Günter Eich war noch in keinem Lesebuch abgedruckt. Gert las den Text laut vor:

»Inventur
Dies ist meine Mütze,/ dies ist mein Mantel,/ hier mein Rasierzeug/
im Beutel aus Leinen.// Konservenbüchse:/ Mein Teller, mein Becher,/ ich hab in das Weißblech/ den Namen geritzt.// Geritzt hier mit diesem/ kostbaren Nagel,/ den vor begehrlichen/ Augen ich berge.// Im Brotbeutel sind/ ein Paar wollene Socken/ und einiges, was ich/ niemand verrate,// so dient es als Kissen/ nachts meinem Kopf./ Die Pappe hier liegt/ zwischen mir und der Erde.// Die Bleistiftmine/ lieb ich am meisten:/ Tags schreibt sie mir Verse,/ die nachts ich erdacht.// Dies ist mein Notizbuch,/ dies meine Zeltbahn,/ dies ist mein Handtuch,/ dies ist mein Zwirn.«

Nachdem Gert gelesen hatte, saßen die Schüler still und etwas verwundert vor ihren Blättern. Dann meldete sich Alfred.

»Da kommt einer aus dem Krieg heim.« Herr Seifert nickte.

»Woraus schließt du das?« Alfred suchte im Text nach Belegen.

»Er zählt seinen Besitz auf: ›mein Mantel‹, ›mein Rasierzeug‹, ›mein Teller, mein Becher.‹«

»Was meinen die anderen dazu?« Herr Seifert wollte mit den Schülern in die Diskussion kommen. Er wollte, dass sie sich in die Lage des Sprechers, er nannte ihn ›das lyrische Ich‹, versetzten, sich klar machten in welcher Situation geredet wurde.

»Er ist weg von zuhause.« Nun beteiligte sich auch Lisa an dem Gespräch.

»›Die Pappe hier liegt/ zwischen mir und der Erde.‹ Also ist er irgendwo obdachlos, vielleicht auch heimatlos.« Sie schaute zu Alfred hinüber. Der sah sie an und nickte leicht.

»Aber er ist nicht mittellos«, fuhr sie fort. »Er hat noch als ›Liebstes‹ eine ›Bleistiftmine‹, mit der er Dinge in sein Notizbuch schreiben kann. Vielleicht ist es der Autor des Gedichts, der von sich selber schreibt.«

Herr Seifert nickte zufrieden. Jetzt hatten sie sich auf den Text eingelassenen und sie diskutierten lange über das Gedicht und darüber, wie es Soldaten als Kriegsheimkehrern wohl ergangen war. Jene standen vor den Trümmern ihrer Existenz, manche vielleicht vor den Trümmern ihrer Stadt, ihr Glaube an Deutschland, an den Führer, an den *Endsieg* lag in Scherben und sie mussten zu einer neuen Sprache finden. Denn auch sie, die deutsche Sprache, war von den Nazis, von ihrer *Propaganda* zerstört worden. Manche Begriffe würde man nie wieder verwenden können.

»Günter Eich wählt eine sehr einfache Sprache. Er zählt nur noch die Habseligkeiten auf, die das Ich bei sich trägt. Man weiß nicht woher es kommt, was es erlebt hat, was es in diesem Moment empfindet. Man weiß auch nicht wohin es gehen wird, welche Zukunft es haben wird. Das Ich lebt im Hier und Jetzt und macht Inventur, also eine Bestandsaufnahme – eine Liste wie einen Einkaufszettel.« Herr Seifert seine Meinung zu dem Gedicht, aber er ließ auch andere Meinungen gelten.

»Der Erzähler, also das ›lyrische Ich‹ empfindet doch etwas«, sagte Anton. »Er liebt seine Bleistiftmine. Das Schreiben ist ihm wichtig.« Herr Seifert nickte.

»Gut, Anton! Ja er liebt das Schreiben. Es ist wohl das einzig wirklich Wertvolle, das ihm geblieben ist.« Viele Soldaten hatten im Krieg geschrieben: Briefe oder Feldpostkarten von der Front an die Lieben zuhause. Sie hatten Tagebuch geführt, um das erlebte Grauen in Worte zu fassen, Gedichte verfasst und Notizen gemacht. Andere waren im wahrsten Sinne des Wortes sprachlos geblieben. Bilder hatten sich eingebrannt von Verwundeten, Gefallenen, Gefangenen, toten Frauen und Kindern. Und sie hörten auch Jahre nach Kriegsende noch Gewehrschüsse, Schreie von Verletzten, Explosionen von Granaten.

»Ich wache auch jetzt noch nachts immer wieder auf und höre das Echolot der britischen Zerstörer, die über unserem U-Boot kreisten. Das gespannte Warten, ob Schiffsgeräusche näherkommen oder sich entfernen. Die Angst vor dem Treffer, der uns versenkt – so etwas vergisst man nicht.« Und dann kam Herr Seifert auf eine aktuelle Zeitungsmeldung zu sprechen.

»Ihr habt es in den letzten Wochen sicher mitbekommen. Heute Morgen steht in einem Artikel, dass am ersten April die ersten zehntausend jungen Männer als Wehrpflichtige zur Bundeswehr eingezogen werden. Deutschland hat also wieder eine Armee.« Der Klassenlehrer der 5c war als Kriegsveteran strikt gegen eine Wiederbewaffnung. Er war, nach den eigenen Erfahrungen, gegen jede militärische Auseinandersetzung, überhaupt gegen jegliche Art von Gewalt.

»Sind Sie ein Pazifist?«, fragte Anton und Herr Seifert nickte.

»Ja, Anton, das bin ich wohl.« Herr Seifert fasste das

nicht als Beleidigung auf, wie viele andere. Als moderner Pädagoge nannte er seine Schüler beim Vornamen, was in dieser Zeit noch ungewöhnlich war. Üblicherweise wurden schon Erstklässler nur beim Nachnamen gerufen. Der Ton des Kasernenhofs war in den Klassenzimmern noch hörbar.

»Und ich wünsche mir, dass ihr nie in den Krieg ziehen müsst. Es darf in Europa nie wieder einen Krieg geben. Deshalb müsst ihr wissen, was damals geschah: wie Hitler an die Macht kommen, wie das deutsche Volk auf diesen Massenmörder hereinfallen konnte.« Herr Seifert war sich nicht sicher, ob er seine Fünftklässler mit dem Thema und dem Gedicht nicht überforderte. Aber so, wie die Schüler über den Text sprachen, wie sie sich über Krieg unterhielten und bei ihm nachfragten, war er sich am Ende der Stunde sicher, dass er sich richtig entschieden hatte.

Die Schüler wollten sich bei ihren Eltern genauer erkundigen. Sie wollten sie fragen, was sie in der Nazi-Zeit gemacht hatten: Wo sie als Soldaten gekämpft, was sie sich von dem Krieg versprochen hatten. Sie wollten wissen, wie es hier, in Leonberg, genau gewesen war. Sie wollten in der eigenen Familie ›Inventur‹ machen.

Alfred hatte seinen Lehrer gefragt, ob es vielleicht einen Autor aus dem Sudetenland gäbe, der über den Krieg geschrieben hätte, und er hatte von Herrn Seifert einen Lesetipp bekommen: »Die Abenteuer des braven Soldaten Schwejk« von Jaroslav Hašek, einem tschechischen Autor, der seine Erlebnisse des Ersten Weltkriegs in einem Schelmenroman verarbeitet hatte. Nach der Schule ging Alfred in die Bücherei und ließ sich das Regal zeigen, in dem das Buch zur Ausleihe bereitstand. Er setzte sich ans Fenster und begann zu lesen:

Das Eingreifen des braven Soldaten Schwejk in den Weltkrieg

»Also sie ham uns den Ferdinand erschlagen«, sagte die Bedienerin zu Herrn Schwejk, der vor Jahren den Militärdienst quittiert hatte, nachdem er von der militärärztlichen Kommission endgültig für blöd erklärt worden war, und der sich nun durch den Verkauf von Hunden, häßlichen, schlechtrassigen Scheusälern, ernährte, deren Stammbaum er fälschte.

Neben dieser Beschäftigung war er vom Rheumatismus heimgesucht und rieb sich gerade die Knie mit Opodeldok ein.

»Was für ein Ferdinand, Frau Müller?«, fragte Schwejk, ohne aufzuhören, sich die Knie zu massieren. »Ich kenn zwei Ferdinande. Einen, der is Diener beim Drogisten Pruscha und hat dort mal aus Versehn eine Flasche mit irgendeiner Haartinktur ausgetrunken, und dann kenn ich noch den Ferdinand Kokoschka, der was den Hundedreck sammelt. Um beide is kein Schad.«

»Aber gnä' Herr, den Herrn Erzherzog Ferdinand, den aus Konopischt, den dicken frommen.«

»Jesus Maria«, schrie Schwejk auf. »Das ist aber gelungen. Und wo is ihm denn das passiert, dem Herrn Erzherzog?«

»In Sarajewo ham sie ihn mit einem Revolver niedergeschossen, gnä' Herr. Er ist dort mit seiner Erzherzogin im Automobil gefahren.«

»Hašek flüchtet sich mit dem Schwejk in Galgenhumor. Er versucht die Lächerlichkeit des Krieges, den Stumpfsinn des blinden Gehorsams zu zeigen«, hatte Herr Seifert erklärt. Das hatte Alfred neugierig gemacht. Er wollte unbedingt mehr über das Soldatenleben erfahren. Später würde er auch seinen Vater noch einmal fragen, auch wenn er fast sicher war, dass er von ihm kaum Neues hören würde.

So lieh Alfred sich das Buch aus und schmökerte zuhause auf seinem Bett bis spät in die Nacht hinein. Er schlief ja im Wohnzimmer auf dem Sofa, sodass seine Eltern nichts mitbekamen. Eingelegt in das Buch war ein alter Zeitungsausschnitt aus der Weltbühne, datiert vom 8. Juni 1926, der Autor des Artikels war ein gewisser Ignaz Wrobel:

> *Herr Schwejk ist dummpfiffig, klein, völlig unbekümmert um alles, was mit ihm geschieht, aber voll des größten Interesses für alles, was um ihn herum vorgeht. Wo bei andern Pathos ist, da blinzelt er treuherziggelassen, und oft fragt man bei so viel Unbekümmertheit, ob er spaße. Nein, es ist ihm nur leicht ums Herz.*
>
> *Diesen Schwejk nun stellt der Verfasser in den Weltkrieg, und es begibt sich, dass der kleine Tscheche die gesamte österreichische Monarchie übers Ohr haut, wozu nicht viel gehört – mehr: daß er ihrer Herr wird, daß er sich mit der unschuldigsten Miene von der Welt über sie lustig macht, und daß alles vor diesem idiotischschlauen Kerl versinkt, Sieg, Niederlage, Ehre, Ruhm, General und Krankenschwester. Die Gespräche des Herrn Soldaten sind alle von leichter Blödelei angefüllt, an jeder Gesprächsecke überfallen ihn die Erinnerungen seiner Gasse, und wenns ernst wird, beginnt er, dem erstaunten Partner mit einer Geschichte aufzuwarten.*

Alfred schlich leise zum Wohnzimmerbuffet und zog das Lexikon heraus, das Vater neulich mitgebracht hatte. ›Pathos‹, so stand da, sollte einer Rede Überzeugungskraft verleihen. ›Also ungefähr das Gegenteil von *Inventur*‹, dachte er. Von Herrn Seifert hatte Alfred erfahren, dass beide, Jaroslav Hašek sowie Günter Eich in Kriegsgefangenschaft gewesen waren und dort mit dem Schreiben begonnen hatten. Papa hatte Mama Briefe von der Front geschrieben. Das hatte er im vergangenen Herbst zufällig entdeckt. Er begann zu ahnen, was das Schreiben für Menschen bedeuten konnte. Dann knipste er seine Taschenlampe aus und begann vor seinem inneren Auge mit einer Inventur: Er, Alfred Boheim, hatte ein Dach über dem Kopf, einen Vater, eine Mutter, einen kleinen Bruder, ein Sofa zum Schlafen, eine Bettdecke, ein Kopfkissen, einen Schlafanzug, einen Schlitten, einen Wintermantel, ein Paar Handschuhe, eine Wollmütze, ein Paar Winterstiefel, eine Lieblingscousine Bärbel, ein paar gute Klassenkameraden wie Manfred, Anton, Waltraut, Gert, Klaus-Dieter, eine hübsche Banknachbarin … Freunde in der Barackensiedlung wie Georg, Peter, Daniela, Paul und Christa … Er mochte viele Süßspeisen, liebte Schokolade, trank gerne Milch, er hatte Schulsachen, Bücher, einen Füller, Hefte … schreiben war ihm nicht so wichtig – vielleicht, weil er es musste und er dafür Noten bekam, er mochte seinen Klassenlehrer und besaß Spielkarten, geschnitzte Figuren von seinem Vater, einen Fußball …

Bevor er mit seiner Inventur fertig war, war Alfred eingeschlafen.

Abenteuer an der Autobahn

Kurz vor Ostern, waren die Zeugnisnoten gemacht. Die Schüler der Klasse 5c des Progymnasiums hatten nun weniger Hausaufgaben zu erledigen und mehr Zeit sich zu treffen. So verabredeten sie sich um drei Uhr nachmittags an der Autobahn am Ende der Seestraße. Vom Fahrbahnrand aus konnte man manchmal tolle Autos vorbeifahren sehen und auf dem Parkplatz daneben waren die Traumkarossen von Nahem zu bewundern. Auf der Autobahn, die Hitler hatte bauen lassen, fuhr die große, weite Welt durch den ältesten deutschen Autobahntunnel von 1938.

Alfred ging die Römerstraße entlang den Bloßenberg hinauf. Nach einer Linkskurve mündete sie am verabredeten Treffpunkt in die Seestraße. Auf dem Weg traf er auf Waltraut. Sie wohnte etwas unterhalb in einer neuen Siedlung.

»Beim Seifert gestern, das war schon heftig«, sagte Waltraut. Alfred nickte: »Ja, der Krieg und die Nazis. Das hat doch noch mehr mit uns zu tun, als ich dachte. Kannst du mit deinen Eltern darüber reden?« Waltraut schüttelte den Kopf: »Nein, die winken bloß ab und sagen, dass sie sich nicht ständig mit dem alten Kram beschäftigen wollen. Außerdem wäre das nichts für mich.«

Der Lärm der vorbeifahrenden Autos nahm langsam zu. Es war auch 1957 schon einiges los auf den Straßen. Die meisten Autos waren *VW Käfer*, den sich inzwischen sogar einfache Arbeiter und Angestellte leisten konnten. Der war übrigens auch eine ›Erfindung‹ Hitlers: ein Wagen für das Volk, der Volkswagen. »Was hast du gesagt?« Waltraut hatte Alfred wegen des Lärms nicht richtig verstanden.

»Das Wirtschaftwunder ist ganz schön laut!«, schrie Alfred, Waltraut nickte.

»Wieso heißt es eigentlich *Wirtschaftswunder*?«, brüllte Waltraut zurück. Alfred winkte ab. Es hatte hier keinen Zweck. Sie würden das später an einer ruhigeren Stelle klären müssen.

Sie sahen die anderen schon von Weitem. Peter und Bärbel waren auch gekommen. Es war ein großes und vor allem lautes ›Hallo‹. Dann kletterten sie alle die Böschung zum Fahrbahnrand hinauf. Lastwagen krochen in der Gegenrichtung die Steigung zum Tunnel hinauf. Dicke Rußschwaden kamen aus den Auspuffrohren. Die Dieselmotoren mussten unter Vollgas zeigen, was in ihnen steckte. Auch die Käfer mit ihren Heckmotoren quälten sich langsam den Berg hinauf und überholten mit Mühe auf der linken Spur. Auf der Gegenfahrbahn beschleunigten die Fahrzeuge und brausten den Berg hinunter zum Leonberger Autobahndreieck. Dort traf die Heilbronner Strecke auf die A8, die Strecke von Karlsruhe nach München. Peter und Bärbel steckten plötzlich die Köpfe zusammen und winkten die anderen zu sich heran.

»Wollt ihr mal ein richtiges Abenteuer erleben?« Alle nickten und brüllten: »Jaaa!« Und sie folgten den beiden Großen, die in Richtung Tunneleingang spazierten. Sie kamen an dem Parkplatz vor der Weströhre vorbei. Dort parkten ein *Borgward* und eine *BMW Isetta* mit drei Rädern. Die Insassen mussten durch die Türe von vorne in das kleine Gefährt einsteigen und sich an der Lenksäule vorbeizwängen. Hinter den parkenden Autos kletterten die Kinder die steile Böschung neben dem Tunneleingang hinauf.

»Was soll denn das geben?«, schrie Alfred. Der Lärm der Autos war jetzt ohrenbetäubend.

»Wirst du schon sehen«, bekam er von Bärbel zur Antwort und er ahnte, dass es nichts sein würde, was man zuhause würde erzählen dürfen.

»Doch nicht da hoch!«, rief Waltraut erschreckt.

»Doch, genau da hoch!«, schrie Peter und zeigte auf den oberen Rand des Eingangs

»Ihr wolltet doch alle Autos gucken, also bitte schön.«

»Ich geh' da nicht mit!« Waltraut stemmte die Arme in die Seiten und blieb stehen. Klaus-Dieter stellte sich neben sie und schüttelte ebenfalls mit dem Kopf.

»Dann eben nicht. Gibt's sonst noch irgendwelche Feiglinge hier?« Bärbel schaute in die Runde, aber alle anderen ließen sich auf die Mutprobe ein. Das Gras war nass und rutschig. Sie zogen sich an den Zweigen der Büsche nach oben. Manfred griff mit der Hand in die Dornen einer Schlehenhecke.

»Scheiße, verdammte!« Er zog die Dornen heraus und biss mit den Zähnen auf die blutenden Löcher in seinen Fingern. Endlich waren sie oben angekommen. Bärbel ging voraus und setzte sich mitten über dem Tunnelportal an die Kante. Unter ihr fuhren die Autos aus der Röhre ins Freie. Zögerlich folgten ihr Peter, Gert und Anton. Sie hatten alle Angst vor dem Abgrund. Es war wirklich gefährlich. Wenn jemand die Balance verlöre, würde er direkt auf die Fahrbahnen stürzen. Sollte er den Aufprall überleben, würde er vom nächsten Laster überrollt. Das war todsicher.

»Na Alfred, was ist?« Bärbel forderte ihren Vetter

auf, sich den anderen Wagemutigen anzuschließen. Aber Alfred schüttelte den Kopf und rutschte auf dem Hosenboden die Böschung wieder herunter.

»So eine Memme!« Peter hatte für Alfreds feigen Rückzug nur Verachtung übrig. Die anderen setzten sich über den Tunneleingang und ließen ihre Beine baumeln. Dann begann die Autoschau.

»Seht mal, den würde ich gerne mal fahren!« Anton sah dem dunkelroten Porsche nach, der aus dem Tunnel heraus beschleunigte. Er war Porsche-Fan und wusste die technischen Daten auswendig:

»*356er Speedster Cabrio*, 1600 Kubikzentimeter Hubraum, 60 PS, 160 Stundenkilometer Spitzengeschwindigkeit«, rief Anton fachmännisch.

»Gute Wahl!«, sagte Manfred anerkennend und gab ihm einen Klaps auf die Schulter.

Alfred, Waltraut und Klaus-Dieter, blieben auf dem Parkplatz neben einer *Ente* mit französischen Kennzeichen stehen. Der *Citroën 2CV* wurde wegen seiner ungewöhnlichen Form mit Faltdach, Kugelscheinwerfern auf den vorderen Kotflügeln und seiner weichen, schaukelnden Federung im Volksmund so genannt.

Der Fahrer dieses Wagens stand ein wenig abseits und starrte schon seit bestimmt fünf Minuten auf das Tunnelportal. Die Kinder, die oben auf der Kante ihr Leben riskierten, sah er nicht. Er blickte in das Dunkel der Röhre, drehte sich dann langsam um und ließ seinen Blick über die Fahrbahnen, den Bloßenberg und die Häuser unterhalb schweifen.

»Der weint ja!« Waltraut hatte die Tränen auf seinen Wangen entdeckt, die unter der dunklen Sonnenbrille hervorrollten. Sie überlegten eine Weile und entschlossen sich dann, den Mann zu fragen, ob er vielleicht Hilfe brauchte.

»Pardon Monsieur. Besoin d'aide?« Waltraut konnte ein paar Brocken französisch, der Mann schüttelte aber mit dem Kopf.

»Nein, ich brauche keine Hilfe, vielen Dank«, antwortete er auf Deutsch. Er nahm die Brille ab, schnäuzte sich mit einem Taschentuch, trocknete seine Augen und stellte sich als Gustav Schneider vor. Nachdem sich auch Waltraut, Klaus-Dieter und Alfred mit Namen vorgestellt hatten, erzählte er ihnen, warum er hierher gekommen war.

»Ich bin Jude und stamme eigentlich aus Stuttgart. 1936 verhafteten mich die Nazis zum ersten Mal, dann kam ich ins Gefängnis, später dann ins KZ. Erst war ich in Dachau, dann verlegten sie uns nach Natzweiler. Und 1944 kam ich hierher. Hier an dieser Stelle, an der wir jetzt stehen, war der Weg von den Tunnelröhren zum Lager.« Die drei Kinder hatten Mühe, den Mann bei dem Lärm der vorbeifahrenden Autos zu verstehen.

»Ganz schön laut!«, schrie Klaus-Dieter, Herr Schneider lächelte.

»Das ist noch gar nichts! Als wir in dieser verfluchten Röhre die Flugzeugteile für *Messerschmitt* genietet haben, da war es richtig laut! Zwölf Stunden, eingepfercht bei Kälte und ohne Lüftung.«

Die Nazis hatten gegen Ende des Krieges den Autobahntunnel zu einem Rüstungsbetrieb umfunktioniert. Die Häftlinge mussten Tragflächen für Düsenjäger des Flugzeugbauers Messerschmitt fertigen. Kurz vor Ende des Krieges gelang es Gustav Schneider, aus dem Lager zu fliehen. Er konnte sich nach Frankreich durchschlagen und war im Elsass von Bauersleuten halb verhungert und abgemagert aufgefunden worden. Die hatten ihn beherbergt, aufgepäppelt und die Tochter hatte sich in den feschen Gustav verliebt. Nach dem Krieg heirateten die beiden und nun war er als Kaufmann auf Geschäftsreise in seiner Heimatregion unterwegs. Wieder in Deutschland zu leben, war für ihn allerdings nach den Erlebnissen in Leonberg unvorstellbar.

»Kommt mit, ich zeig euch was.« Waltraut, Klaus-Dieter und Alfred sahen sich fragend an, aber sie waren neugierig geworden und folgten dem Mann. Herr Schneider ging voraus an der Fahrbahn entlang und bog dann, nach etwa zweihundert Metern rechts ab. Hier ging er durch die Wiesen hinauf zur Kuppe des Bloßenbergs.

»Wo gehen die denn hin?«, wunderte sich Bärbel und zupfte Peter am Ärmel. Beide saßen noch immer oben über dem Tunneleingang.

»Keine Ahnung. Kommt, lasst uns sehen, was die vorhaben.« Langsam und vorsichtig stiegen sie wieder ab zum Parkplatz und liefen den anderen hinterher. Herr Schneider blieb stehen und senkte seinen Kopf. Dann schloss er seine Augen, als würde er beten. Die drei Kinder sahen sich fragend an. Kurze Zeit später waren auch die Tunnelkletterer bei ihnen. Herr Schneider begrüßte sie mit mattem Händedruck und ernstem Gesicht.

»Hier haben wir die Toten verscharrt. Da, wo wir jetzt stehen, ist ein Massengrab der Leonberger KZ-Opfer.« Nichts deutete mehr daraufhin, was hier vor zwölf Jahren geschehen war. Es war eine harmlose Wiese, ein Bolzplatz für Kinder, dahinter ein paar junge Bäume. Man ließ also sprichwörtlich Gras über die Sache wachsen. Hier war es etwas ruhiger, und Herr Seifert erzählte noch mehr von seiner Leonberger Zeit.

»Wir mussten hart arbeiten, in zwei Schichten von 6 bis 18 und von 18 bis 6 Uhr. Am Ende des Tages waren wir halb taub vom Lärm. Wir wurden geschlagen, gefoltert, eingesperrt, waren den Wachleuten ohnmächtig ausgeliefert. Wir bekamen kaum etwas zu essen. Alle waren abgemagert, krank, verletzt, mutlos, im Herbst kam die Kälte dazu. Im Winter bin ich dann weggelaufen. Ich hatte Glück und wurde nicht erwischt.«

Dann erzählte Herr Schneider von seiner Flucht durch den Schwarzwald und das Rheintal. Er war auf einem Brett durch den eiskalten Rhein auf die französische Seite geschwommen, den französischen Truppen begegnet und dann von den Bauern gerettet worden.

»Es wäre schön, wenn hier mal eine Gedenkstätte eingerichtet würde. Damit man niemals vergisst, was hier Menschen Menschen angetan haben. Nun muss ich aber weiter.« Herr Schneider verabschiedete sich von den Kindern, ging zurück zum Rastplatz und stieg in seine Ente. Die Kinder gingen ihm nach und winkten vom Fahrbahnrand aus, bis das Auto in der Senke verschwunden war.

»Meine Fresse! Das hätte ich nicht gedacht.« Klaus-Dieter sprach aus, was alle dachten. Das mussten sie unbedingt am nächsten Tag Herrn Seifert erzählen.

»Und das alles ist direkt vor unseren Haustüren passiert.« Alfred begann zu verstehen, warum man im Ausland so einen Hass auf die Deutschen hatte, warum etwa die Tschechen keine Deutschen mehr in ihrem Land haben wollten.

Sie trotteten am Fahrbahnrand entlang. Nach Autos Ausschau zu halten, darauf hatten sie keine Lust mehr.

»Kommt, wir schauen mal bei den Golfern vorbei.« Alle fanden Bärbels Idee gut. Dabei würden sie sicher auf andere Gedanken kommen. Sie gingen durch die Unterführung der Autobahn und stiegen hinauf zum Gelände des Golfplatzes.

Wohlhabende Stuttgarter Bürger hatten schon 1927 auf

der Leonberger Heide einen Golfplatz mit neun Bahnen gebaut. Am Ende des Krieges, hatte man auf den Spielwiesen Mais angebaut, der Hunger der Einwohner hatte Vorrang vor irgendwelchen Luxusvergnügungen. Kurz nach Kriegsende hatten die Amerikaner den Golfplatz wieder instandgesetzt. Die Offiziere hatten das Bedürfnis nach Abwechslung in der schwäbischen Provinz verspürt. 1947 war der ›Solitude-Club‹ neu gegründet worden. Und im vergangenen Jahr waren die Amis auf ihren neuen, größeren Platz nach Kornwestheim umgezogen, somit war das Gelände wieder ›in deutscher Hand‹ und wurde mit schwäbischer Gründlichkeit gepflegt.

Die Kinder kamen auf ihrem Weg durch die Kirschgärten, die jetzt im April einem weißen Blütenmeer glichen.

»Wie das duftet!« Waltraut zog genießerisch das Blütenaroma ein und schloss die Augen.

»Oh ja, und die Blüten! Seht nur wie lieblich sie in der Sonne blitzen!«, säuselte Peter.

»Depp!« Waltraut schmollte und wurde rot im Gesicht.

»Kinder, Kinder! Bitte keinen Streit bei diesem herrlichen Wetter!«, äffte Klaus-Dieter Frau Grundeis nach, die Mathelehrerin der 5c. Die hatte so eine näselnde Beschwichtigungsstimme.

Endlich waren sie am August-Lämmle-Weg und standen vor der Einfahrt zum Clubgelände. Vielleicht konnten sie sich auf dem Platz nützlich machen und damit ihr Taschengeld etwas aufbessern.

»Soso, dia Rasselbande isch wieder mål em Anmarsch! Na, was verschafft mir denn die Ehre?« Herr Häberle war der Platzwart der Anlage und ein sehr freundlicher Mensch.

»Wir wollten hier nur mal wieder nach dem Rechten sehen«, antwortete Peter schlagfertig.

»Vielleicht können Sie ja ein paar helfende Hände gebrauchen?« Herr Häberle überlegte nicht lange.

»Da henner Recht! Ihr kennet amåle ieber die Båhna ganga und bei de Bisch dort nach verschlagenene Bäll suacha. Außerdem kennt i ebber beim Mäha braucha. Und en d'r Kich miasst m'r dringend die Gläser spüla und …« Die Kinder bildeten einen engen Kreis und verteilten die Aufgaben untereinander.

»Fleißig, fleißig!« Herr Häberle nickte anerkennend. Die Mädchen und Jungen machten sich auf die Suche nach den kleinen, weißen Golfbällen, die nicht den Weg ins Loch gefunden hatten. Peter bekam vom Platzwart den Rollrasenmäher in die Hand gedrückt und rückte ab zum Mähen des *Roughs*, den Flächen zwischen den Bahnen. Alfred und Bärbel halfen Herrn Häberle in der kleinen Küche.

»Seit wann arbeiten Sie denn hier?« Alfred wollte wissen, wie es früher mit den Amerikanern gewesen war. Und der Platzwart erzählte bereitwillig von den ersten Nachkriegsjahren, als die Besatzungsoffiziere hier oben in dem kleinen Clubhaus Jazz gespielt hatten. Junge Musiker aus der Region warteten auf ihre Chance und manche hatten sie auch bekommen. Sie waren von den GIs gut bezahlt worden, manche hatten sogar den Sprung ins Radio geschafft und eine Musikerkarriere begonnen. Auch die neue Stilrichtung aus den USA, der *Rock'n Roll*, war hier bis vor kurzem noch zu hören gewesen.

»Sind Sie Leonberger?« Herr Häberle nickte, er stammte aus Eltingen. Die Familie Häberle war seit Generationen hier ansässig und hatte in der Zeit für zahlreichen Nachwuchs gesorgt.

»Häberles gibt's hier wie Sand am Meer. Hilfsch du mir beim Abtrockna?« Bärbel nahm das Trockentuch und

Alfred überlegte einen Moment. Dann nahm er seinen Mut zusammen und fragte:

»Haben Sie etwas von dem KZ am Autobahntunnel gewusst?« Die Frage kam für Herrn Häberle überraschend. Er stutzte, dann machte er eine abweisende Handbewegung.

»Ach Kerle! Des isch scho so lang her. Wer mecht denn des heit no wissa? Freilich hemmer gewisst, dass da irgendebbes bei de Tunnelröhra vor sich ganga isch. Aber dass die Nazis dort Kriegsgefangene hen schufta lassa, des hemmer erschd vo de Amis erfahra.« Und dann erzählte Alfred von ihrer Begegnung mit Herrn Schneider und dem überwucherten Massengrab am Bloßenberg.

»Ja, mir lasset gern amåle Gras ieber ebbes wachsa«, sagte Herr Häberle nachdenklich.

»Aber jetzt missat mer hier fertig werda. Glei kommet die erschde Spieler und nå muass då hanna ellas tipptopp sei.« Er gab Lisa und Alfred jeweils drei Zehnpfennigstücke.

»Hollet amåle dia andere rei. Die kriagad au ihr'n verdienta Lohn.« Alfred pfiff laut über den Platz und alle kamen zurück zum Clubhaus. Sie hatten ein seltsames Gefühl, als sie das Geld in ihren Händen hielten. Ganz in der Nähe hatten einst die Gefangenen unter unmenschlichen Bedingungen für ein bisschen Wassersuppe und eine Scheibe verschimmeltes Brot arbeiten müssen. Es waren doch ganz, ganz andere Zeiten angebrochen. Die Kinder bedankten sich für ihren Lohn und verabschiedeten sich von Herrn Häberle. Dann machten sie sich auf den Heimweg.

»Du wolltest mir noch erklären, warum wir gerade mitten in einem *Wirtschaftswunder* stecken.« Waltraut sah Alfred erwartungsvoll an.

»Wir haben doch von Herrn Seifert und heute von Herrn Schneider gehört, was die Deutschen im Zweiten Weltkrieg verbrochen haben. Was hättest du an der Stelle der Sieger gemacht?« Waltraut überlegte und Manfred antwortete.

»Ich glaube, ich hätte die Deutschen platt gemacht, aber so richtig.« Und er klatschte dabei kräftig in die Hände.

»Genau das aber haben die Amis nicht gemacht. Sie hatten einen anderen Plan. Sie haben den Deutschen sehr viel Geld und Lebensmittel gegeben. Die Leute hatten Hunger. Denen ging es richtig dreckig. Die Amis haben sie mit Essen und Kleidung versorgt. Und sie halfen den Unternehmern und Betrieben beim Wiederaufbau. Das haben die aber nicht nur aus Mitleid gemacht. Damit sollten die Sowjets zurückgedrängt werden. Außerdem wollten die Amis mehr Kunden, die ihnen ihre Waren abkaufen.« Alfred hatte sich das von Hubert Scholz, Peters großem Bruder vor ein paar Tagen erklären lassen. Waltraut verzog anerkennend die Mundwinkel.

»Mensch, du bist ja mal ein Schlaumeier!«

»Der wird bestimmt mal Professor«, lachte Manfred.

»Oder Lehrer! Aber ich habe das mit dem Wirtschaftswunder immer noch nicht begriffen.« Waltraut ließ nicht locker.

»Nach dem verlorenen Krieg war fast alles kaputt in Deutschland und auch die Reichsmark war nichts mehr wert. Deshalb blühte der Schwarzmarkt, wie man den direkten Tausch von Waren gegen Lebensmittel nannte«, dozierte Alfred weiter.

Klaus-Dieter biss in einen mitgebrachten Apfel – er hatte ja bekanntlich fast immer Hunger – und sagte: »Da kann isch misch noch dran erinnern …«

»Kau' erst mal!«, ermahnte ihn Bärbel.

»Meine Eltern haben ihr ganzes Silberbesteck auf dem Schwarzmarkt versetzt«, sagte Klaus-Dieter, als er den Mund leer hatte.

»Na, ob sie dich damit haben durchfüttern können …« Manfred hatte seine Zweifel und Klaus-Dieter verpasste ihm einen Knuff in die Seite.

»Blödmann!« Bärbel verdrehte die Augen.

Alfred fuhr mit seiner Erklärung fort. »Ich glaube, jetzt habe ich es verstanden«, meinte Waltraut danach.

»Die Leute arbeiten für mehr Geld, das sie ausgeben und sich dafür Dinge kaufen, die andere Leute hergestellt haben, die dafür mehr Geld bekommen, das sie ausgeben und sich dafür Dinge kaufen, die andere Leute hergestellt haben …«

»Ja, ich glaube du hast das Wirtschaftswunder begriffen.« Alle mussten lachen, obwohl nicht alle wirklich verstanden hatten, was da gerade Wundersames in Deutschland vor sich ging. In der Abenddämmerung gingen sie nach Hause. Warum es Leute gab, die Golf spielen konnten und andere, die putzen gehen mussten, war Alfred noch nicht ganz klar geworden. Aber das würde Hubert ihm sicher noch erklären.

Buntes Treiben auf dem Bolzplatz

Das neue Schuljahr hatte begonnen. Die Schüler der 6c des Progymnasiums hatten immer noch Herrn Seifert als Klassenlehrer und fast alle waren froh darüber. Auch Alfred fand es gut, dass er von seinem Deutschlehrer vielleicht noch das ein oder andere würde erfragen können. Die jüngste Geschichte interessierte ihn inzwischen sehr. Schließlich hatte das alles viel mit ihm selbst und seiner Familie zu tun.

Nachmittags trafen sich einige Jungen und Mädchen zum Kicken, was in den fünfziger Jahren noch nicht selbstverständlich war. Sie sollten doch lieber mit Puppen spielen, hörten manche Mädchen von ihren Eltern. Für Danielas Familie, die ehemaligen Gutsbesitzer Tobien aus Ostpreußen, war es völlig undenkbar, dass ein Mädchen aus gutem Hause sich zu kindischen Kraftmeiereien und wildem Ballspiel hinreißen ließ. Aber die Monate in der Barackensiedlung hatten bei Daniela ihre Spuren hinterlassen.

»Den Schwächlingen zeigen wir, wo's langgeht«, hatte Bärbel den anderen Mädchen Mut gemacht und sie waren mit Begeisterung bei der Sache. Hätten sie es zuhause erzählt, manche von ihnen wären von Vater oder Mutter ungläubig angestarrt worden.

Daniela hatte sich mit den Jungen und Mädchen aus der Nachbarschaft angefreundet und wollte auf kein Abenteuer und keine Albernheit mehr verzichten. Sie hatte von Bärbel gelernt, wie man seinen Kopf gebrauchen und durchsetzen konnte. Auch die zierliche Christa Graudenz, die anfangs sehr schüchtern gewesen war, hatte sich zu einem mutigen, selbstbewussten Mädchen entwickelt. Hänseleien wegen ihrer großen, vorstehenden Zähne etwa konnten ihr nichts mehr anhaben. Die Kinder waren unterschiedlich groß, unterschiedlich alt, kamen aus verschiedenen Ecken des zerfallenen Deutschen Reiches und hatten als Flüchtlinge in der Fremde doch viel gemeinsam. Sie wollten dazugehören. Auch deshalb trafen sie sich regelmäßig zum Fußballspielen. Sie wollten ihren Spaß, wollten sich messen im Kampf um den Ball, wollten tricksen, dribbeln, Tore schießen – genauso wie die Einheimischen, die in den Sportvereinen trainieren konnten. Dafür aber hatten die meisten Familien der Siedlung kein Geld.

Vor ein paar Tagen hatten Georg und Alfred vorgeschlagen, ein Spiel der Kinder aus der Barackensiedlung gegen die Sechser vom Progymnasium zu organisieren. Es sollten gemischte Mannschaften sein, alle sollten mitmachen können. Alle Klassenkameraden und Nachbarskinder fanden die Idee prima. Die Klasse hatte sich daraufhin spontan zu Trainingseinheiten nachmittags und an den Wochenenden getroffen. Sie nannten sich die *Progymi-Kickers*. Manfred spielte beim Turn- und Sportverein Eltingen in der Jungenfußballabteilung und leitete das Training. Auch Lisa und Waltraut spielten mit und wirbelten ihre Teamkameraden beim Dribbling kräftig durcheinander.

»Aber heute nur bis um vier. Heute ist Endspiel, wir müssen doch Radio hören.« Manfred war ein Fan von *Borussia Dortmund.* Die Borussia stand im Endspiel um die Deutsche Fußballmeisterschaft.. Finalgegner war der *Hamburger Sportverein* aus der Oberliga Nord.

»Oh Mann, Manfred! Das ist doch voll öde. Dann haben wir ja nur eine knappe Stunde Zeit. Ich will kicken. Dein Radio kannst du dir sonst wo hinschieben. Wer ist dafür, dass wir länger kicken? Hand hoch!« Lisa ließ Manfred keine Zeit für eine Gegenrede und hatte eine klare Mehrheit von ihrem Vorschlag überzeugt. Schließlich wollten die meisten selbst Fußball spielen und nicht anderen beim Fußballspielen zuhören.

»Dann spielt doch heute gleich ohne mich!« Manfred war beleidigt.

»Oh Mann, Manfred! Nun sei doch kein Spielverderber. Du kickst mit und ziehst dann ab zu deinem blöden Radio. Einverstanden?« Manfred nickte und kickte den Ball in hohem Bogen auf das Feld. Lisa erntete bei den anderen große Zustimmung. Sie mussten gegen die älteren und größeren Gegner aus der Siedlung hart trainieren, mehr laufen und besser kombinieren um überhaupt eine Chance zu haben. Georg und Alfred trainierten mit ihrer Klasse mit, trafen sich aber auch mit den Spielern des *FC Baracke*, wie die sich inzwischen nannten. Auch hier wurde die Sache mit zunehmendem Ernst betrieben.

»Peter, ich hau dich um!« Bärbel trainierte Elfmeterschüsse, Freistöße und Eckbälle. Sie hatte den härtesten und genausten Schuss im Team. Peter stand im Tor. Als Torwart spielte er nicht ganz freiwillig, aber Georg und Alfred meinten, wenn zwei Neuntklässler auf dem Feld spielen, wäre es gegen die Sechser dann doch etwas unfair. Bärbel nahm Anlauf und drosch den Ball platziert in die linke untere Ecke.

»Tooor!«, jubelte sie überschwänglich und riss die Arme hoch.

»Zufall! Zufall!« Peter konnte das nicht auf sich sitzen lassen.

Es war inzwischen Anfang Juli geworden, Dortmund hatte tatsächlich die deutsche Meisterschaft gewonnen, Manfred war glücklich und alle Kinder genossen nach der Schule das warme Sommerwetter.

»Heute gilt's!« Georg und Alfred waren sich einig. Sie informierten in der Schule ihre Klassenkameraden. Die Spieler des FC wussten bereits Bescheid.

»Wir treffen uns um zwei beim Reiterstadion.« Wenn nicht gerade Pferdemarkt war, diente der große Sandplatz mit Tribüne als ideales Trainingsgelände des *FC Baracke*. Die Spieler hatten sich aus Haselnussstecken Torpfosten geschnitzt. Peter zog mit der Spitze eines Steckens die Torauslinien in den Sand, Christa, Paul und Daniela schritten die Torbreite ab und bohrten auf beiden Seiten des Platzes die Pfosten in den Boden. Sie waren kaum fertig, da kamen auch schon die gegnerische Mannschaft im Stadion an. Und einige hatten zu Hause die Eltern informiert. So kamen auch ein paar Väter, Mütter und Geschwister als Zuschauer mit. Alle begrüßten sich freundlich, die Erwachsenen nahmen auf der Tribüne Platz.

Es waren wilde Kerle und noch wildere Mädels, die sich nun auf dem Sandplatz gegenüberstanden – eine friedliche Rivalität. Bösartige oder gar feindselige Auseinandersetzungen waren fast ausgeschlossen. Aber es gab, wie es das eben beim Fußball ist, immer wieder mal blutige Knie, aufgeschürfte Ellenbogen und etliche blaue Flecken an den Schienbeinen. Zerrissene Hosen gab es nicht. Das lag einfach daran, dass keiner von den Jungen lange Hosen trug. Die meisten hatten Lederhosen an und die hielten einiges aus. Dafür bekamen die kurzen Röcke der Mädchen ordentlich was ab. Fußballschuhe, Vereinstrikots, Stutzen oder andere Luxusartikel konnte sich von den Spielerinnen und Spielern hier keiner leisten. Klaus-Dieter hätte von den Eltern das Geld dafür zwar bekommen, aber er schaute lieber zu, als sich selbst zu bewegen. Dafür machte er nun von der Zuschauertribüne aus die Life-Berichterstattung:

»Meine lieben Zuhörer. Ich darf sie zum großen Finale, heute in Leonberg recht herzlich begrüßen. Eine prachtvolle Kulisse, die sich den Fußballbegeisterten hier bietet. Schönstes Sommerwetter, ein gut präparierter Platz – ideale Bedingungen also für ein würdiges Endspiel zwischen dem *FC Baracke* und den *Kickers* vom Progymi. Momentan ist noch kein Schiedsrichter in Sicht, aber der kommt bestimmt noch.« Klaus-Dieter hatte nicht bemerkt, dass hinter ihm ein Mann stand und über seine Reportage schmunzelte.

»Bravo, Klaus-Dieter, das hätte ich gar nicht von dir gedacht, dass du so flüssig und so viel am Stück reden kannst. Im Unterricht höre ich sonst weniger von dir.« Klaus-Dieter drehte sich erschrocken um und lief rot an wie eine Tomate.

»Hallo, Herr Seifert. Ich … habe sie gar nicht … gehört.« Nun war es wieder fast wie im Deutschunterricht. Da bekam Klaus-Dieter auch kaum einen Ton heraus – keiner wusste, woran das lag.

»Nun aber flott weiter berichtet. Schließlich wollen die vielen Zuhörer zuhause an ihren Radiogeräten nichts verpassen.«

»Hallo, Herr Seifert!« Alfred hatte seinen Klassenlehrer inzwischen auch bemerkt und winkte ihm zu.

»Spielen Sie doch mit!«, versuchte Anton Herrn Seifert zu überreden. Aber der winkte ab.

»Zu alt, zu dreckig, zu gefährlich.« Aber man merkte ihm an, dass er insgeheim doch mit dem Gedanken spielte.

»Wir brauchen noch einen Schiedsrichter, sonst können wir nicht gegeneinander spielen.« Bärbel hatte wie immer eine glänzende Idee.

»Bitte, Herr Seifert!«

»Seifert vor!«, grölte der Chor und schließlich legte der Lehrer unter dem Jubel beider Mannschaften die Jacke ab, krempelte die Hosenbeine hoch und pfiff ein erstes Mal energisch durch die Finger.

»Meine lieben Zuhörer«, setzte Klaus-Dieter seine Reportage nun doch fort, »das Spiel hat noch vor dem Anpfiff eine erste überraschende Wendung genommen. Der Schiedsrichter ist eingetroffen, damit hätte keiner gerechnet, es ist Herr Seifert aus Leonberg.« Der ließ sich den Ball geben und schritt zum Anstoßpunkt.

»Meine lieben Zuhörer, zunächst die Mannschaftsaufstellungen: Die *Gymi-Kickers* spielen heute mit Anton Schöllkopf im Tor. In der Verteidigung sind Waltraut Röckle, Lisa Dambacher und Gert Schneider aufgeboten, im Mittelfeld führt Manfred Mayer Regie und im Sturm versuchen Georg Grischka und Alfred Boheim ihr Glück. Beim *FC Baracke* steht heute Peter Scholz zwischen den Pfosten. In der Abwehr sind Paul Wuttke, Daniela Tobien und Christa Graudenz aufgeboten, im Mittefeld spielt Bruno Fietz und seine ältere Schwester Bärbel Fietz bildet zusammen mit Karl Koberer das Sturmduo.« Klaus-Dieter hatte seinen Spaß an der Als-ob-Übertragung.

Nun pfiff Herr Seifert das Spiel an. Alle stürmten auf den Ball. Es war ein etwas ungleicher Kampf. Peter und Bärbel waren drei Jahre älter als der Rest, ihre Beine entsprechend länger und schneller. Aber die *Kickers* machten das mit Leidenschaft und Einsatz wett. So entstand ein munteres Hin und Her, meistens in Tornähe.

»Und nun müsste Bärbel schießen und schießt und Toooor! Eins zu null für den FC!«, ahmte Klaus-Dieter die legendär gewordene Reportage des Reporters Zimmermann aus dem Endspiel der Fußballweltmeisterschaft 1954 nach, als der Außenseiter Deutschland mit drei zu zwei gegen den Favoriten Ungarn gewann. Es war das erste Mal, dass Deutschland eine Fußballweltmeisterschaft gewann und das »Wunder von Bern« war Balsam für die vom verlorenen Krieg verwundeten Seelen gewesen.

»Nun taucht Grischka, der schnelle Läufer der *Kickers*, vor dem Gehäuse des *FC* auf und flankt nach innen«, fuhr Klaus-Dieter in seiner Berichterstattung fort.

»In der Mitte lauert Boheim, aber er verfehlt den Ball. Immer noch führt der *FC* mit eins zu null.« Dann ließ *Kickers*-Verteidigerin Waltraut bei einem Angriff ihr Bein stehen und *Baracke*-Stürmerin Bärbel fiel der Länge nach im Strafraum hin. Herr Seifert pfiff und gab einen Strafstoß.

»Foul! Ein klares Foul von Röckle gegen Fietz. Der Schiedsrichter zögert keinen Moment und pfeift. Es gibt Elfmeter, der in diesem Fall aus sieben Schrittlängen besteht.« Der Bolzplatz war deutlich kleiner, als ein normales Fußballfeld. Immer noch hockte Bärbel vor dem *Kickers*-Tor und hielt sich ihr linkes Knie. Es blutete und Dreckkrumen klebten in der Schürfwunde. Herr Seifert zog sein Taschentuch aus der Hosentasche und gab es ihr:

»Hast du dir wehgetan?« Bärbel biss die Zähne zusammen. Es tat ziemlich weh, aber das wollte sie sich auf keinen Fall anmerken lassen. Sonst würden die Jungs wieder ihr dummes Gerede von den Heulsusen anfangen. Sie wollte es doch allen zeigen. Sie wollte doch den Schnöseln vom Gymnasium zusammen mit dem *FC* eine schmerzhafte Niederlage beibringen und nun hielt sie sich selbst das Knie vor Schmerzen.

»Es geht schon, kein Problem.« Wenig später stand sie

wieder, humpelte ein paar Schritte und schnappte sich den Ball.

»Tut mir leid! Das wollte ich nicht.« Waltraut war besorgt um ihre Gegenspielerin. Sie gab ihr die Hand. Bärbel schlug ein. So etwas passiert nun mal unter Fußballerinnen.

»Fietz legt sich den Ball zurecht. Der Schiedsrichter pfeift, Bärbel nimmt Anlauf und … gehalten! Der Torwart der *Kickers*, hat den Ball gehalten!« So ein Mist! Bärbel stampfte mit dem Fuß ärgerlich auf den Boden. Das hatte im Training besser geklappt. Peter klopfte ihr tröstend auf die Schulter.

»Macht nichts. Die haben wir so oder so im Sack.« Bärbel nickte.

»Schon pfeift der Schiedsrichter die erste Hälfte ab. Der *FC* führt mit eins zu null. Es ist ein buntes Treiben auf dem Platz. Wir dürfen gespannt sein, liebe Zuhörer, ob die *Kickers* im zweiten Abschnitt ins Spiel zurückfinden. Ich gebe zurück in die Sendezentrale.« Alle tranken Wasser aus den mitgebrachten Flaschen.

»Ich dacht' ihr kenntet a kleene Stärkung brauchen.« Bärbels Mutter war gekommen und schnitt nun Stücke von einem frisch gebackenen Hefezopf ab. Wie das duftete! Backen war ihre Leidenschaft und sie freute sich, dass ihre Überraschung auf so hungrige Gegenliebe stieß. In den letzten zehn Jahren hatte sie sich einige schwäbische Rezepte abgeschaut.

»Vorzüglich, Frau Fietz, wirklich! Vielen Dank!« Herrn Seifert schmeckte es ebenfalls und Klaus-Dieter nahm sich bereits das dritte Stück. Inzwischen waren immer mehr Erwachsene aus der Siedlung an den Spielfeldrand gekommen, vom Lärm des Spiels angelockt, Eltern der *Kickers*-Spieler und weitere Klassenkameraden der 6c gesellten sich nach und nach dazu.

»Willkommen zurück, meine lieben Zuhörer, zum großen Finale. Man kann sagen, dass die Verpflegung in der Pause nichts zu wünschen übrig gelassen hat. Und da kommen die Mannschaften auch schon wieder auf den Platz. Der Schiedsrichter pfeift, der Ball rollt wieder.« Frisch gestärkt gingen beide Mannschaften in das Spiel. Die *Kickers* konnten zunächst ausgleichen – Manfred schoss einen Freistoß links unten ins Tor. Doch dann kam Der *FC* mit Peter und Karl noch zu weiteren Toren und gewann schließlich mit vier zu eins.

»Aus! Aus! Aus! Das Spiel ist aus! Der *FC* ist Meister!« Klaus-Dieters Stimme überschlug sich fast genauso wie die seines großen Vorbildes. Herr Seifert hob am Rand des Spielfelds einen Wackerstein vom Boden auf.

»Werte Sportsfreunde, ich darf dem *FC Baracke* zum Gewinn der Meisterschaft herzlich gratulieren und den Spielern den steinernen Ehrenpokal überreichen.« Der Klassenlehrer der 6c drückte Bärbel den Stein in die Hand.

»Hurra! Wir haben gewonnen!« Sie reckte den Stein wie einen WM-Pokal in die Höhe und ließ sich von den Mitspielern und den fairen Verlierern der *Kickers* bejubeln. Das Schönste aber war die anschließende Feier. Die Erwachsenen sprachen nicht mehr nur übereinander sondern miteinander. Sie erkundigten sich gegenseitig über ihre Schicksale, lernten voneinander. Die *Kickers* des Progymnasiums und die *FC*ler aus der Siedlung hatten über das Spiel endgültig zur Freundschaft gefunden. Sie waren sich nicht mehr fremd. Sie hatten keine Vorbehalte mehr gegeneinander, waren neugierig aufeinander und wollten die jeweils anderen noch besser kennenlernen.

Auch Alfreds Vater war nach der Arbeit während der zweiten Halbzeit zum Reiterstadion gekommen und unterhielt sich jetzt mit Alfreds Klassenlehrer.

»Sagen Sie, Herr Boheim, Sie haben doch früher sicher auch Sport getrieben.« Alois Boheim nickte.

»Meine Frau und ich ham uns beim Turnverein kenngelernt. Was anderes gab's ni. Wir hatten die Woche iber a su viel zu tun, da war keene Meglichkeit. Aber am Sonntag sei ber viel ei de Natur, eim Winter zum Skifahr'n. Fußball hatt's ni gegeb'n – zumindest ni fir die Mädlan.« Der Sport hatte auch in der alten Heimat die jungen Leute zusammengebracht. Der Turnverein war zugleich Kulturverein und gab der deutschsprachigen Bevölkerung des Sudetenlandes ein besonderes Zusammengehörigkeitsgefühl. Im Verein wurde musiziert, getanzt, und gefeiert. Man kam sich näher, lernte sich kennen, verliebte sich und heiratete – so wie Alfreds Eltern am 24. Oktober 1936.

»Bei mir war es die Leidenschaft zum Fußball, die dafür sorgte, dass ich meiner Frau über den Weg gelaufen bin.« Nun erzählte Herr Seifert von seiner Karriere als Läufer auf der linken Außenbahn bei den *Stuttgarter Kickers* in den 1930er Jahren. In der Gauliga Württemberg hatte die Mannschaft regelmäßig vordere Plätze belegt und war mehrfach Meister geworden. Der junge Linkaußen war durch seine Schnelligkeit und sein technisches Können aufgefallen und hatte bereits in seiner ersten Spielzeit 1935/36 über zwanzig Tore erzielt.

»Wir spielten sogar um die deutsche Meisterschaft, hatten aber bei den Endrunden nie eine Chance.« Bei einem Auswärtsspiel in Wien begegnete Seifert dann seiner späteren Frau Trude.

»Vor dem Spiel gegen Admira ging die Mannschaft in den Prater, den großen Vergnügungspark von Wien. Beim berühmten Riesenrad wartete eine Gruppe junger Damen auf den Einstieg und da habe ich dann meine Trude das erste Mal gesehen. Es war buchstäblich die berühmte Liebe auf den ersten Blick.« Herr Seifert hatte daraufhin sogar seine Sportlerlaufbahn aufgegeben, denn als Fußballer hätte er damals keine Familie ernähren können. Er hatte mit einer Ausbildung am Lehrerseminar begonnen, später an der Universität Germanistik und Kunstgeschichte studiert und war zu Kriegsbeginn in die Armee, zu den U-Boot-Fahrern der Kriegsmarine einberufen worden. Die Grausamkeiten des Krieges, die Ängste auf den Feindfahrten, die versenkten Schiffe, die ertrunkenen Seeleute, hatten aus Seifert einen überzeugten Kriegsgegner, einen Pazifisten gemacht. Die Jungen und Mädchen sollten auch später noch, so wie heute, friedlich miteinander Fußball spielen können. Sie sollten nie wieder einem verbrecherischen System zum Opfer fallen, nie wieder als Menschenmaterial sinnlos getötet werden. Dafür wollte Herr Seifert als Klassenlehrer der 6c seinen Beitrag leisten. Das spürten die Schüler, dafür respektierten sie ihn. Und spätestens nach seiner heutigen Schiedsrichterleistung mochten ihn nicht nur die Schüler der 6c, sondern auch die Kinder aus der Barackensiedlung.

In Vaters Betrieb

Alois Boheim hatte sich Anfang 1955 vom Allgäu aus auf Arbeitssuche begeben. Der Familienunterhalt musste verdient werden und die Unterkunft bei den Bauersleuten Rottinger in Hopferbach war für vier Personen, die Eltern und die zwei Söhne, zu klein geworden. Alfreds Tante Marie, Anna Boheims Schwester, hatte über die Möglichkeiten im Schwäbischen berichtet und so war Alois Boheim nach Leonberg gekommen. Er hatte zunächst bei der Familie seiner Schwägerin in den Flüchtlingsbaracken gewohnt. Sein Schwager Edwin kannte den ortsansässigen Zimmermann Ruff und vermittelte Alois Arbeit als Zimmermann. Über seinen neuen Chef hatte er die kleine Wohnung in der Eltinger Straße anmieten können. Aber er war ja eigentlich Schreinermeister. Die schwere Zimmermannsarbeit im Freien lag ihm nicht. Seine Kriegsverletzung machte ihm immer noch zu schaffen. So war er sehr froh gewesen, als er ein Angebot von der Stadt Leonberg erhalten hatte, als Schreiner im städtischen Bauhof zu arbeiten. Es war jetzt über ein Jahr her, dass er im alten Betrieb an der Ecke Grabenstraße, Eltinger Straße angefangen und sich bei seinen Kollegen schnell Respekt verschafft hatte. Er arbeitete zuverlässig, schnell und gründlich. Er hatte mehr Ahnung von Holzverarbeitung, als die meisten anderen und immer gute Ideen.

Mit Alfreds Klassenlehrer Seifert hatte er vereinbart,

dass die Klasse 6c des Progymnasiums ihn in der Werkstatt besuchen sollte. Die Kinder sollten sehen, wo die Väter und Mütter ihr Geld verdienten, welche Berufe sie ausübten. Sicher würden nicht alle am Ende der 10. Klasse in die Oberstufe des Gymnasiums wechseln, Abitur machen und studieren. Da konnte es nicht schaden, wenn sie sich schon früh einen Überblick über handwerkliche, kaufmännische oder soziale Berufe verschafften.

Alois Boheims Arbeitstag begann morgens um sieben Uhr. Wenn er, so wie heute, einiges zu leimen hatte, dann heizte er als erstes den kleinen Holzofen in der Vesperstube ein und brachte Wasser in einem Topf zum Kochen. Es waren am Tag zuvor ein paar kaputte Schulmöbel angeliefert worden, Tische und Stühle, die aus dem Leim gegangen waren. »Guten Morgen Herr Boheim«, begrüßte Herr Seifert Alfreds Vater, als er mit seiner Klasse in die Werkstatt kam. Die Schüler taten es ihm nach.

»Servus Kinder. Na, dann mecht ich eich amål durch die Werkstatt fihr'n.« Und er zeigte ihnen zunächst, was es in den zwei großen Räumen zu sehen gab. Eine große Tischkreissäge stand da, eine Hobelmaschine, eine Bandsäge. Die Maschinen wurden über große Lederriemen und Wellen von einem starken Elektromotor aus dem kleinen Nebenraum heraus angetrieben.

»Achtung, jetzt wird's a bissla laut.« Herr Boheim startete den Motor und legte über ein Getriebe den Riemen der Hobelmaschine ein. Die Vierkantwelle mit den Hobelmessern heulte auf und alle mussten sich die Ohren zuhalten. Nun war klar, warum Alfreds Vater nicht mehr so gut hörte. Gehörschutz gab es damals noch nicht. Und die Maschinen verursachten so viel Lärm wie ein Flugzeug. Herr Boheim legte ein dickes Brett in die Maschine und schob es durch, dass die Späne flogen. Glatt gehobelt kam es auf der anderen Seite wieder heraus. Er warf den Antriebsriemen ab und ließ die Maschine auslaufen. Die Sicherheitsvorkehrungen an den Maschinen waren in den Fünfziger Jahren noch nicht sehr weit entwickelt. Deshalb waren schwere Unfälle in Sägewerken, Schreinereien oder Zimmereien nichts Ungewöhnliches. Schnell konnte man einen oder mehrere Finger verlieren. Aber Alois Boheim hatte bis jetzt immer aufgepasst und Glück gehabt. Er hatte noch alle Finger an beiden Händen.

»Und hier sein die Werkbänke.« Unter den großen Sprossenfenstern der Werkstatt standen die großen Hobelbänke aus Buchenholz mit einer *Vorder*- und einer *Hinterzange*. Damit konnten Werkstücke zwischen der *Bankplatte* und den *Bankzangen* eingeklemmt werden, wenn man ein großes Gewinde mit einem *Zangenschlüssel* zudrehte.

»Nu missen wir de kaputten Schulmebel wieder richten. Alfred hol oche amål die grußen Zwingen.« Alfred war seinem Vater immer wieder bei der Arbeit zur Hand gegangen und kannte sich in der Werkstatt gut aus. Das Wichtigste am Leimen war eine gute Vorbereitung, das wusste er. Alle Einzelteile mussten sauber sein, *Zulagen* und *Schraubzwingen* mussten bereitliegen und der Leim musste die richtige Verarbeitungstemperatur haben. Dann nahm der Vater den heißen Leim vom Herd und bestrich mit einem Pinsel die Bruchstellen der Einzelteile.

»Nu gib mir die Zulagen und halt oche.« Nun waren vier Hände wichtig. Alfred hielt die Holzstücke links und rechts neben die Leimstelle, damit sein Vater die Zwingen ansetzen und fest zudrehen konnte. Dank der Zulagen waren die Abdrücke der Metallkanten später nicht am Stuhlbein zu sehen. Solange der Leim warm war, ließ er sich gut verarbeiten, dann kühlte er ab und wurde fest.

»So, wenn's getrocknet is, hält das wieder wie Pech

und Schwefel.« Nun durften die Schüler abwechselnd Zulagen anhalten, Schraubzwingen zudrehen, Leim mit Pinseln auftragen.

»Brotzeit!« Alfreds Mutter kam mit einem großen Korb voll selbst gebackener Wasserwecken in die Werkstatt und versorgte die Klasse 6c mit einer zünftigen Vesper. Der kleine Bruder Alfons war auch mitgekommen und setzte sich mitten hinein in einen großen Haufen von Hobelspänen. Er hatte eine kurze grüne Hose und ein gelbes Hemd an. Mit seinen rotblonden Locken sah er aus wie ein kleiner Kobold.

»Vielen Dank, Frau Boheim! Das wäre doch nicht nötig gewesen.« Herr Seifert war sichtlich überrascht und gerührt von der Gastfreundschaft der Schreinersgattin.

»Wer gut arbeitet, soll oche anständig assen.« Anna Boheim duldete da keinen Widerspruch, das musste auch Alfreds Klassenlehrer bald einsehen. Die Schülerinnen und Schüler saßen auf den Werkbänken, auf Kanthölzern, Kisten und Werkzeugkoffern und ließen es sich schmecken.

Alois Boheim saß neben Herrn Seifert und die beiden Männer knüpften an die Unterhaltung an, die sie vor ein paar Tagen auf dem Rückweg vom Fußballspiel des *FC Baracke* gegen die *Kickers* des Progymnasiums begonnen hatten.

»Sie hatten also einen eigenen Betrieb im Sudetenland?« Alois Boheim nickte. Und dann erzählte er Herrn Seifert, wie er 1932 nach der bestandenen Meisterprüfung die verschuldete kleine Schreinerei seines Onkels übernommen hatte. Mit Fleiß und guter Arbeit hatte er sich langsam nach oben gekämpft, hatte einen Gesellen eingestellt, größere Aufträge annehmen und auch noch einen Lehrling ausbilden können. Er hatte neue Maschinen angeschafft und alles hatte nach einer wirtschaftlichen Erfolgsgeschichte ausgesehen. Aber dann waren die Sudetendeutschen ›heim ins Reich‹ geholt worden. Hitler hatte Böhmen und Mähren von der Wehrmacht besetzen lassen, im September 1939 war er in Polen eingefallen und Alois Boheim wurde zur Armee eingezogen. Seine Schreinerei hat er danach nie wieder betreten.

»Wir han alles verlor'n: unsere Heimat, de berufliche Existenz, unsere besten Jahre haber ei dem verdammten Kriege gelåssen …« Alois Boheim war den Tränen nahe. Sie waren mit dem Leben davon gekommen – nicht mehr, aber auch nicht weniger. Und sie hatten sich in den vergangenen Jahren aufgerappelt, hatten sich in der Fremde auf ihren neuen Weg gemacht und schienen nun, hier, in Leonberg angekommen zu sein. Alfred fühlte sich in der Schule wohl, Anna hatte Arbeit, Alois in diesem Betrieb auch. Zwar war er nicht mehr sein eigener Herr, sondern bei der Stadt angestellt. Aber er hatte ein sicheres Einkommen, gerade genug, um die kleine Familie zu ernähren. Mehr konnte man kaum erwarten.

»Alfons, du Lauser! Was machste dann?« Alfons war auf die Hobelbank geklettert und gerade dabei das frisch verleimte Schulstuhlbein mit einer Raspel zu bearbeiten.

»Ich muss das eparieren!«, sagte Alfons, hielt die Raspel wie ein Ritter sein Schwert und blickte voller Stolz auf die Kratzer im Lack seiner Heldentat. Da mussten alle herzlich lachen. Es sollte nur noch ein paar Jahre dauern, bis im bayrischen Rundfunk ein kleiner Kobold namens *Pumuckl* in der kleinen Schreinerei des Meisters Franz Eder seine Späße treiben würde – mit feuerroten Haaren, grüner Hose und gelbem Hemd.

»Wir müssen dann wieder zurück in die Schule. Vielen

Dank, Herr Boheim, für die lehrreiche Führung und die Reparaturstunde. Vielleicht behandeln die Kinder das Mobiliar im Klassenraum nun etwas sorgsamer.« Herr Seifert schüttelte Alfreds Vater die Hand zum Abschied.

»Schon recht, schon recht. Das hå ich doch gerne gemacht.« Auch die Kinder verabschiedeten sich beim Schreinermeister Boheim und trotteten dann in Zweierreihen die Bahnhofstraße hinunter zurück zur Schule. Und Alfons stand am Werkstatttor und kaute an einem Hobelspan.

›Keine Experimente!‹

»Guck mal, der *Alte*. ›Keine Experimente – CDU‹, was meinen die denn damit?« Alfred und Lisa waren auf dem Weg zum Nachmittagsunterricht bei Herrn Seifert. Am Straßenrand standen große Plakate und Alfred wunderte sich.

»Keine Ahnung, das ist Politik. Davon verstehe ich nichts«, antwortete Lisa. Sie kannte aber das Gesicht auf dem Plakat sehr genau. Es zeigte den Chef der Regierung, Bundeskanzler Konrad Adenauer, der die Vorbeigehenden ernst und staatsmännisch ansah. Im kommenden Herbst sollten die Wahlen zum Bundestag stattfinden.

»Wir fragen einfach den Seifert.« Alfred wollte wissen, was es mit den ›Experimenten‹ auf sich hatte, was die CDU damit meinte, wovor sie die Wähler warnte. Im Deutschunterricht fragte Alfred beim Klassenlehrer nach.

»Gut, dann lassen wir die deutsche Grammatik für heute ruhen und kümmern uns um die Politik. Auch wenn das in der sechsten eigentlich noch nicht Thema ist.« Aber Herr Seifert achtete sehr auf die Interessenlage seiner Schülerinnen und Schüler. Er wollte die Gunst der Stunde nutzen, wie er sagte.

»Um zu verstehen, was die Partei der *Christdemokratischen Union*, die *CDU* auf ihrem Plakat gedruckt hat, muss ich ein wenig weiter ausholen.« Das hatte Lisa befürchtet, aber irgendwie war auch sie neugierig geworden.

»Wie ihr ja schon wisst, ist Deutschland nach dem Krieg in vier Besatzungszonen aufgeteilt worden. Die westlichen Alliierten besetzten das Gebiet der heutigen Bundesrepublik, der Osten Deutschlands bildet seit 1949 die *Deutsche Demokratische Republik*, die *DDR*.«

»Die Ostzone!«, rutschte es Anton heraus und Herr Seifert nickte.

»Genau Anton, die Ostzone.« Da meldete sich Alfred.

»Die Alliierten hatten doch das gleiche Ziel, nämlich Hitler zu besiegen. Warum haben sie dann Deutschland aufgeteilt?« Herr Seifert überlegte einen Moment, bevor er antwortete. Er war sehr zufrieden mit der Neugier seiner Klasse.

»Die Teilung Deutschlands ist ein Ergebnis des verlorenen, von Hitler verursachten Zweiten Weltkriegs. Außerdem haben die Westalliierten und die Sowjetunion sehr unterschiedliche Vorstellungen von Gesellschaft, Wirtschaft und Politik. Erster Bundeskanzler der Bundesrepublik wurde Konrad Adenauer, der ›Alte‹. So nennen ihn viele wegen seines Alters. Inzwischen ist er einundachtzig Jahre alt und hat auch in diesem Jahr gute Chancen, als Kanzler wiedergewählt zu werden.« Jetzt meldete sich Anton.

»Was hat das jetzt mit dem Wahlplakat zu tun, auf dem ›keine Experimente‹ draufsteht?« Herr Seifert kratzte sich am Kinn. Wie weit konnte er ausholen, damit ihn seine Schüler noch verstanden?

»Die Plakate, die jetzt überall in der Stadt aufgestellt worden sind, gehören zum Wahlkampf. Die Wähler sollen von den Positionen einer bestimmten Partei überzeugt werden. Oder ihnen soll klargemacht werden, dass die Position einer anderen Partei nicht gut ist.«

Manfred meldete sich: »Ist das Demokratie?«, wollte

er wissen und Herr Seifert musste schmunzeln.

»Ja, Manfred, das ist Demokratie. Alle Bürger haben das Recht zu wählen. Sie wählen in der Bundesrepublik Mitglieder von Parteien, die dann ihre Interessen im Parlament vertreten sollen«, erklärte er.

»Das klingt so wie Zahnpasta-Werbung: ›Keine Experimente!‹«, meinte Waltraut und bekam für ihren Kommentar ein anerkennendes Kopfnicken von ihrem Klassenlehrer.

»Da hast du völlig Recht. Es ist Wahlwerbung. Die Parteien überlegen sich griffige, einprägsame Slogans, mit denen sie ihre politischen Botschaften zuspitzen. Genauso wie Unternehmen ihre Produkte anpreisen.« Waltraut hakte nach.

»Was will denn der Adenauer?« Eine gute aber auch nicht einfach zu beantwortende Frage, das musste Herr Seifert zugeben.

»Adenauer orientiert sich am westlichen Bündnis unter Führung der Vereinigten Staaten von Amerika …«

»Dabei trägt er gar keine Jeans«, quatschte Manfred dazwischen und die anderen mussten lachen. Herr Seifert setzte eine strenge Mine auf und hob den Zeigefinger.

»Manfred, nun ist es gut! Adenauer strebt nach engen wirtschaftlichen, politischen und militärischen Verbindungen mit Großbritannien und Frankreich. Er macht sich für den Wiederaufbau einer deutschen Armee stark und ist ein überzeugter Vertreter der sozialen Marktwirtschaft …« Ein leises Stöhnen war in der Klasse zu vernehmen. Das war alles ziemlich kompliziert fanden die Schüler. Gert meldete sich schließlich.

»Was ist denn das nun schon wieder: ›Soziale Marktwirtschaft‹?«, fragte er Herrn Seifert. Der lächelte verständnisvoll. Ja, er mutete seiner Klasse an diesem Nachmittag eine Menge zu, das wusste er.

»Was ›soziale Marktwirtschaft‹ ist, lieber Gert, das schaust du bitte bis morgen im Lexikon nach. Im Wahlkampf stehen sich die *Sozialdemokratische Partei Deutschlands*, die *SPD,* und die *CDU* gegenüber.«

Herrn Seifert ging es nicht um Einzelheiten, sondern um die Grundsätze demokratischer Auseinandersetzung.

»Und jetzt kommen wir endlich zum Experiment, vor dem Adenauer und die CDU warnen. Die SPD wirbt im Wahlkampf dafür, dass die Bundesrepublik aus dem *nordatlantischen Verteidigungsbündnis*, der *NATO* austritt. Im Gegenzug soll die DDR aus dem *Warschauer Pakt* austreten, um eine Wiedervereinigung des geteilten Deutschland möglich zu machen. Kanzler Adenauer hat neulich bei einer Wahlkampfveranstaltung gewettert, dass ein Sieg der SPD bei der Wahl im Herbst, den Untergang Deutschlands bedeuten würde. Daraus machten die Wahlkampfstrategen der CDU die Botschaft ›keine Experimente‹. Es ist nämlich nicht sicher, dass dieser Versuch gelingt, Ost- und Westdeutschland aus den zwei Bündnisblöcken herauszulösen, damit es als neutraler Staat in der Mitte Europas wiedervereinigt wird.«

»Wem kann ich denn als Wähler was glauben?«, fragte Lisa etwas verwirrt.

»Das ist eine sehr gute Frage, Lisa. Und gleichzeitig schwer zu beantworten. Jeder Wähler hat seine Überzeugungen. Er hält manches für richtig, anderes für falsch. Er neigt einer Partei zu, weil er seine Interessen von deren Politik am besten vertreten sieht. Er möchte im Wahlkampf Dinge hören und lesen, die ihn in seiner Überzeugung bestärken. Vielen Leuten ging es nach dem verlorenen Krieg sehr schlecht. Sie hatten Angehörige verloren, ihre Arbeit, ihre Wohnung, ihre Heimat, ihr Vermögen. Es gab Hunger und es herrschte Not. Durch die Hilfe der Alliierten und durch eigenen Fleiß haben sich viele in den letzten Jahren wieder nach oben gearbeitet. Im wirtschaftlichen Aufschwung und dem schnell wachsenden Wohlstand sehen viele Bundesbürger einen Erfolg der Politik von Konrad Adenauer. Deshalb sind seine Chancen auf eine dritte Amtszeit als Bundeskanzler ziemlich gut.«

»Für was wirbt denn die SPD?« Manfred wusste von seinen Eltern, dass sie überzeugte Sozialdemokraten waren.

»Die SPD warnt vor der Wiederbewaffnung Deutschlands, weil sich damit die Teilung des Landes verfestigt. Zwei militärische Blöcke stehen sich auf deutschem Boden feindlich gegenüber und bedrohen sich mit immer mehr Waffen. Die DDR hat inzwischen wieder eine Armee, die *Nationale Volksarmee, NVA*. Und auch die Bundesrepublik hat wieder eine Armee, die *Bundeswehr*. Alle jungen Männer sind mit 18 Jahren wehrpflichtig, das heißt sie müssen für eine bestimmte Zeit in der Bundeswehr Dienst tun. Dabei werden sie zu Soldaten ausgebildet. Sie lernen den Umgang mit Waffen und üben das Töten.«

»Das will ich nicht!« Alfred erntete bei seinen Klassenkameraden viel Kopfnicken. Keiner von ihnen wollte Soldat werden. Dazu hatten sie von ihren Vätern, Onkeln und teilweise auch von den großen Brüdern zu viel Schreckliches gehört. Zumindest ahnten sie, was die Soldaten im Krieg hatten erleben müssen. Mancher der Älteren konnte bis heute gar nicht darüber reden. Sie verdrängten die furchtbaren Erlebnisse, manche waren im Krieg verrückt geworden, andere waren seitdem gebrochene Männer.

»Deshalb warnt die SPD auf ihren Plakaten mit dem Slogan ›Kampf dem Atomtod‹. Die Amerikaner wollen auf deutschem Boden zur Abschreckung Atomwaffen stationieren. Ihr habt bestimmt schon mal das Wort ›kalter Krieg‹ gehört. Das heißt, dass es zwar keine ›heißen‹ Feuergefechte mit Panzern, Kanonen und Gewehren gibt, aber es herrscht politische ›Eiszeit‹ und Misstrauen vor dem Gegner. Man bespitzelt sich gegenseitig, man rüstet die Armeen auf, setzt die Gegenseite unter Druck. Das kann sehr gefährlich werden.«

Aber Herr Seifert wusste, dass es bei den Wählern noch keine Wechselstimmung gab. Den meisten ging es gut, zumindest viel besser als noch vor Jahren. Sie waren mit Adenauers Politik zufrieden und sie teilten die Ansicht einer sowjetischen Bedrohung. Viele hatten Angst vor den Russen. Das rührte bei den Kriegsveteranen noch von den eigenen Erlebnissen an der Ostfront her. Außerdem hatte Adenauer mit dem Beitritt des Saarlandes zur Bundesrepublik einen großen Erfolg vorzuweisen und er hatte die Renten kräftig angehoben, was ihn gerade bei den älteren Wählern sehr beliebt machte.

Da klingelte es und die Deutschlandstunde bei Herrn Seifert war vorbei. Die Schülerinnen und Schüler hatten interessiert daran teilgenommen und würden nun mehr darauf achten, was auf Wahlplakaten stand. Sie würden die politischen Nachrichten im Radio verfolgen, das hatten sich einige vorgenommen. Schließlich ging es ja vor allem um ihre Zukunft und die wollten sie nicht unwissend den Erwachsenen überlassen. Das war in der jüngeren Vergangenheit in Deutschland schon mehrfach gründlich schief gegangen.

In der Mühle

»Alfred, mein Jonge. Ich sod a bissla Mehl hån. Gehst oche zur Mihle und keefst zwee Pfond.« Anna Boheim war beim Backen das Mehl ausgegangen. Sie hatte beide Hände im Teig, der Vorteig war bereits angesetzt. Es eilte also. Alfred sollte in den Mühlenladen der Lahrensmühle in der Gebersheimer Straße gehen. Bis vor kurzem hatten die beiden Müllerinnen dort noch selbst Mehl in der mit Wasser betriebenen Mühle gemahlen, doch das lohnte sich nicht mehr. Nun verkauften sie Mehl, Eier und Teigwaren in ihrem Laden.

»Bring oche glei noch zehn Eier mit.« Alfred bekam das Geld von der Mutter, schnappte sich eine Tragetasche und ging die Römerstraße entlang, bis er zum Bahndamm gelangte. Gerade fuhr ein langer Güterzug vorbei. Die Lok dampfte, die Schwaden würzten die Luft. Alfred roch das gerne. Der Zug hatte nagelneue Autos geladen. Sie kamen vom großen Mercedes-Werk in Sindelfingen und wurden nun direkt nach Hamburg verfrachtet. Von dort würden sie mit dem Schiff nach Amerika transportiert. Man erkannte es an der Form der Nummernschildhalterungen, denn die amerikanischen Schilder waren kleiner als die deutschen. Außerdem hatten die Wagen größere Stoßstangen, wie es in den USA vorgeschrieben war. Zwischen den großen Limousinen standen auch die Sportwagen der Baureihe W 198 auf den Waggons: Der berühmte *300 SL* mit Flügeltüren und als Cabrio – für die meisten deutschen Autofahrer unerschwinglich teure Luxuskarossen. Selbst Onkel Severin konnte sich solch einen Schlitten nicht leisten.

Hinter der Kreuzung an der Gebersheimer Straße bog der Feldweg zur Mühle ab.

»Hüa!« Müllerin Lina Lautenschlager trieb die beiden Pferde an, die den Wagen mit Mehlsäcken zogen. Sie belieferte die Bäckereien in Eltingen. Alfred erkannte sie und grüßte freundlich, Frau Lautenschlager winkte zurück und fuhr an ihm vorbei.

»Geh no! Mei Schweschder isch em Lada. Hüa!« Die Mühle existierte ungefähr seit 1350. Müller Hanns Laurin hatte ihr 1523 den heutigen Namen gegeben. Alfred erinnerte sich beim Anblick der alten Fachwerkgebäude an eine Geschichte, die er erst vor kurzem gelesen hatte: *Meister Krabat, der gute Zauberer* von Měrćin Nowak-Njechorński. Sie spielte in der Zeit nach dem Dreißigjährigen Krieg in der Niederlausitz. Krabat, der Held der Geschichte, ging bei einem Müllermeister in die Lehre. Der war ein Zauberer und hatte mit dem Bösen einen Teufelspakt geschlossen. Die Zauberlehrlinge konnten sich in Raben verwandeln und tatsächlich saßen auf dem First der Mühle zwei Krähen und krächzten, als Alfred den Hof erreichte. Krabat, der ›Kroate‹, um den sich viele Sagen rankten, war ein Zugereister in der Lausitz, ein Einwanderer. Das hatte offenbar schon in früheren Zeiten genügt, um die Fantasie der Einheimischen anzuregen, dem Fremden alles Mögliche anzudichten und anzuhängen. Da mussten dann dunkle Mächte im Spiel gewesen sein, anders ging es ja gar nicht. Der Müller als finsterer Hexenmeister, der regelmäßig dem Teufel ein Blutopfer darbringt. So sah Irmgard Lautenschlager aber nicht aus.

»Grüß Gott. Was derf's denn sei?«, tönte es Alfred

beim Eintreten in den Mühlenladen entgegen. Freundlich grüßte er die Müllerin zurück.

»Zwei Pfund Weizenmehl bitte und zehn Eier.« Frau Lautenschlager packte alles zusammen, Alfred bezahlte.

»Wo kommsch en du her? Dich hanne doch scho efters em Flecka gseah.« Alfred erzählte der Müllerin von seiner Familie und dass er erst seit letztem Jahr hier in Leonberg wohnte. Dabei schaute er sich in dem Laden um. Nirgends gab es hier Anzeichen für ein großes, kostbar eingebundenes Buch, das als ›Koraktor‹ Zaubersprüche hätte enthalten können. Es waren auch keine weiteren Gesellen zu sehen.

»Suchsch du ebbes?« Irmgard Lautenschlager war der suchende Blick des Jungen aufgefallen. Alfred schüttelte nun etwas verlegen den Kopf.

»Nein, ich ähh … mir ist nur etwas eingefallen.« Gut, dass die Müllerin nicht weiter nachfragte, sondern ihm höflich einen Guten Tag wünschte. Als er wieder auf dem Hof stand, packte Alfred doch die Neugier und er schaute hinter das Gebäude. Die Glems, der Bach, an dem die Mühle stand, führte in diesen heißen Sommermonaten wenig Wasser. Das war einer der Gründe dafür, warum sich das Müllern hier nicht mehr lohnte. Aber das unterläufige Wasserrad war noch intakt. Ab und zu wurden noch Futtermittel für das Vieh der umliegenden Bauernhöfe gemahlen. Die Tür zum Mahlgang stand offen. Ob sich darin tatsächlich eine Getreidemühle befand? Oder war es vielleicht eine Knochenmühle, in der die Überreste verstorbener Müllergesellen klein gemahlen wurden?

»Soll i dir amåle zeiga, wie des gåht?« Irmgard Lautenschlager hatte den Naseweis vom Laden aus beobachtet und grinste nun breit. Alfred war es ziemlich peinlich, nickte dann aber doch. Wie albern! Vor lauter finsteren

Zaubergeschichten war die Fantasie mit ihm durchgegangen. Frau Lautenschlager sah nun wirklich nicht wie eine Hexe aus, die Leichen im Keller verbergen oder mit dem Teufel im Bunde stehen würde.

»Also, die meischde Mihla bestehet aus em Antrieb vom Wasserrad, aus em Mahlwerk und aus em Beutelwerk. Des hier isch a Schrotmihle. Zerschda prüft mr des Getreide nach d'r Anlieferung und reinigt's mit dem Sieb då hanna.«

Die Müllerin zeigte Alfred das große Sieb, auf dem das Korn zum Mahlen vorbereitet wurde. Dann ging Irmgard Lautenschlager mit Alfred hinaus an den Wasserkanal und öffnete den Zulauf zum Wasserrad. Langsam füllten sich die Schaufeln und das große Rad setzte sich in Bewegung. Wieder im Innern der Mühle erklärte die Müllerin weiter.

»Jetzt kommt des Korn då oba in den Aufschütt-Trichter.« Sie nahm eine große Handvoll Korn aus einem Sack und schüttete sie in den großen Trichter. Das Mahlwerk verursachte einen beeindruckenden Lärm.

»Då hanna lauft des Korn über den Rüttelschuh ins Mahlwerk.« Über hölzerne Winkelräder wurde der kreisrunde Läuferstein in Drehung versetzt. Das Korn wurde zwischen den zwei direkt übereinanderliegenden waagrechten Steinen gemahlen, dem sich drehenden Läuferstein und dem festen Bodenstein.

»Jetzt ka mer gucka, wie fei, dass des Korn gmahla isch. Des kå mer so lang wiederhola, bis des Mehl fei gnug isch.« Durch den Abrieb mussten die Mahlsteine von der Müllerin alle vier Wochen mit Hammer und Meißel aufgerauht werden.

»Nachher kommt des Mehl in da Beitelkaschda. In dene Wollbeitel då kå mer no da letschde Schrot wegfildra.« Man unterschied Schrotmehl, das grob zwischen den Steinen gemahlen wurde und gebeuteltes Mehl, das durch den Wollbeutel gegangen war. Feiner Mehlstaub lag in der Luft und langsam wurde auch Alfreds Gesicht leichenblass. Wieder ging ihm die Geschichte von Krabat durch den Kopf. Wahrscheinlich steckte auch hinter den Gemäuern der Lausitzer Teufelsmühle nicht mehr, als ein normaler Mahlgang für Getreide, dachte Alfred. Der Rest war Fantasie. Vielleicht hatten Menschen, die sich über die Qualität oder den Preis des Mehls geärgert hatten, die finsteren Geschichten über die angeblichen Machenschaften des Müllers in die Welt gesetzt, um ihn zu ruinieren. Oder ein Bauer wollte an einem Winterabend seine Kinder erschrecken und erzählte ihnen die Gruselgeschichte von Krabat. Man wusste nach Jahrhunderten oft nicht mehr zu sagen, wo Erzählungen ihren Anfang genommen hatten. Und finstere Mächte oder gar Teufelswerk hatte die Menschen seit jeher fasziniert – einfach sagenhaft.

»Vielen Dank, Frau Lautenschlager, für die Führung durch die Mühle.« Alfred verabschiedete sich von der netten Müllerin, nahm seinen Beutel und trabte zurück in die Robert-Koch-Straße. Mist! Seine Mutter war doch mitten im Backen gewesen und er hätte sich beeilen sollen.

»Alfred, du Lauser! Wo bleibste dann?« Anna Boheim erwartete ihren Sohn schon ungeduldig. Sie hatte den Vorteig bereits angesetzt. Nun knetete sie das frische Mehl unter den Teig, gab Wasser und Zucker dazu und ließ ihn gehen.

Noch zwei Stunden musste sich Alfred gedulden, dann durfte er endlich von dem leckeren Hefezopf probieren. Er schmeckte einfach köstlich. Wie Mutter das nur immer wieder so lecker hinbekam? Das musste echte Magie sein.

Die Spritztour

»Alfred, ich gleb da mecht dich jemand abhol'n, a su wie der hupt.« Anna Boheim war etwas in Sorge. Sie kannte Hubert Scholz nicht sehr gut und die Aussicht, dass ihr Alfred in einem schnellen Auto durch die Gegend gefahren wurde, machte sie unruhig. Aber ihr Mann hatte ihr gut zugeredet und sie letztlich davon überzeugt, dass es für Alfred ein tolles Erlebnis werden würde und so hatte sie dann doch zugestimmt.

»Pass halt auf dich auf, mein Jonge.« Alfred nickte, gab Mutter einen schnellen Kuss auf die Wange und stand schon auf der Straße. Was für ein Auto! Alfred war sprachlos: ein *Mercedes 220 S Cabriolet* mit 100 PS und fast 170 Stundenkilometer Spitzengeschwindigkeit, in weinrot und schwarz mit Chrom und Ledersitzen! Und er, Alfred Boheim, durfte dabei sein, wenn Hubert mit diesem Traum auf vier Rädern über die Straßen flitzte. Peters Bruder hatte im Sommer seinen Führerschein bekommen. Zur Belohnung für einen wichtigen Vertragsabschluss mit einem guten Kunden der *Leonberger Bausparkasse* hatte ihm sein Chef das eigene Auto für das Wochenende überlassen.

»Hallo Alfred! Setz dich vorne rein!« Peter war auf die schmale Rückbank geklettert. Alfred durfte auf dem Beifahrersitz Platz nehmen. Echtes Leder, wie sich das anfühlte. Die Armaturen blitzten in der Sonne, der Motor vibrierte kaum hörbar unter der Haube. Hubert tippte zur

Begrüßung die Finger an die Stirn.

»Na, dann wollen wir mal!« Mit quietschenden Reifen fuhr Hubert den Wagen an. Es war zwar Anfang September schon etwas kühl für das Fahren ›oben ohne‹, aber was machte das schon. Sich in einem solchen Schlitten den Wind um die Nase wehen zu lassen, war ein echtes Abenteuer.

»Wahnsinn!« Die Jungs schrien ihre Begeisterung in den vorbeirasenden Wald hinein. Hubert fuhr flott durch die Kurven des Mahdentals Richtung Stuttgart. Die Strecke war ja Teil der Solitude-Rennstrecke, auf der sie im Juni die WM-Rennen gesehen hatten. Über den Schattenring ging es hinunter nach Heslach, wo seine neue Freundin Claudia wohnte. Sie sollte auch entscheiden, wohin die Fahrt ging.

»Fast wie bei James Dean! … *denn sie wissen nicht was sie tun*« – Peter hatte den Film vor Jahren gesehen und musste an die berühmte Mutprobe der zwei Jugendlichen denken, die in gestohlenen Autos waghalsig auf eine Klippe zurasten. Alfred schaute Peter fragend an.

»Kennst du den Film?«, fragte Peter. Alfred schüttelte den Kopf und Peter schrie ihm ins Ohr – wegen des Fahrtwinds und der quietschenden Reifen.

»James Dean spielt den Jugendlichen Jim Stark. Er ist neu in der Stadt und kämpft mit dem Anführer der Bande. Sie veranstalten mit zwei geklauten Autos ein Rennen und rasen auf eine Steilküste zu. Wer sich zuletzt aus dem fahrenden Auto wirft, bevor es die Klippe herunterstürzt, hat gewonnen.«

»Verrückt!« Alfred krallte sich an seinen Sitz. Die rasende Fahrt kam ihm plötzlich nicht mehr ganz geheuer vor. Wusste Hubert, was er tat? Hatte er den Wagen im Griff? Man musste doch nicht wie ein Irrer durch die Gegend rasen, nur um sich oder irgendjemand sonst irgendetwas zu beweisen.

»Klar verrückt. Aber darum geht's ja. Der Bandenführer stürzt ab, weil die Tür klemmt. Und Jim bekommt im Anschluss heftige Probleme mit der Polizei.« Sie waren inzwischen im Stuttgarter Süden angekommen. Hubert parkte am Straßenrand, kontrollierte noch einmal den Sitz seiner Frisur im Rückspiegel und sprang dann mit einem eleganten Schwung aus dem Wagen. Claudia hatte offenbar schon auf ihn gewartet. Hubert hatte kaum geklingelt, da ging schon die Türe auf und Claudia warf sich ihrem Freund an den Hals.

»Tststs! Sie können es nicht abwarten.« Peter spielte den entsetzten Anstandswauwau.

»Diese Jugend von heute!« Alfred tat es ihm nach und kletterte zu Peter nach hinten auf den Rücksitz. Hubert und Claudia brauchten eine Ewigkeit, bis sie sich aus ihrer Umarmung lösten, fanden die beiden Jungs. Dann endlich schlenderte das Pärchen Arm in Arm zum Wagen. Hubert, ganz Gentleman der alten Schule, öffnete die Tür für die Dame und Claudia bedankte sich für die höfliche Geste mit einem Knicks.

»Hallo Claudia!« Peter streckte ihr die Hand entgegen.

»Hallo Peter! Und wer bist du?« Claudia lächelte Alfred an. Was für ein Augenaufschlag! Sie war eine echte Schönheit, was sich umgehend auf Alfred Aussprache auswirkte.

»A- A- Alfred Boheim. Sehr angenehm!« Claudia musste über die förmliche Begrüßung lachen und Alfreds Gesicht nahm wieder seine Tomatenfärbung an. Wie peinlich!

»Wo soll's denn hingehen?« Hubert erlöste Alfred.

»Ich würde gerne zum Fernsehturm fahren. Der Ausblick muss herrlich sein.« Mit Claudias Vorschlag waren alle einverstanden. Im vergangenen Jahr war der erste Fernsehturm der Welt eingeweiht worden. Bis jetzt hatten schon eine Million Menschen den Turm besucht. Er war zum neuen Wahrzeichen der Landeshauptstadt geworden und von allen Himmelsrichtungen aus gut zu sehen. Hubert fuhr die Serpentinen hoch nach Degerloch.

»Gewaltig!« Alfred stand direkt unterhalb und sah an der 140 Meter hohen Betonsäule hoch zum ›Korb‹, wie man die Räumlichkeiten auf mehreren Etagen in luftiger Höhe nannte. Hubert übernahm den Eintritt für alle und sie fuhren mit dem Aufzug zur Besucherplattform.

»Was für eine tolle Aussicht! Hubert schau' doch mal. Da unten, die Autos sehen aus wie Spielzeug. *Wie wunderlich ist nicht die Welt,/ Daß sie die Aussicht hier für unvergleichlich hält:/ Hier blüht, sagt sie, ein junger Wald,/ Der von Gesängen wiederschallt.// Dort schwatzt ein buhlerischer Bach/ Dem lispelnden Geräusch der nahen Sträuche nach:/ Hier strahlt die bunte Wiese vor:/ Dort schwillt ein stolzer Berg empor ...*« Claudia war in ihrer Begeisterung kaum zu bremsen.

»Was redest du denn da?«, fragte Hubert verwundert. Und nicht nur das. Hubert kämpfte mit einem ihm bisher unbekannten Gefühl: Noch nie war er so weit oben gewesen. Er hatte weiche Knie und Schweiß stand ihm auf der Stirn. Er sah blass aus. Der mutige Cabriofahrer war hier oben in luftiger Höhe gar nicht mehr mutig. Er hatte Angst, Höhenangst.

»Das ist Lyrik, mein Lieber. *Die schöne Aussicht* von Christian Felix Weiße. Aber davon verstehst du nichts.« Claudia studierte Germanistik und Kunstgeschichte in Stuttgart. Und ab und zu ließ sie Hubert spüren, dass er von Literatur keine Ahnung hatte.

»Ist mir das peinlich – Claudia, entschuldige bitte! Ich wusste nicht, dass mir die Höhe so zu schaffen machen würde.« Hubert hatte im Moment keinen Kopf für alte Gedichte. Er kämpfte mit Übelkeit und Schwindel. Dafür genossen Alfred und Peter die Aussicht umso mehr. Es war einfach ein herrliches Panorama! Direkt unterhalb war das Fußballstadion der *Stuttgarter Kickers*. Schade, dass gerade kein Spiel lief. Von hier oben hatte man einen tollen Überblick. Im Südosten konnte man die langgestreckten Höhenzüge der Schwäbischen Alb sehen, davor die umliegenden Dörfer und Städte. Im Südwesten sah man den Schwarzwald und im Westen den *Monte Scherbelino*, der seit vier Jahren aus den Trümmern der vielen zerbombten Stuttgarter Stadthäuser aufgeschüttet wurde. Stuttgart war im Zweiten Weltkrieg durch mehrere Luftangriffe der Alliierten stark zerstört worden. Der Schutt musste weggeräumt werden, damit es Platz für neue Gebäude gab und so hatte man sich entschlossen, einen künstlichen Berg zu bilden. Später sollte er begrünt werden und als Erholungsbereich dienen. Im Norden lag ihnen der Stuttgarter Talkessel zu Füßen: der Turm des Hauptbahnhofs mit dem großen Mercedesstern, der sich langsam drehte, das neu gebaute Rathaus am Marktplatz mit seinem Uhrenturm. Die Stiftskirche war noch eine Baustelle. Es gab zahlreiche Baulücken und an manchen Stellen wurden ganze Quartiere neu aufgebaut. Breite Schneisen durchzogen jetzt das Stadtbild, man baute autogerecht.

»Komm, mein Lieber. Das hat ja mit dir hier oben keinen Sinn. Wir fahren wieder nach unten.« Claudia bugsierte ihren Hubert wieder ins Turminnere, Alfred und Peter schlurften widerwillig hinterher. Sie wären gerne noch länger geblieben. Mit jedem Höhenmeter, den der Fahrstuhl nach unten fuhr, besserte sich Huberts Befinden und unten angekommen war er fast schon wieder der alte.

»Wir wollen ein Eis! Bitte, bitte, bitte!« Peter und Alfred blieben vor dem VW-Bus stehen, der neben dem Eingang parkte und echte italienische Eiskugeln in Waffeltüten verkaufte. Peter setzte seinen schönsten Dackelbettelblick auf, dem Claudia nicht widerstehen konnte.

»Hubert, sei ein Schatz und spendier' uns eine Runde!« Beim Augenaufschlag von Claudia wurde nun auch Hubert weich und alle durften sich zwei Kugeln aussuchen.

»Vanille, Schokolade, bitte.« Alfred musste nicht lange überlegen.

»Für mich bitte Schoko und Erdbeere.« Peter hatte seine Wahl ebenfalls schnell getroffen.

»Also ich nehme …«, begann Claudia ihre Entscheidungsfindung.

»Kanne isch empfehle alle Sorte. Sinde gemagt nach originale Rezepte von Mama mia.« Der Eisverkäufer war in seinem Element. Er pries mit vielen Grimassen und ausladenden Gesten seine Sorten an, gab Claudia Kostproben und lächelte die Unentschlossene mit schnauzbärtigem Charme an.

»Also dann nehme ich … Erdbeere und Vanille bitte.«

»Für mich bitte auch.« Nun waren also auch die Großen versorgt und Hubert bezahlte.

»Grazie Signore! Ciao Bella!« Der Verkäufer warf Claudia eine Kusshand zu, wie man es von einem richtigen Italiener erwarten konnte. So gingen sie genießerisch das köstliche Eis schleckend zum Auto zurück. Erst nachdem auch Claudia als Letzte ihre Waffel Ratzeputz aufgegessen hatte, stiegen sie wieder in ihr nobles Gefährt ein, denn Eisflecken auf den Ledersitzen wollte Hubert nicht riskieren. Schließlich musste der Mercedes am Montag wieder tipptopp an seinen Besitzer zurückgegeben werden. Sie stiegen ein und Hubert fuhr nun ganz gemächlich die Serpentinen nach Stuttgart hinunter. Er setzte Claudia an ihrem Haus ab und lenkte das Cabrio wieder zurück nach Leonberg.

»Vielen Dank für die tolle Spritztour!« Alfred verabschiedete sich von den Scholz-Brüdern und erzählte seiner Mutter ganz aufgeregt, was er gesehen und erlebt hatte.

Untergang der Pamir

»Hast du schon gehört? Die *Pamir* ist gesunken!« Lisa hängte ihren Ranzen ganz aufgeregt an den Haken.

»Nein, davon weiß ich nichts. *Pamir* – wer ist denn das?«, fragte Alfred. Er hatte keine Ahnung, wovon Lisa sprach. Aber es schien etwas Spannendes zu sein und dafür war er immer zu begeistern.

»Mann, du hast keinen Schimmer! So heißt ein altes Segelschiff und das ist gestern im Atlantik gesunken – steht heute in der Zeitung«, gab Lisa naseweis zurück. Aber dazu musste man erstmal eine Zeitung haben. Klar, Dambachers konnten sich ein Abonnement leisten. Jeden Morgen steckte die aktuelle Ausgabe der *Leonberger Kreiszeitung* im Briefkasten von Lisas Eltern. Boheims hatten kein Zeitungs-Abo und hörten morgens auch kein Radio.

»Vielleicht erklärst du's mir dann?!« Alfred ärgerte sich manchmal über Lisas Gezicke, obwohl sie sich sonst sehr gut verstanden. Aber dann setzte Alfred seinen neugierigen Dackelblick auf. Da musste sie schließlich lachen und erzählte.

»Also gut. Die Pamir ist ein deutsches Segelschulschiff. Gestern, also am 21. September, ist sie im Nordatlantik in einen schweren Sturm geraten und mit Mann und Maus untergegangen. Naja, ein paar haben sich wohl retten können.« Alfred bekam große Augen.

»Wieso denn das?«, fragte er. Lisa erklärte ihm, was sie gelesen hatte.

»Der Sturm kam anscheinend so schnell auf, dass die Besatzung die Segel nicht mehr rechtzeitig bergen konnte. Sie wurden zerfetzt und der Steuermann konnte nicht mehr manövrieren. Dann ist die Ladung verrutscht und das Schiff ist gekentert. 80 von 86 Mann Besatzung sind ertrunken.«

»Das ist ja ein Ding!«

Die Schulglocke läutete, die Stunde begann und Herr Seifert machte den Untergang des Seglers zum Aufhänger für seine Deutschstunde. Er nahm Bezug auf die Zeitungsmeldung und stellte dann eine Frage, die viele Schüler der 6c komisch fanden:

»Wohin treiben wir?«

Herr Seifert schaute in lauter fragende Gesichter. Die Mädchen und Jungen sahen sich ratlos an.

»Wie meinen Sie das, Herr Seifert?« Der Klassenlehrer ließ sich Zeit, bevor er antwortete.

»Nehmen wir die *Pamir* als Symbol für das Alte. Ein Segelschiff scheint nicht mehr in unsere Zeit zu passen. Wir leben in der Epoche der Maschinen, des Fortschritts. Das Alte geht unter, reißt dabei viele Menschen mit in den Tod. Es konnte dem Sturm nicht mehr standhalten, wurde zum Schluss von den Wellen hin und her geschleudert.« Da meldete sich Anton zu Wort.

»Und was ist mit der *Titanic*? Das war doch ein modernes Schiff, das für unsinkbar gehalten wurde. Und es hat trotzdem einen Eisberg gerammt und ist gesunken.« Herr Seifert war sehr zufrieden mit dem Einwurf.

»Gut Anton! Es scheint also nicht unbedingt eine Frage der Technik und der Ausrüstung zu sein. Seit Jahrtausenden befahren Segelschiffe die sieben Weltmeere. Es kommt wohl auch auf die Handhabe der Technik an. Wie fahrlässig geht man mit den technischen Möglichkeiten um? Warum wiegen sich erfahrene Seeleute in trügerischer Sicherheit und begehen dann folgenschwere Fehler?«

Der Lehrer sah auf den Gesichtern seiner Schüler, wie angestrengt sie nachdachten. Endlich meldete sich Waltraut.

»Jeder technische Fortschritt eröffnet neue Möglichkeiten. Wir können Entfernungen mit Flugzeugen überbrücken, können weltweit telegrafieren. Das ist doch gut für die Menschen, oder?« Nun hakte Herr Seifert nach.

»Wir können mittlerweile sogar unter Wasser Kriege führen. Neue technische Möglichkeiten können der Menschheit nützen oder ihr schaden. Der letzte Krieg war der modernste und gleichzeitig der grausamste aller Zeiten.« Auf dem Gesicht des Lehrers spiegelte sich das Erinnern an die schrecklichen Bilder seiner Erlebnisse als U-Boot-Matrose. Er fuhr fort: »Sind wir Getriebene des Fortschritts? Treiben wir erinnerungslos auf einer Kugel durchs Weltall? Oder beginnen wir uns zu erinnern und aus Erfahrungen zu lernen?« Nun meldete sich Lisa: »Mir geht das zu weit. Es handelt sich bei der *Pamir* bloß um ein Schiffsunglück. Wir kennen die Ursachen noch gar nicht. Es kann einfach auch Pech gewesen sein und sonst nichts. Davon geht doch die Welt nicht unter!« Seifert aber ließ sich nicht beirren: »Ich habe vorhin von einem Symbol gesprochen. Für mich steht dieses alte Segelschiff für die Vergangenheit, die zwangsläufig untergehen muss, damit die Gegenwart stattfinden kann. Gegen den Lauf der Welt können wir uns nicht wehren – Zeit vergeht, ob wir wollen oder nicht. Die Frage ist, wie sie vergeht, was wir aus der Vergangenheit für das Hier und Jetzt lernen. Nützt der technische Fortschritt den Menschen oder schadet er ihr? Können wir mit den technischen Errungenschaften aufgrund unserer Erfahrungen sinnvoll und verantwortungsbewusst umgehen? Ist es hilfreich, nach dem Völkerschlachten des Zweiten Weltkriegs wieder Armeen aufzurüsten, die sich feindlich gegenüberstehen, bis an die Zähne bewaffnet mit modernstem Gerät? Es müsste doch noch genügend leidvolle Erfahrung in Erinnerung sein. Einige von euch sind Vertriebene. Wir alle aber scheinen Getriebene der Umstände zu sein. Und Politiker erklären uns, dass das alles gut und richtig ist. Deshalb ist es wichtig sich zu informieren und zu lernen. Wenn man auf hoher See unterwegs ist, muss man wissen, was zu tun ist, wenn das Wetter wechselt, sich der Wind dreht, wenn Sturm aufkommt und hohe Wellen auf das Deck schlagen. Man muss navigieren können, Ladung vertäuen und als Mannschaft Hand in Hand arbeiten. Man muss den Kurs halten können, vorausgesetzt man hat überhaupt einen.« Da meldete sich Klaus-Dieter zu Wort.

»Wir leben in einem Treibland!« Alle sahen sich an, keiner sagte ein Wort.

»Treib*sand* meinst du wohl, Klaus.« Doch Klaus-Dieter ließ Antons Einwand nicht gelten.

»Nein, nein, ich meine Treib*land*. Wir sind nicht auf See, sondern leben auf dem Land. Und wir lassen uns von der Zeit und den Mächtigen treiben. Die Bundesrepublik treibt in Richtung Westen. Die USA sind unser großes Vorbild. Wir eifern den Amis nach, wo wir können. Wir tragen Blue Jeans, hören Jazz und Rock 'n Roll. Wir sehen Western im Kino und fühlen uns sicher, weil die US-Streitkräfte im Land sind. Die DDR treibt Richtung Osten. Sie werden von den Sowjets bestimmt. Wir treiben auseinander. Und dann treiben sich noch die Fremden hier herum.« Das wollte Herr Seifert so nicht stehen lassen.

»Klaus-Dieter, Vorsicht! Peter und Alfred sind wohl keine Fremden mehr. Sie gehören selbstverständlich zur Klasse dazu, wie alle anderen auch. Sie treiben sich nicht hier herum, sondern wurden aus ihrer Heimat vertrieben – warum, das haben wir ja schon ausführlich besprochen. Aber es ist trotzdem etwas dran an dem, was du sagst, finde ich.« Einige in der Klasse nickten zustimmend.

»Ich würde gerne mit euch eine Ballade lesen. Sie handelt vom wohl bekanntesten Schiffsunglück in der deutschen Literatur. Es ist eine Ballade von Theodor Fontane aus dem Jahr 1886 und sie geht auf eine wahre Begebenheit zurück.« Dann ließ Herr Seifert das Lesebuch aufschlagen und Lisa begann zu lesen.

»John Maynard!/ ›Wer ist John Maynard?‹/ ›John Maynard war unser Steuermann,/ aushielt er, bis er das Ufer gewann,/ er hat uns gerettet, er trägt die Kron',/ er starb für uns, unsre Liebe sein Lohn ...«

Als Lisa mit ihrem Vortrag der Ballade fertig war, war es mucksmäuschenstill im Klassenzimmer. Herr Seifert bat die Schülerinnen und Schüler sich das Gedicht noch einmal durchzulesen. Dann wartete er auf Reaktionen. Lisa meldete sich als erste:

»Vielleicht war auf der *Pamir* ja auch ein John Maynard.«

»Das könnte sein. Wir wissen es nicht. Vielleicht hat der Steuermann dort auch alles Menschenmögliche versucht. Es hat aber mitten im Atlantik nicht ausgereicht. Wahrscheinlich liegen viele Helden der Geschichte auf dem Meeresgrund, ohne dass wir etwas von ihnen wissen. Was meinen die anderen zu der Ballade?«, versuchte Herr Seifert, eine Diskussion in Gang zu bringen.

»Der Maynard war ja blöde!«, rutschte es Gert heraus. Die anderen sahen ihn verwundert an.

»Ist doch wahr! Wie kann einer so bescheuert sein und freiwillig an einer Rauchvergiftung eingehen?« Herr Seifert wartete auf einen Gegenmeldung, die nicht lange auf sich warten ließ.

»Maynard war ein Held! Er ist selbstlos für die anderen in den Tod gegangen. Sonst wären wohl alle anderen und er selbst ertrunken«, gab Alfred zu bedenken.

»Genau! Und bevor Herr Seifert wieder nach den sprachlichen Mitteln fragt: Der Rhythmus des Gedichts unterstreicht die Fahrt der ›Schwalbe‹. Es ist wie eine spannende Radioreportage: ›Noch zwanzig, noch zehn Minuten‹, ›am Strand von Buffalo.‹« Lisa wusste, worauf Herr Seifert Wert legte. Und der nickte zufrieden.

»Gut, Fräulein Dambacher! Sehr gut!« Dann klingelte es und die Stunde des Untergangs war vorbei. In der folgenden Stunde fiel der Matheunterricht bei Herrn Epple aus. Er war krank. Ein willkommener Anlass für die 6c sich im ›Schiffe versenken‹ zu üben.

A zwei?
Wasser – C drei?
Wasser – A sieben?
Wasser – D acht?
Treffer!
D sieben?
Wasser – A acht?
Treffer!
B acht?
Treffer!
C acht?
Treffer versenkt!

Sputnik

»Der bedeutende Astronom Johannes Kepler ist der berühmteste Sohn der Stadt Leonberg. Er entdeckte wichtige Planetengesetze, die seinen Namen tragen. Für Kepler war das heliozentrische Weltbild eine physikalische Tatsache. Das stieß nicht nur bei der katholischen Kirche, sondern auch bei Keplers protestantischen Vorgesetzten auf erbitterten Widerstand. Für die christlichen Kirchen hing die Schöpfungsgeschichte des Alten Testaments davon ab. Sie war die von Gott gegebene Erklärung für die Entstehung der Welt, der Erde, der Tiere und Pflanzen und des Menschen.«

Mathelehrer Epple hielt an jenem Samstag im Oktober den Schülerinnen und Schülern der 6c einen kleinen Vortrag zur Astronomie Johannes Keplers. Warum er das tat, wusste er eigentlich auch nicht so genau. Am Tag zuvor war jedoch Ungeheuerliches geschehen. Am 4. Oktober hatte die Sowjetunion einen Satelliten namens *Sputnik* in den Kosmos geschossen, wie man das Weltall dort nannte. Das hatte die westliche Welt überrascht – man war geschockt. Die Amerikaner hatten sich für technisch überlegen gehalten. Nun war ihr Weltbild ähnlich zusammengebrochen, wie im 16. Jahrhundert das geozentrische Weltbild der Kirche. Der Westen musste zur Kenntnis nehmen, dass die Sowjetunion im so genannten ›Kalten Krieg‹ Ost gegen West ein technisch ebenbürtiger Gegner war. Das schmerzte nicht nur den Amerika-Liebhaber Epple. Auf einmal war der Glaube an die Sicherheit durch überlegene Technik dahin.

»Man muss sich fragen, woran es liegt. Wie kann es sein, dass die Kommunisten auf einmal die Nase vorne haben? Sie erobern den Weltraum und bedrohen damit unsere Existenz!« Herr Epple rang spürbar um Fassung und versuchte seine Frage gleich selbst zu beantworten.

»Vielleicht liegt es an unserem Bildungssystem. Aufs Gymnasium kommen in Deutschland längst nicht nur die, die auch die Begabung dafür haben. Oft entscheidet leider der Geldbeutel der Eltern über schulischen Erfolg. Deshalb studieren auch nicht die Besten eines Jahrgangs. Und nun haben wir den Salat.« Da meldete sich Gert:

»War das denn früher anders? Arbeiterkinder hatten es doch schon immer schwer, Abitur zu machen und zu studieren.« Das musste Herr Epple zugeben. Das mehrgliedrige Schulsystem bildete die Ständegesellschaft des 19. Jahrhunderts ab. Einer kleinen Elite des Adels und des Großbürgertums war es vorbehalten, eine erstklassige Schulbildung zu genießen. Und der Unterschicht blieb die Volksschule. Sie lernten das Notwendige für den Arbeitsalltag. Herr Epple redete noch den ganzen Rest der Stunde vom Ernst der Lage, vom drohenden Untergang der Welt und ließ die Klasse nach dem Läuten etwas ratlos zurück.

»Fragen wir doch den Seifert, was der von der Sache mit dem Salat im Weltall hält.« Anton hielt, wie die meisten in der 6c große Stücke auf die Meinung ihres Klassenlehrers. Und in der nächsten Stunde hatten sie Deutsch.

»Das ist eine ernste Sache. Nun wird ein Wettlauf beginnen. Man wird im Westen alles daran setzen, den Osten im Weltall zu übertrumpfen. Es würde mich nicht wundern, wenn die Amerikaner nun versuchen würden, die Ersten zu sein, die einen Affen auf den Mond schicken. Die Angst im Westen wird das Wettrüsten beschleunigen und die Russen werden sich genüsslich die Hände reiben.« Herr Seifert war ebenfalls besorgt, das konnten alle spüren.

»Ich habe euch deshalb heute wieder mal eine Geschichte mitgebracht, die ganz gut zum Ereignis passt. Es ist eine Art Planetengeschichte, ein *Science-Fiction* in Form eines Märchens. Es ist die Geschichte vom *kleinen Prinzen.* Kennt die jemand von euch schon?« Der Deutschlehrer sah in die Runde, erntete aber nur Kopfschütteln.

»Geschrieben hat das Buch der Franzose Antoine de Saint-Exupéry während des Krieges. Vor sieben Jahren ist es auf Deutsch übersetzt worden.« Nun zeigte Herr Seifert den Schülern das großformatige Buch mit den bunten Bildern, die Saint-Exupéry selbst gemalt hatte. Und er begann zu lesen.

Der Erzähler berichtet zu Beginn, wie er als sechsjähriges Kind seine erste Zeichnung vollendet hatte. Sie zeigte eine Riesenschlange, die gerade einen Elefanten verdaute. Alle Erwachsenen, denen das Kind seine Zeichnung zeigte, sahen einen Hut darin.

»So ein Quatsch!« Klaus-Dieter konnte sich nicht zurückhalten und rief dazwischen. Die anderen forderten ihn energisch auf, still zu sein. Sie wollten mehr von der Geschichte hören.

»Hattest du als kleiner Junge nicht auch manchmal komische Vorstellungen? Sechsjährige haben nun mal eine ausgeprägte Fantasie, die den Größeren langsam verloren geht«, erwiderte der Lehrer und las weiter.

Als Erwachsener muss der Erzähler mit seinem Flugzeug in der Wüste notlanden. Plötzlich taucht wie aus dem

Nichts der kleine Prinz auf, der ihm jeden Tag ein weiteres Stückchen seines Lebens enthüllt. Er hatte auf seiner Reise von seinem kleinen Planeten eine Reihe von seltsamen Personen getroffen und war schließlich auf der Erde gelandet. In der afrikanischen Wüste begegnete er zuerst der klugen Schlange, bevor er nach weiteren Episoden auf den Fuchs traf, der ihm sein Geheimnis anvertraute: ›Man sieht nur mit dem Herzen gut. Das Wesentliche ist für die Augen unsichtbar.‹ Die Geschichte endet damit, dass der kleine Prinz mit Hilfe der Giftschlange zu seinem Planeten zurückkehrt..

»Was für eine schöne Geschichte!« Lisa war begeistert.

»Schon, aber was hat die mit *Sputnik* zu tun?«, fragte Gert. Er verstand die Zusammenhänge nicht und er war nicht der Einzige. Deshalb gab Herr Seifert die Frage an die Klasse zurück.

»Sorgsam mit der Welt umgehen, Achtung vor allen Lebewesen haben und dem Gegenüber freundlich und freundschaftlich begegnen.« Für Waltraut war die Sache klar.

»Du kannst doch die Wirklichkeit nicht mit einem Kindermärchen aus der Welt schaffen«, antwortete Manfred abwehrend.

»Es geht doch um die Vorstellung, was man hinter den Dingen vermutet oder befürchtet. Was bringt denn zum Beispiel die Russen dazu, einen Satelliten ins All zu schießen? Fühlen sie sich vom Westen bedroht? Wollen sie dem Rest der Welt etwas beweisen? Oder ist es die Begeisterung für den Fortschritt? Wollen sie die Welt voran bringen? Der Westen ist misstrauisch, geschockt und befürchtet Schlimmes. Für ihn ist die kleine *Sputnik*-Kugel, die die Erde umkreist, wie die Riesenschlange, die einen Elefanten verdaut.« Herr Seifert nickte anerkennend:

»Ein sehr guter Vergleich, Lisa. Saint-Exupéry hat sein Märchen im Krieg geschrieben. Er kritisiert darin die Erwachsenen und bewundert die kindliche Fantasie. Der Glaube an das Gute im Menschen leidet in Kriegszeiten besonders. Man meint, die Welt mit der Kraft des Verstandes beherrschen zu müssen und fühlt sich anderen überlegen. Auch wenn keine Waffen mehr sprechen, wie im Moment, so leben wir doch in einer Zeit des großen Misstrauens. Wir sind herzlos. Deshalb ist für mich der Satz ›Man sieht nur mit dem Herzen gut‹ ein Kernsatz der Geschichte. Gefühle, Vertrauen, Zuversicht sind wesentlich für das Gelingen des menschlichen Zusammenlebens. Und so können wir dann wieder den Bogen zu Kepler schlagen. Er war ein sehr gläubiger Mensch. Mit seiner wissenschaftlichen Erkenntnis fühlte er sich in seiner Überzeugung bestärkt, dass der Mensch von Gott gelenkt Sinnvolles tun kann, um sich und die Welt zu retten. Kepler hatte keinen blinden Fortschrittsglauben. Er wollte auch nicht mit seinem Wissen andere ausstechen, um davon irgendeinen Vorteil zu gewinnen. Er musste sich sogar vor dem Misstrauen der Christen verteidigen, die in seinen Gesetzen einen Verstoß gegen das ›Wort Gottes‹ der Bibel sahen.

Das machte einige in der Klasse nachdenklich. Sie hatten im Religionsunterricht die Schöpfungsgeschichte im Wortlaut auswendig lernen müssen. Aber so richtig verstanden hatten sie den Anfang des Alten Testaments, die Genesis, wohl noch nicht. Es war wohl der Versuch der Gläubigen, sich eine der Grundfragen der Menschheit zu beantworten: Woher kommen wir? Wer sind wir? Und wohin gehen wir? Gott als Schöpfer des Universums, als Töpfer des Adam, der ihm Leben einhaucht und zu Wort kommen lässt. Aus seiner Rippe dann schafft er Eva. Adam und Eva, die ersten Menschen, die ins Paradies einziehen dürfen. Der kleine Prinz hatte sein Paradies verlassen, hatte sich die Welt angesehen und dem Erdling davon erzählt. Und die Sowjets hatten mit ihrem Sputnik die Amerikaner aus ihrem demokratisch-kapitalistischen Paradies der Überlegenheit vertrieben. Da läutete die Schulglocke und die Schülerinnen und Schüler gingen diskutierend nach Hause. Herr Seifert war mit dem Verlauf des Unterrichts wieder einmal sehr zufrieden.

Herbstlaub

Der Herbst hatte begonnen. Das Laub der Bäume verfärbte sich und fiel im kräftigen Westwind zu Boden. Die Sonne schien und ließ den Wald goldgelb erstrahlen.

Alfred und Alois Boheim nutzten das schöne Wetter für einen ausgedehnten Sonntagsspaziergang. Ab und zu, so meinte Alfreds Vater, musste man das Hirn durchpusten und ordentlich frische Luft schnappen.

»Sust wird ma ganz bleede eim Koppe.« Dagegen war wenig zu sagen. Also waren Vater und Sohn über die Autobahnbrücke Richtung Ehrenberg marschiert. Alfred mochte es, wenn er mit den Füßen das Laub vor sich her wirbeln konnte.

»Wie de Zeit vergeht. Nu sein wa oche schon wieder zwee Jåhre ei Leonberg.« Alois Boheim ging nachdenklich neben Alfred her und schaute in die Baumwipfel. Ein bisschen fühlte er sich wie die welken Blätter an den oberen Zweigen, die sich gerade noch halten konnten. Aber beim nächsten oder übernächsten Sturm würden auch sie vom Winde weggeweht. Sie würden von ihrem Baum fortgerissen, an dem sie das Jahr über gewachsen waren. Nichts währte ewig, alles hatte seine Zeit und sein Ende. Ein Mensch wurde geboren, wuchs auf, entwickelte ein Gefühl für Heimat und musste irgendwann in die Welt hinaus. Schön, wenn er an den Ort seiner Kindheit zurückkehren konnte. Die Eltern, Großeltern und Urgroßeltern von Alois waren nie hinaus in die Welt gezogen. Sie lebten und starben am selben Ort. Bei aller Sehnsucht nach der alten Heimat war das auch kein sehr schöner Gedanke. Das musste er sich eingestehen. Vielleicht hatte das Elend des Krieges, der Verlust der Heimat, der Neuanfang in der Fremde doch auch sein Gutes.

»Woran denkst du?« Alfred hatte das grübelnde Schlendern seines Vaters bemerkt.

»Ach nischt. Es is eben, wie's is.« Das stimmte natürlich nicht und das wusste Alfred auch. Aber es gab Momente, in denen es besser war, den anderen nicht zu sehr mit Fragen zu löchern. Vater würde schon mit ihm über die Dinge reden, über die er gerade nachdachte – oder eben nicht. Alfred lernte langsam, seinen Vater so zu nehmen wie er nun mal war.

Sie stiegen hinauf zum Höhenrücken im Südosten der Stadt und gingen weiter zum Rappenhof. Von der Kuppe neben den Gebäuden des Reitstalls hatte man eine schöne Übersicht über das Glemstal. Vor allem aber war das ein idealer Startplatz für Modellflugzeuge. Am Hang unterhalb konnte man Drachen steigen lassen. Und genau das hatten die beiden vor. Alfred freute sich schon sehr. Sie hatten in der letzten Woche in Vaters Werkstatt einen wunderschönen bunten Papierdrachen gebaut, der nun seinen Jungfernflug vor sich hatte. Behutsam bauten sie den Drachen zusammen, legten die Schnüre sorgfältig bereit und wickelten die ersten Meter ab.

»Jetzt lauf zu!« Alfred rannte den Hügel hinunter. Durch die gute Thermik zog der Drachen gleich an und schwang sich in die Lüfte. Er tanzte mit dem Wind, flog wilde Kurven und rüttelte an den Schnüren. Alfred konnte ihn nach kurzer Zeit gut lenken. Der lange Schwanz, der mit verschiedenfarbigen Kreppschleifen verziert war, sah wie eine Schlange aus, die zur stürmischen Musik der Herbstböen tanzte. Alois Boheim blinzelte in die Sonne und seine Daumen zeigten nach oben. Alfred nickte ihm zu. Er war glücklich und stolz! Nie hätte er gedacht, dass die Konstruktion aus dünnen Hölzern und reißfestem Buntpapier so gut funktionieren würde. Aber Vater hatte einen Bauplan aus einem dicken Fachbuch zur Drachenbaukunst abgemalt und sie hatten sich genau daran gehalten. Die Schablonen für die Papierbahnen hatten sie vorher auf Zeitungspapier gezeichnet, ausgeschnitten und abgepaust. Das Gestänge aus leichtem Vierkantholz hatte Vater im Bauhof sorgfältig gehobelt. In der kleinen Kellerwerkstatt hatten sie die Holzkonstruktion mit dünnen Schnüren zusammengebunden und die Raute ebenfalls mit reißfester Schnur verbunden. Das Papier hatten sie anschließend mit Leim aufgeklebt und die überstehenden Laschen ebenfalls verleimt. Zum Schluss hatten sie noch die Schwanzfächer aus Buntpapier gefaltet und an eine lange Schnur geknotet, die sie am unteren Ende des Drachens befestigten.

Und nun zog der Buntpapierdrachen hoch am Himmel stolz seine Bahnen, rüttelte und schüttelte sich in den Böen und schien Gevatter Herbst wie in einem Boxkampf geschickt auszuweichen. Alfred hatte heute im Deutschunterricht bei Herrn Seifert ein Herbstgedicht gelesen, das ihm so gut gefallen hatte, dass er es nach dem Mittagessen auswendig gelernt hatte. Es handelte vom Drachensteigen und passte wunderbar hierher. Er rief es laut in den Sturm hinaus und fühlte sich frei.

Sturm treibt den Herbst über Wälder und Flur.
Drachen tanzt wild an der seidenen Schnur.
Versuche das Rütteln im ständigen
Hin und Her der Lüfte zu bändigen.

Rasend im wilden Spiel flatternder Farben
Windgeist schwebt über goldenen Garben.
Jauchzen vor Freude im übenden Lenken
Verflogen das herbstlich trübende Denken.

Oktoberwind lässt die Nasen laufen,
und Böen mit Lust durch die Haare raufen.
Mit klammen Fingern Schnüre aufrollen,
noch einmal zum Start durch die Wiese tollen.

Dann Flaute torkelt zu Boden der Drachen
schwebt langsam auf gellendem Kinderlachen
und tanzt mit den Bändigern hopsend nach Haus.
Im Flur an der Wand lehnend, will er wieder hinaus.

Alois Boheim sah von oben seinem Sohn beim Lenken des Eigenbaus zu und war stolz auf ihn. Er lächelte und ließ sich den stürmischen Herbstwind um die Nase wehen. Plötzlich wirbelten seine Gedanken durcheinander wie das Herbstlaub. Sie flogen über die umliegenden Hügel und trieben durchs Land. So wie er vor Jahren, angetrieben von Ehrgeiz und verletztem Stolz, sich hatte treiben lassen. Sie waren dem Führer Adolf Hitler gefolgt, hatten in den überfallenen Gebieten Leute aus ihren Dörfern und Städten verjagt. Getriebene des menschenfressenden Systems waren sie gewesen, hatten das Unheil in alle Himmelsrichtungen Europas getragen und hatten unendlich viel Leid und Elend gebracht. Unschuldige Kinder, Frauen und Alte hatten unter ihnen gelitten, waren von ihnen gefoltert, vergewaltigt und umgebracht worden. Es war eben *nicht* der heldenhafte Tod des Feindes auf dem Schlachtfeld gewesen. Sie hatten wie irrsinnige Bestien alles Menschliche vergessen, hatten sich und ihre Erziehung, ihren Anstand, ihr Ehrgefühl unterdrückt und waren zu Dieben, Erpressern, Mördern, Kinderschändern und Vergewaltigern geworden. Sie hatten einen schmutzigen Krieg geführt, verführt vom Wahnsinn des angeblichen ›Übermenschen‹, der sich über ›Untermenschen‹ erhoben und sich im Recht gefühlt hatte. Es war den meisten von ihnen im Nachhinein kaum erklärlich, wie sie so hatten hassen, so plündern und töten, andere Menschen quälen und erniedrigen können. Millionen Juden, Sinti, Roma, Behinderte und Andersdenkende waren ermordet worden.

Aber die Gequälten, die die Möglichkeit dazu hatten, schlugen zurück und wendeten das Blatt. Aus den Kriegstreibern wurden Getriebene und Vertriebene. Der Hass, den sie in der Welt gesät hatten, war aufgegangen und richtete sich nun gegen sie selbst.

In Alois kamen die Bilder wieder hoch. Sein Puls begann zu rasen, er atmete schwer. Es war ihm, als würde der Wind plötzlich eiskalt. Er sah um sich endlos viel Schnee. Und auf einmal hörte er in der Ferne wieder Soldaten. Sie riefen sich auf Russisch Befehle zu, Maschinengewehrfeuer donnerte durch die Luft, Artilleriegranaten schlugen in der Nähe ein.

Öffne deine Augen! Schau in den Himmel hinauf!

Schwarze Vögel flatterten durch das Weiß. Das Eis, auf dem er ging bekam Risse. Er legte sich mit ausgestreckten Armen und auseinander gegrätschten Beinen flach auf das Eis und lauschte in die frierende Grausamkeit hinein. Wirre Gedanken pochten an seine Schläfen.

Mama, ich habe gerade einen Mann getötet!

Tränen rannen über seine Wangen. Ein russischer Soldat auf der Suche nach Deckung, war ihm in seinem Versteck direkt in die Arme gelaufen. Auge in Auge standen sie sich für einen Moment gegenüber. Alois hatte die Pistole in der Hand. »Ni strileicje!«, flehte der andere, »nicht schießen!« Aber Alois hielt die Waffe an dessen Schläfe. ›Jeder Schuss ein Russ!‹ Und er drückte ab – unter ihm das trübe fischäugige Wasser des Sees.

Mama, das Leben hat doch eben erst begonnen ...
und ich habe seines beendet.

Nein, er hatte es nicht gewollt. ›Schieß oder stirb!‹, die Befehlshaber, die aus Menschen Mörder machten, hatten genügend Parolen in die Soldatengehirne gepflanzt, hatten den gesunden Menschenverstand infiziert. ›Für Führer, Volk und Vaterland‹ waren sie hier, in der endlosen, russischen Eiswüste. Das Dröhnen der Panzermotoren wurde lauter. Sie kamen immer näher. Er konnte nicht auf dem Eis liegenbleiben. Er musste weiter! Langsam richtete er sich im Schneegestöber wieder auf, kniff die Augen zusammen und sah das Ufer. Dann sah er den Umriss eines kleinen Mannes, eines Jungen, der auf ihn zuging. Er tanzte, der kleine Teufel tanzte einen Fandango!

Ich bin doch nur ein armer Junge! Niemand liebt mich! Und der andere war doch auch nur ein armer Junge aus einer armen Familie! Erspare ihm sein Leben in dieser Hölle!‹

Der Junge stand plötzlich vor Alois auf dem berstenden Eis, in der Hand hielt er eine Drachenschnur. Oder bildete er sich das nur ein? Da lief der deutsche Soldat Boheim los. Unter ihm krachten die Schollen, Wasser spritzte durch die Ritzen. Er sprang über das Bersten hinweg, lief um sein Leben, lief und lief in seiner Todesangst und drehte sich nicht ein einziges Mal mehr um. Hinter ihm das Dröhnen und Stöhnen, das Ächzen, das Kreischen, das Knallen und Fallen …

Ich muss raus hier, ich muss nur sofort raus hier!

Der Soldat Boheim hatte wohl keine Frau vergewaltigt und sich nicht an Kindern vergangen. Sicher war er sich aber nicht. Auch sein Gedächtnis ließ ihn im Stich. Aber er hatte Menschen getötet, hatte russische Soldaten erschossen und mit Handgranaten zerfetzt. Er hatte geraubt und gemordet. Er war wie ein Derwisch in das sorglose Leben wildfremder Menschen gefahren, hatte Angst und Schrecken verbreitet, hatte ihnen ihr Hab und Gut gestohlen und sie aus ihren Häusern vertrieben.

Das Eis war geschmolzen. Es fegte an diesem windigen Spätnachmittag im Oktober 1957 wie ein gewittriger Gedankensturm durch sein Hirn – endlich! Dieser Sturm durchfuhr das brüchige Lügengebäude und riss es in Fetzen. Kein Stein blieb mehr auf dem anderen. Die bittere, ungeschminkte Wahrheit kam ans Licht. Alois Boheim wankte und schwankte. Es riss ihm, bei dem was er dachte und an was er sich in diesem Moment erinnerte, beinahe den Boden unter den Füßen weg. Er fühlte sich wie ein Papierdrachen an einer dünnen Schnur, der vom übermächtigen Sturm in die Höhe getrieben wurde. Von hoch oben sah er sich wie einen kleinen, schwarzen Punkt auf der Kuppe stehen und seinen Sohn beobachten. Der freute sich am bunten Treiben des Windes und ahnte nichts von den Erinnerungsqualen, die den Vater gerade heimsuchten.

Doch, Alfred ahnte es. Er fragte ja immer wieder nach. Er wollte ja etwas wissen. Aber er, Alois konnte es ihm nicht erklären. Er musste seinen Jungen doch schonen. Er konnte ihm die grausame Wahrheit doch nicht zumuten. Er konnte es einfach nicht. Es war ja für ihn selbst zuviel. Er versuchte selbst ständig und vergeblich, nicht an das Furchtbare zu denken. Aber es gelang ihm nicht. Es gelang ihm einfach nicht. Und hier und heute war es besonders schlimm. Er ekelte sich vor sich selbst. Er widerte sich an. Er konnte morgens sein Spiegelbild beim Rasieren nicht ertragen. Da half auch seine Gottesfurcht nicht, sein tiefer Glaube an Gnade und Vergebung. Niemand konnte das. Niemand konnte ihm vergeben, er selbst am allerwenigsten. Er war und blieb schuldig. Daran war nichts zu ändern. Er war kein Schlesier, kein Deutscher, kein Christ, kein Tscheche, kein Fremder, er war ein Getriebener, ein Treibländer.

»Kimm, Alfred, wir geh'n häm!« Wo immer das auch sein mochte. Alfred wickelte widerwillig die Schnur auf, nahm den Drachen vorsichtig in seine Arme und Vater und Sohn gingen zurück in die Robert Koch-Straße.

›Einer kam durch‹

Alfred hatte das Kino für sich entdeckt. Im dunklen Saal in einem gemütlichen Klappsessel gebannt auf die riesige Leinwand sehen, zusammen mit Freunden oder dem Vater spannende Filme anschauen, das war zu Alfreds großer Leidenschaft geworden. Nur wenige Familien konnten sich 1957 schon einen eigenen Fernseher leisten. Außerdem waren die Sendezeiten und die Programmauswahl noch sehr begrenzt. Spielfilme konnte man eigentlich nur im Kino genießen, dafür waren sie schließlich auch gemacht.

Jetzt, im Herbst, wenn die Nachmittage im Freien wegen der Dunkelheit früh zu Ende waren und man nicht mehr ins Freibad konnte, gab es für Alfred nichts Schöneres, als im Kino den Nervenkitzel eines neuen Spielfilms zu erleben. Alfred wohnte ganz in der Nähe von mehreren Kinos. Im ›Zentral-Kino‹ in der Brennerstraße waren die Eintrittspreise sehr teuer. Aber der Stadtjugendring zeigte in der Grabenstraße Programmkino zu vergünstigten Preisen. Über dem ›Zentral‹ las er die großen roten Buchstaben: ›Einer kam durch. Mit Hardy Krüger‹.

Die Mädchen fanden den jungen deutschen Schauspieler süß, aber das war Alfred ziemlich egal. ›Einer kam durch‹ – das klang nach Abenteuer. Das musste er unbedingt Vater erzählen. Vielleicht würde der sich ja überreden lassen und mit Alfred den Film anschauen. Mit Vater ins Kino zu gehen, war immer etwas ganz Besonderes. Außerdem würde er dann wahrscheinlich die teuren Kinokarten nicht vom eigenen Taschengeld bezahlen müssen. Das war immerhin ein Vorteil. Beschwingt ging er nach Hause.

Beim Abendbrot versuchte Alfred, seinen Vater zum Kinobesuch zu überreden. Doch der hatte offenbar an diesem Tag wenig Lust auf einen Spielfilm.

»Weste, Alfred, ich hå heite a su schwer arbeiten missen. Ich mechte ni. Wie wär's dann morgen?« Das war doch ein Wort!

»Also gut, abgemacht. Wir gehen morgen zusammen ins Kino!« Alfred biss fröhlich in sein Butterbrot.

›Klingelingelingeling!‹ Boheims hatten mittlerweile ein eigenes Telefon bekommen: einen schwarzen Apparat mit Wählscheibe, der im Flur an der Wand hing. Wieder klingelte es. Wer mochte das bloß sein? Vater und Mutter schauten einander verwundert an, Alfred zuckte die Schultern. Nicht viele aus dem Bekanntenkreis hatten ein Telefon und Anrufe waren noch sehr selten. Der Vater ging in den Flur und nahm den Hörer ab.

»… Ja, der is då. Ich hol in grade. Alfred?«

Nanu, wer von den Klassenkameraden rief denn bei ihm an?

»Hallo?« Es war Lisa. Sie hatte die Werbung am Kino in der Grabenstraße gesehen: »›Einer kam durch‹, heißt der – mit Hardy Krüger. Kommst du morgen mit?«

Verflixt! das war doch wirklich ein blöder Zufall. Da hatte Alfred gerade seinen Vater überredet, mit ihm ins Kino zu gehen und jetzt rief Lisa an. Lisa! Mit niemandem wäre er lieber ins Kino gegangen. Aber er konnte seinem Vater doch jetzt nicht sagen, dass er nicht mit ihm, sondern lieber mit seiner Klassenkameradin ins Kino gehen wollte. Und wenn er Lisa absagen würde – wann würde die wohl das nächste Mal bei ihm anrufen und ihn fragen, ob er mit ihr einen Film ansehen wollte? Zu dumm! Alois Boheim sah den verdatterten Gesichtsausdruck seines Sohnes.

»Was mecht se denn?« Vater hatte manchmal ein gutes Gespür für Alfreds Nöte. Nicht immer war diesem das Recht.

»Ach, sie …« Weiter kam er nicht.

»… mechte mit dir eis Kino. Stimmt's?« Woher wusste Vater das nur?

»Ja, sie …« Da kam Alfred nach langer Zeit mal wieder ins Stottern.

»Kee Problem. Soll ich mit oder willste mit deiner Freundin alleene ei de Vorfihrung?« Vater zwinkerte Alfred dabei verschwörerisch zu.

»Ich, ähh …« Alfred spürte seinen Kopf rot anlaufen. Wie er das hasste!

»Schon gut, mein Jonge. Ich muss dan Film ni geseh'n hån. Es war oche deine Idee. Nu, geh schon mit der Lisa eis Kino, du Glickspilz!« Warum musste Vater nur solche Sachen sagen?! Und so laut, dass Lisa bestimmt alles am anderen Ende der Telefonleitung mithören konnte.

»Schön! Dann also morgen um 18 Uhr. Ich freue mich!« Schon hatte Lisa aufgelegt. Und langsam färbte das Blut Alfreds Kopf nicht mehr bis zu den Haarspitzen und sein Gesicht nahm wieder normale Hautfarbe an. Er würde morgen, am Freitagnachmittag, mit Lisa ins Kino gehen. Sie würden nebeneinander im Dunkeln sitzen. Der Gedanke jagte Alfred einen kleinen Schauder über den Rücken, so sehr freute er sich darauf. Sie hatte es ihm nicht vormittags im Unterricht gesagt, sondern extra abends zuhause angerufen. Was hatte das nur zu bedeuten?

Der nächste Morgen in der Schule verging viel zu langsam. Immer wieder sahen sich Lisa und Alfred – die

Banknachbarn: der ›Zopf‹ und der Neue aus Hopferbach – an und lächelten.

›Wie hübsch sie ist!‹, dachte Alfred.

›Wie nett er aussieht!‹, dachte Lisa. Da endlich läutete die Schulglocke und die sechste Stunde war zu Ende.

»Der Fredl und die Lisa! Nun schaut euch nur unsere beiden Turteltäubchen an! Na, habt ihr heute schon was vor, ihr zwei?« Anton konnte es nicht lassen.

»Toni, du Blödmann! Lass uns doch in Ruhe! Bist doch sowieso nur neidisch, weil du bei der Waltraut nicht landen kannst.« Wumm! Das hatte gesessen! Anton klappte augenblicklich den Mund zu und schlich zur Tür hinaus. Ja, Alfred war nicht mehr nur das willkommene Opfer, auf dem man nach Belieben herumhacken konnte. Er hatte gelernt, sich zu wehren und das tat er, wenn es denn sein musste.

»Gut gemacht, Alfred! Das wird noch was mit dir«, zwinkerte Lisa ihm zu. Und dann gingen sie zusammen aus dem Klassenzimmer.

»Bis nachher, Lisa.« Alfred schwang seinen Ranzen auf den Rücken.

»Bis nachher, Alfred.« Lisa hüpfte vergnügt pfeifend in Richtung Leonberger Altstadt.

Bei den Hausaufgaben nach dem Mittagessen war Alfred nicht bei der Sache. Ständig musste er an Lisa denken: wie sie ihn ansah, wie sie ihn anlächelte, wie sie zu ihm hielt. Alfred war sich nicht ganz sicher, aber so musste es sich anfühlen, wenn man sich zum ersten Mal richtig in ein Mädchen verknallt hatte. Die Schmetterlinge im Bauch, wenn er ihr begegnete, die weichen Knie, wenn sie ihm nahe kam und er ihre duftenden Kleider roch – ja, er war wohl bis über beide Ohren in den blonden Zopf verliebt. Dabei waren sie gerade mal zwölf! War das unanständig? Durften sie das überhaupt? Zu den schönen Gefühlen kamen Zweifel, ob das alles richtig war, was er für sie und wohl auch sie für ihn empfand. Die ganzen blöden Kommentare der Klassenkameraden – hatten die vielleicht am Ende doch Recht? War es kindisch, albern, unanständig? Und was würden die Eltern dazu sagen? Auf einmal hatte Alfred einen dicken Kloß in der Magengegend, wo noch vor ein paar Sekunden die Schmetterlinge unterwegs gewesen waren. Da spürte er von hinten eine große, warme Hand auf seiner Schulter.

»Alfred, du bist ni bei der Sache. Das sieht ja an Blinder mit am Krickstocke.« Und dann setzte sich der Vater zu seinem Sohn und erzählte ihm von einem Mädchen, in das er, Alois, sich einst in der Volksschule verliebt hatte.

»Die hatte genau a su an strohblonden Zopf wie de Lisa. Und ich war genau a su blede eim Koppe, wie du jetza. Ganz meschugge war mir ei da Mågengrube und gestottert hå ich, wie ni ganz gescheit.« Alfred war überrascht. Das hätte er nicht gedacht. Vater redete ganz offen über seine Schulzeit. Zum ersten Mal hörte er ihn so reden. Und er war sehr, sehr froh darüber. Es schien also doch nicht so ungewöhnlich zu sein, wenn sich ein Mädchen und ein Junge in ihrem Alter ineinander verliebten. Auch früher schon hatte es so etwas offenbar gegeben.

»War das Mutter, in die du dich da verguckt hattest?« Alois Boheim schüttelte den Kopf.

»Nee, das war ni de Anna. Das Mädla kennst du ni. Und alles war ganz harmlos.« Genau! Was war denn schon dabei, wenn man sich mochte? Alfred war einfach gern in Lisas Nähe und umgekehrt. Und sie unternahmen viele Dinge zusammen. Und meistens waren noch andere aus der Klasse oder aus der Siedlung mit dabei. Wie sollte man denn sonst Erfahrungen sammeln? Was wusste man denn ansonsten später, wenn man heiraten wollte?

»Hier håste a bissla Geld. Davon kennt ihr eich a Tite Popcorn kaufen. Das geheart doch zu am schen'n Kinonachmittag. Hå ich Recht?« Alfred umarmte seinen Vater und war so erleichtert. Der zeigte Verständnis für Alfreds Gefühle und war überhaupt nicht sauer.

Endlich war es halb Sechs! Alfred hüpfte vergnügt aus dem Haus, die Eltinger Straße entlang und die Grabenstraße hinauf zum Kino. Lisa stand schon davor und wartete. Aus der Klasse war sonst niemand zu sehen.

»Ich habe allen gesagt, dass wir uns zur Abendvorstellung um 19 Uhr treffen. Die werden enttäuscht sein, wenn wir nicht aufkreuzen und Händchen halten.« Da hatte Lisa wieder dieses wunderschöne Lachen im Gesicht, das Alfred so mochte.

»Und ich habe Bärbel gesteckt, dass wir uns am Kino in der Brennerstraße treffen. Niemand aus der Siedlung wird hierher kommen«, fuhr sie fort. Das Ablenkungsmanöver war also geglückt. Alfred und Lisa hatten ihre Ruhe. Zufrieden stellten sie sich in die Schlange an der Kasse, kauften die Eintrittskarten und eine große Tüte Popcorn.

»Darf ich dich einladen?« Lisa sah Alfred überrascht und etwas besorgt an.

»Keine Sorge, mein Vater hat mir Geld mitgegeben. Ich habe dafür keine Bank ausgeraubt.« Dann war es ja gut. Lisa wusste doch, dass Boheims knapp bei Kasse waren und Alfred nie viel Taschengeld bekam. Sie fühlte sich geschmeichelt und bediente sich, noch bevor sie im Vorführraum auf den Sesseln Platz genommen hatten.

»Wasch isch dasch überhaup für ein Fülm?«, fragte Lisa mit vollen Backen, worunter ihre Aussprache etwas litt.

»Irgendein deutscher Pilot wird über England abgeschossen und gerät in Gefangenschaft. Er versucht zu fliehen – mehr weiß ich auch nicht.« Alfred stopfte sich nun auch eine Ladung Popcorn in den Mund. Eigentlich war es ja auch egal. Der Inhalt des Films war ihm nicht mehr so wichtig.

Sie hatten gute Plätze in der Mitte hinten. Das Licht ging aus und die Werbung begann:

Ein Goggomobil fährt durchs Bild.

»*Den Wagen da, in dem sie sitzen, kann nur ein kluger Mann besitzen. Zwar klein, jedoch kein Pappenstil, mit einem Wort: Goggomobil!*« Insgeheim wünschte sich Alfred mit Lisa in einem Goggo durchs Mahdental zu tuckern.

Auf einem Zeichentrickdampferdeck wäscht Leichtmatrose Hein im Holzzuber die Wäsche. Ein angegrauter Pinguin watschelt ins Bild.

»*So weiß möcht' ich auch wieder sein.*«

»*Hähä, kannst du haben. Komm' her! Persil ist goldrichtig.*« Hein wäscht den Bauch des Pinguins mit einem Schwamm und im Nu erstrahlt seine Weste im glänzenden Weiß.

»J*a uns're weiße Weste verdanken wir Persil. Es ist für uns das Beste. Persil bleibt doch Persil.*« Ob Lisas Wäsche wegen Persil so gut duftete? Alfred war es egal. Das Wichtigste war der Duft in seiner Nase.

Dann gab es die *Wochenschau* mit Nachrichten aus aller Welt. Bevor die Erwachsenen in den sechziger Jahren abends um 20 Uhr die Tagesschau zuhause im Fernsehen sahen und so über wichtige Geschehen auf der Welt informiert wurden, übernahm noch das Kino diese Aufgabe. Im Krieg war die *Wochenschau* eine wichtige Möglichkeit für die Nazis gewesen, die Bevölkerung an der ›Heimatfront‹ mit Halbwahrheiten und Propaganda bei Laune zu halten und die sich abzeichnende Niederlage zu verschleiern. Gute-Laune-Filme wie die *Feuerzangenbowle* mit Heinz Rühmann wurden gezeigt, um von den Nöten des Alltags abzulenken. Das Kino war ein wichtiges Werkzeug der Kriegspropaganda gewesen. Inzwischen diente es fast ausschließlich der Unterhaltung. *Einer kam durch* bildete da eine Ausnahme, weil das Schicksal eines deutschen Piloten in Gefangenschaft Thema des Films war.

Alfred und Lisa schauten auf die Leinwand. Sie knusperten ihr Popcorn und genossen den Augenblick. In Vorschauen wurden Filme beworben, die demnächst im Kino gezeigt würden. Dann ging das Licht noch einmal an, ein Verkäufer ging mit Eis und Süßigkeiten durch die Reihen und endlich wurde es dunkel – der Hauptfilm begann.

Ein Jagdflugzeug – der Pilot am Steuerknüppel – eine Flugabwehrkanone am Boden, englische Soldaten laden das Geschütz und feuern – das Flugzeug stürzt ab, schlägt auf einem Feld auf und explodiert – der Pilot schwebt an einem Fallschirm zu Boden …

Lisa krallte sich an den Lehnen des Sessels fest und starrte gebannt auf das Geschehen. Der Pilot geriet in Gefangenschaft, sein Alltag als Häftling wurde gezeigt, die Spannung ließ erstmal nach. Da spürte Lisa ein sanftes Streicheln auf ihrem Handrücken. Sie schaute zu Alfred hinüber und sah im Flackern des Filmprojektors in seine Augen. Da nahm Lisa Alfreds Hand und streichelte sie. Wie gut sich das anfühlte!

Da konnte der deutsche Flieger noch so waghalsig aus seiner Gefangenschaft fliehen. Während eines Bahntransports unternahm er seinen dritten, erfolgreichen Fluchtversuch, rettete sich über den gefrorenen Sankt Lorenz-Strom von Kanada aus in die Vereinigten Staaten von Amerika und gelangte schließlich über Südamerika, Afrika, Spanien und Italien zurück nach Deutschland.

In der vorletzten Reihe des Lichtspielhauses in der Leonberger Grabenstraße saßen zwei Nachkriegskinder in einer Kriegsfilmvorführung, sahen auf die Leinwand und bekamen von der Handlung kaum etwas mit. Zu sehr waren sie mit sich und ihren Gefühlen füreinander beschäftigt. Das Flimmern der bewegten Bilder sorgte nur für die stimmungsvolle Beleuchtung eines kleinen Glücks, das da Händchen haltend, stumm lächelnd auf den gepolsterten Kinoklappsesseln saß und sich ab und zu eine Handvoll Popcorn in den Mund schob. Viel zu schnell war die Flucht des Piloten geglückt, das Happy End erreicht und gingen im Raum die Lichter beim Abspann wieder an. Zwei Hände zuckten zurück, Lisa und Alfred gingen hintereinander aus dem Saal und standen nun etwas unschlüssig und verlegen auf dem Gehweg vor dem Kino.

»Spannender Film …« Man musste doch jetzt irgendetwas sagen, dachte Alfred.

»Mmmhm …« Lisa fiel auch nicht viel mehr ein. Warum war das so? Warum drucksten sie denn jetzt beide so herum? Sie hatten doch jede Menge gemeinsamer Interessen, besuchten die gleiche Klasse, waren bei den meisten Lehrern einer Meinung.

»Wollen wir …?« Die Gedanken überschlugen sich in Alfreds Kopf und legten sich wie Watte auf seine Zunge. Er hatte einen trockenen Mund, bekam keinen Ton geschweige denn ein verständliches Wort heraus. Na toll!

»Ja gerne …« Und Lisa legte ihren Zeigefinger auf Alfreds Mund, hakte sich bei ihm unter und gemeinsam schlenderten sie die Grabenstraße hinunter. Die Schmetterlinge vollführten wieder kunstvolle Flatterflüge in Alfreds Bauch. Die beiden gingen über die Kreuzung den Berg hinunter zum Bahnhof und weiter, immer weiter und die Füße schienen zu schweben und beide wünschten sich, dass der Weg kein Ende haben würde. Sie liefen, wie beim Happy End eines Films von Charlie Chaplin, bis zum Horizont – jedenfalls hatte Lisa dieses Gefühl. Sie waren schon fast am Silberberg. Wie die Zeit verflog und die Welt sich unter ihren Füßen drehte. Sie setzten sich an den Wegrand in die abgemähte Wiese. Lisa legte ihren Kopf auf Alfreds Bein. Am Bahndamm fuhr ein Zug vorbei. Der D-Zug nach Calw, mit dem Alfreds Mutter und sein kleiner Bruder vor über einem Jahr nach Leonberg gekommen waren. Beide sahen den Schwaden nach und hörten, wie das Zischen und Stampfen der Lok im Wald langsam leiser wurde. Plötzlich fragte Lisa:

»Wie war das eigentlich bei deinem Vater? Ist der auch aus seiner Gefangenschaft geflohen, wie dieser Fliegerheld im Kino?« Sie hatte offenbar doch das eine oder andere der Handlung mitbekommen und zeigte nun Interesse am Schicksal von Alfreds Vater.

»Ich glaube nicht. Nein, er ist nicht geflohen. Sie haben ihn entlassen.« Alfred war sich nicht ganz sicher. Er würde seinen Vater bei Gelegenheit fragen.

»Aber er ist durchgekommen, genauso wie der Pilot im Film.« Alois Boheim hatte den Krieg überlebt. Er hatte seine schwere Verwundung und die Gefangenschaft überlebt, wenn auch nur knapp. Dieser zähe Überlebenswille hatte vielleicht auch mit seiner Familie, mit seinem Sohn, mit ihm, Alfred zu tun. Das wurde Alfred in diesem Moment klar. Die Aussicht seinen kleinen Sohn wiederzusehen, seine geliebte Frau wieder in den Arm nehmen zu können, hatte Vater am Leben gehalten. Es hatte ihm Kraft gegeben, all die Strapazen zu überstehen, die Einsamkeit, den Hunger, die Kälte, die Krankheit, die Demütigungen zu ertragen. Vier lange Jahre hatte er ausgeharrt, hatte er die Hoffnung manchmal sinken lassen, aber nie ganz aufgegeben. Alfred sah die Venus am Abendhimmel leuchten. Vater und Mutter hatten davon erzählt, wie sie so oft es ging den Abendstern angeschaut hatten, um sich über die Entfernung nahe zu sein und aneinander zu denken. Die Gedanken an den anderen und die Hoffnung auf ein Wiedersehen waren beim Blick in den Abendhimmel besonders stark gewesen. Komisch, was einem so durch den Kopf geht, dachte Alfred. Nun war er das erste Mal mit Lisa allein und musste an seine Eltern denken. Der Krieg ließ auch ihn einfach nicht los, auch jetzt nicht. Darüber war er fast ein wenig ärgerlich.

Nun mussten Lisa und Alfred doch umkehren. Sie gingen in die Stadt zurück, umarmten sich zum Abschied und Lisa gab Alfred einen kurzen, ganz leichten Kuss auf die Wange. Gut, dass es schon dunkel war und man Alfreds roten Kopf nicht leuchten sah.

»Gute Nacht, Alfred!«

»Gute Nacht!«

Heimat – ein (Nach-) Wort

Es ist nicht eindeutig festgelegt, was mit *Heimat* eigentlich gemeint ist. Meist ist es eine kleine Welt, verständlich und durchschaubar. Man kann sich dort als Mensch kennenlernen und entwickeln, Sicherheit gewinnen und Verhaltensweisen einüben. Der Kreis der Mitmenschen ist begrenzt und die Spielregeln für das Zusammenleben sind stabil. Heimat kann also das Gegenteil von Fremdheit und Entfremdung sein. Eine ›heile Welt‹, in der Gemeinschaft, Raum und Tradition dem Menschen Halt geben. Hier kann der Mensch sich nach seinen Bedürfnissen entwickeln, seine Persönlichkeit entfalten und sein Leben an einem strukturierten Ort gestalten. Heimat ist ein Lebensraum, der Identität stiften und Sicherheit bieten kann. Alfreds Eltern lebten in ihrer Kindheit und Jugend in einer solchen kleinen, heilen Welt. Zentrum dieser Welt war Freiwaldau, eine kleine Stadt in Oberschlesien, die schon vor Alfreds Geburt eine bewegte Geschichte hatte. In den Schlesischen Kriegen zwischen Preußen und der Habsburger Monarchie im 18. Jahrhundert wurde Schlesien geteilt. Der kleinere, südliche Teil blieb bis 1918 als Österreichisch-Schlesien Kronland des Kaiserreichs Österreich-Ungarn. Nach dem verlorenen Ersten Weltkrieg wurde das Gebiet Teil der neu gegründeten Tschechoslowakei. In diesem Staat fühlte sich die deutschsprachige Minderheit von Anfang an benachteiligt. Sie lehnte den Staat ab und verfolgte mit

Interesse den Aufstieg der Nationalsozialisten in Deutschland. Die Sudetendeutschen, wie die Bevölkerung aus den deutschsprachigen Randgebieten Böhmens, Mährens und Schlesiens genannt wurde, empfanden den Anschluss an das ›Dritte Reich‹ 1939 als Befreiung. Das war ein verhängnisvoller Irrtum. Denn nach dem verlorenen Zweiten Weltkrieg wurden sie 1946 aus ihrer Heimat vertrieben.

Heimat kann aber auch neu gewonnen werden, denn die Lebenswelt wird nach und nach zur vertrauten Umgebung. Auch das Gefühl, zu einer Gruppe zu gehören, braucht Zeit. Eine Heimat zu finden dauert und kann an mehreren Orten stattfinden. Das Kennenlernen von Menschen, von Bekannten, Freunden und Nachbarn, die Auseinandersetzung mit ihren Haltungen, Gepflogenheiten und Eigenarten vollzieht sich nicht nur einmalig in der Kindheit, sondern kann sich mehrmals wiederholen. Man kann sich Heimat aneignen, kann sich an einem neuen Ort und unter anderen Menschen eingewöhnen und muss nicht zwangsläufig dort geboren sein. Alfred musste sich im Alter von zwölf Jahren an eine neue Umgebung gewöhnen. Er musste sich als Fremder in einer fremden Welt zurechtfinden, Leute und Gepflogenheiten kennenlernen, sich mit Klassenkameraden anfreunden. Immerhin sprach er die gleiche Sprache wie die Einheimischen. Das erleichtert vieles. So konnte er mit der Zeit ein *Heimatgefühl* entwickeln. Aber wie genau entsteht so etwas eigentlich?

Heimat ist ein gedankliches Modell, das bei jedem Menschen anders konstruiert ist. Die Vorstellung davon, was Heimat ist, was dem Einzelnen an seiner Heimat besonders wichtig ist, ist im Gehirn jedes Menschen unterschiedlich präsent. Diese Vorstellung von Heimat besteht aus einer Unmenge von positiv (oder negativ) empfundenen Reizeinwirkungen, die sich im Gedächtnis zu einem

Modell zusammensetzen. Heimatgefühle entstehen also durch die wiederholte Speicherung von Wahrnehmungen und ihrer Verarbeitung im Gehirn. Überwiegt die Unsicherheit an einem fremden Ort, dann sehnt man sich zu Sicherem und Bekanntem zurück – man empfindet *Heimweh.*

Der Begriff *Heimat* war ursprünglich neutral und stammt vom germanischen *haima* ab, was liegen bedeutet. Bis zur Mitte des 19. Jahrhunderts wurde das Wort *Heimat* vornehmlich in Amtsstuben verwendet, wenn es um den Geburtsort, den Wohnort oder das Herkunftsland ging. Wer kein Heimatrecht besaß, war nicht nur heimatlos, sondern auch weniger privilegiert. *Heimat* zu haben, bedeutete vor allen Dingen auch, einen Anspruch auf eine zumindest notdürftige Versorgung durch öffentliche Kassen zu besitzen. Daher bekamen Leute ohne Besitz keinen *Heimatschein*, da man befürchtete, sie würden im Alter oder im Krankheitsfall nur den öffentlichen Kassen zur Last fallen. Dem, der kein Eigentum, keine *Heimat*, besaß, wurde noch im 19. Jahrhundert die Hochzeit verwehrt. Auch heute gibt es in einigen Ländern, wie beispielsweise der Schweiz, ein *Heimatrecht* im traditionellen Wortsinn. Unter gewissen Umständen – beispielsweise langer Aufenthalt im besagten Land, perfekte Beherrschung der Landessprache – erlangt man einen *Heimatschein* und hat damit das Recht, die Staatsbürgerschaft dieses Landes zu erwerben.

Das Land der Geburt muss nicht von jedem automatisch als *Heimat* empfunden werden. In Heinrich Heines Gedicht *Die schlesischen Weber* heißt es: »Ein Fluch dem falschen Vaterlande,/ Wo nur gedeihen Schmach und Schande.« Menschen mit Migrationshintergrund empfinden häufig beide Länder, das ihrer ethnischen Herkunft und das, in dem sie seit Langem leben bzw. lange gelebt haben, als ihre Heimat. Deutsche Heimatvertriebene sprachen nach 1946 von der *Heimat im Osten*. Die Heimat ihrer im Nachkriegsdeutschland aufgewachsenen Kinder und Kindeskinder ist aber eine andere. Alfred konnte sich an seinen Geburtsort gar nicht mehr erinnern. Was dort war, kannte er nur durch die Erzählungen seiner Eltern und Großeltern. Für ihn wurden das Allgäu und später die Stadt Leonberg zu seiner Heimat. Heimat ist also etwas sehr Persönliches und kann nicht losgelöst von eigenen Erfahrungen, Erlebnissen und Empfindungen gesehen werden.

Viele Schriftsteller, die in der Folge des Nationalsozialismus ihre Heimat durch Flucht und Vertreibung verloren hatten, beschrieben sie aus der Erinnerung so realistisch wie möglich. Auch der Begriff *Utopie* ist eine räumliche Kategorie, da das Griechische *utopos*, wörtlich übersetzt, *kein Ort* bedeutet. In der Exilliteratur wird Heimat oft als eine nicht (mehr) erreichbare beschrieben. Sie wird also zur erinnerten, oftmals verklärten Utopie. Da sich Heimat auf etwas bezieht, mit dem sich der Einzelne identifiziert, können auch abstrakte Dinge wie die Nation, das Vaterland, eine Sprache – in aller Regel die Muttersprache – oder eine Religion als *geistige Heimat* angesehen werden. Heimat bezeichnet also nicht immer einen konkreten Ort.

Heimatgefühle entstehen bei Erwachsenen auch durch die Erinnerung an die eigene Kindheit, die oft zur *paradiesischen Zeit* verklärt wird. Auch Alfreds Eltern verklärten die gute, alte Zeit in der Heimat. Sicher war dort nicht alles so schön und gut, wie es in ihrer Erinnerung erschien. Die Landbevölkerung um 1900 war auch in Oberschlesien arm, litt nach Missernten Hunger und viele mussten lange vor 1946 ihre Heimat verlassen in der Hoffnung, woanders auf der Welt ein besseres Leben führen zu können. Es herrschte Willkür, zahlreiche Kriege verheerten das Land auch in früheren Jahrhunderten.

Der Begriff *Heimat* betrifft Beziehungen zu anderen Menschen und zur eigenen Person. In der Auseinandersetzung mit anderen und mit sich selbst sucht der Einzelne seinen Platz in der Gesellschaft und in der Welt. Im Zeitalter der hochmodernen Informations- und Mediengesellschaft und angesichts der zunehmenden internationalen Verflechtungen kann der Heimatbegriff sich nicht mehr an der vormodernen Agrargesellschaft orientieren. Heimat im 21. Jahrhundert ist eben nicht mehr nur Dorfidylle, die es wohl in Wahrheit so nie gegeben hat. Heimat ist auch Industrierevier und großstädtischer Ballungsraum. So gesehen ist jeder sozial Entwurzelte *heimatlos*. Eine räumliche Entfernung vom Ort der Geburt oder des Aufwachsens ist für diese Form der Heimatlosigkeit nicht unbedingt erforderlich. Es genügt, wenn die vertraute Umgebung durch gesellschaftlichen Wandel verschwindet und das, was jemand im Laufe seines Lebens an Fähigkeiten und Fertigkeiten erworben hat, nichts mehr gilt.

Da sich die Heimat der Einheimischen durch den Zuzug von Heimatvertriebenen im Nachkriegsdeutschland stark veränderte, wurde in den so genannten *Heimatfilmen* in den 1950er Jahren ein idyllisches Bild von Heimat gezeigt. Die Sehnsucht der Menschen nach Geborgenheit, nach heiler Welt wurde bedient. Man wollte an die Schrecken des Krieges und seine Folgen nicht erinnert werden. In den *Heimatromanen* der 1950er Jahre finden sich deshalb ähnliche Verklärungen der guten alten Zeit. Erst der neue Heimatfilm ab 1970 vermittelt ein differenzierteres Heimatbild, indem er sich bemüht, so wenig Klischees wie möglich von der oftmals gar nicht so heilen Welt zu zeigen. Der vorliegende Roman *Boheims Rhapsodie* hat einen ähnlichen Anspruch.

In Artikel 3, Absatz 3 des Grundgesetzes der Bundesrepublik Deutschland heißt es: »Niemand darf wegen seines Geschlechtes, seiner Abstammung, seiner Rasse, seiner Sprache, seiner Heimat und Herkunft, seines Glaubens, seiner religiösen oder politischen Anschauungen benachteiligt oder bevorzugt werden.« Mit *Heimat* ist in diesem Fall die ethnische oder räumliche Verbundenheit, mit *Herkunft* der soziale Hintergrund eines Menschen gemeint. Dieser Artikel wendet sich entschieden gegen den Wunsch nach Abgrenzung, gegen Fremdenfeindlichkeit und Diskriminierung. Gerade weil viele Deutsche in ihrer Familiengeschichte Vertreibung erlitten haben und ihre Vorfahren auf Hilfe von Einheimischen angewiesen waren, sollten sie sich heute gegenüber Flüchtlingen und Asylanten verantwortungsvoll und mitmenschlich verhalten.

Der Journalist und kritische Zeitgeist Kurt Tucholsky hat 1929, also vier Jahre vor der *Machtergreifung* Adolf Hitlers und zehn Jahre vor dem *Zweiten Weltkrieg*, der so vieles verändert hat, im Nachwort zu seinem Buch *Deutschland, Deutschland über alles* wichtige Dinge über das Gefühl und den Begriff *Heimat* aufgeschrieben. Für Alfred Boheim, seine Familie und seine alten und neuen Freunde im Nachkriegs-Deutschland traf vieles davon zu.

Wir pfeifen auf die Fahnen – aber wir lieben dieses Land. Und so wie die nationalen Verbände über die Wege trommeln – mit dem gleichen Recht, genau demselben Recht nehmen wir, wir, die wir hier geboren sind, wir, die wir besser deutsch schreiben und sprechen als die Mehrzahl der nationalen Esel – mit genau demselben Recht nehmen wir Fluß und Wald in Beschlag, Strand und Haus, Lichtung und Wiese: es ist unser Land. Wir haben das Recht, Deutschland zu hassen – weil wir es lieben. Man hat uns zu berücksichtigen, wenn man von Deutschland spricht, uns: Kommunisten, jungen Sozialisten, Pazifisten, Freiheitliebende aller Grade; man hat uns mitzudenken, wenn ›Deutschland‹ gedacht wird... wie einfach, so zu tun, als bestehe Deutschland nur aus nationalen Verbänden.

Deutschland ist ein gespaltenes Land. Ein Teil von ihm sind wir.

Und in allen Gegensätzen steht – unerschütterlich, ohne Fahne, ohne Leierkasten, ohne Sentimentalität und ohne gezücktes Schwert – die stille Liebe zu unserer Heimat.

Was Tucholsky ahnte, wurde zur Geschichte – genauer: zum finstersten Kapitel der deutschen Geschichte. Es ist auch die Geschichte meiner Familie, die vieles mit der Familie Boheim gemeinsam hat, um die es in diesem Buch geht. Beide stammen aus der kleinen Welt um Freiwaldau, das heute Jeseník heißt.

Als Angehöriger der Enkel-Generation war es mir ein Anliegen, mehr über meine Vorfahren und ihr bewegtes Leben zu erfahren. So war es, Jahre nach dem Tod meiner Großeltern, auch ein Wiedersehen mit ihnen. Manches hatte ich als Kind, Jugendlicher und junger Erwachsener von ihnen persönlich erfahren. Vieles aber konnten oder wollten sie mir nicht erzählen und nur die wenigsten Dokumente haben Krieg und Vertreibung überstanden. So ging es mir bei den Recherchen zu diesem Buch, wie wohl einigen anderen familienhistorisch interessierten Autoren auch: Es stellte sich ein Gefühl zwischen Bedauern und

Ärger ein, dass ich zu ihren Lebzeiten nicht viel mehr erfragt, notiert, dokumentiert habe. Als Vater zweier Kinder hat sich noch einmal die Sicht auf die Dinge verändert. Es wurde mir zum Bedürfnis, ihnen diese Geschichte der eigenen Familie in Geschichten zu erzählen. Historische Fakten und existierende Orte bilden die zeitliche und topografische Kulisse für Fiktion, die den Kern des Geschehenen herauszuschälen sucht und sich deshalb ab und an über Tatsachen und Details bewusst hinwegsetzt. Einige, aber längst nicht alle Figuren haben tatsächlich gelebt oder leben noch. Und viele, aber längst nicht alle Begebenheiten haben sich so zugetragen, wie der Erzähler den Lesern glauben zu machen versucht.

Einige Wörter im Text sind vor allem für jüngere Leser schwer verständlich. Deshalb gibt es im Anhang des Buches im Kapitel ›Hintergründiges‹ einige Erklärungen und Erläuterungen.

Michael Gans

Ludwigsburg und Dietstaig,
im April 2014

Hintergründiges

Die wichtigsten Quellen beim Zustandekommen des vorliegenden Buches waren Gespräche mit meinem Vater. Seine Erinnerungen und Schilderungen, seine Kontakte zu Bekannten, alten Schulfreunden, Weggefährten, zu Verwandten und Zeitzeugen, seine Aufzeichnungen, Fotos und Geschichten aus seiner Kindheit, waren die Grundlage für den Roman und für Alfred. Es ist dennoch keine Biografie, die sich ausschließlich auf belegbare Fakten stützt. Entstanden ist ein Zeitroman, der biografische Züge trägt und sich auf historische Ereignisse und existierende Orte stützt.

Stark beeinflusst hat mich die Arbeit von Art Spiegelman. Dessen *Maus*-Comic in zwei Bänden arbeitet die Geschichte seines Vaters, eines Auschwitz-Überlebenden auf. Spiegelman hat sich als Comic-Zeichner seines genuinen Mediums bedient und Jahrzehnte mit der Ausarbeitung verbracht. Wichtigste Quelle seiner Arbeit waren systematisch geführte und aufgezeichnete Interviews mit seinem Vater Wladek. Inzwischen existiert auch ein Making Of-Buch mit DVD zu Maus mit dem Titel *Meta Maus*.

Wichtig waren auch Gespräche mit Zeitzeugen im Allgäu, die ich im Frühjahr 2013 zusammen mit meinem Vater aufgesucht habe. Mein besonderer Dank gilt Regina Glöggler, der ältesten Tochter der Familie Rottach, bei der meine Oma und mein Vater 1946 einquartiert wurden. Sie erzählte uns von ihrer Kindheit auf dem Bauernhof, von ihren Eltern und ihren Erinnerungen an die gemeinsame Zeit. Danken möchte ich Erwin Knestl, einem Schulfreund meines Vaters, der in Hopferbach lebt und einige Lausbubenstreiche und Erinnerungen an die Kindheit und Schulzeit zu diesem Band beigetragen hat. Aufschlussreich war auch ein Besuch bei den Baindls in Weidnau. Christel, die ältere Cousine meines Vaters, konnte sich noch an die Vertreibung und an das Leben vor 1946 in Buchelsdorf (Ortsteil von Freiwaldau) erinnern.

Zur zeitlichen Orientierung waren zahlreiche Abbildungen aus der Zusammenstellung von Thomas Lautenschlager sehr hilfreich. Seit Jahren pflegt er in verdienstvoller Weise die Homepage der Lahrensmühle und ordnet dort chronologisch und thematisch eine inzwischen sehr reichhaltige Sammlung alter Postkarten und Fotos von Leonberg und Umgebung. URL: lahrensmuehle.de/ (Zugriff, 02.01.13)

zum oberschlesischen Dialekt:

Das Oberschlesische ist heute ein praktisch ausgestorbener Dialekt. Die Generation, die im Kreis Freiwaldau aufgewachsen ist und von den Eltern das Sprechen gelernt hat, hat sich in den Jahrzehnten nach 1946 sprachlich an die jeweils neue Umgebung angepasst. Mein Vater spricht mittlerweile mit schwäbischem Zungenschlag. Solange meine Großeltern noch lebten, wurde im Hause Gans der Dialekt der alten Heimat gepflegt. In *Boheims Rhapsodie* sprechen die Jungen und Deutschlehrer Seifert schriftdeutsch, die anderen Erwachsenen Oberschlesisch, Allgäuerisch oder Leonberger Schwäbisch. Dazu habe ich meine Erinnerung an das Oberschlesische hervorgekramt. Die Verschriftung war eine Herausforderung und ich danke allen Mundartlektoren für ihre präzisen Korrekturen. Eine Ausnahme bilden die italienischen Artisten des Zirkus Serafini: Sie leben seit Jahrzehnten in Deutschland und reisen von einem Ort zum andern. Deshalb können sie alle akzentfrei Deutsch. Die Sprache verrät also nicht immer etwas über die Herkunft.

zum Titel *Boheims Rhapsodie*:

Der Familienname Boheim erinnert an Böhmen, auch wenn sich der Herkunftsort Jeseník (Freiwaldau) nicht auf böhmischem Gebiet befindet. Er gehörte zu Schlesien. Außerdem soll Boheim an *Heimat* denken lassen.

Eine Rhapsodie war ursprünglich ein von griechischen Wandersängern, den *Rhapsoden*, vorgetragenes Gedicht oder Teil einer Dichtung. Heute versteht man in der Musik unter *Rhapsodie* ein Vokal- oder Instrumentalwerk, das an keine bestimmte

Form in der Musik gebunden ist. In der Literatur werden Texte als Rhapsodie bezeichnet, bei denen unterschiedliches Material miteinander verknüpft und geformt wird. Freddy Mercury von der Rockgruppe Queen komponierte 1975 das bekannte Musikstück *Bohemian Rhapsody. Bohemian* steht hier für eine Gruppe von Künstlern – der Bohème, die sich gegen gesellschaftliche Normen auflehnen.

zum Kapitel *Wie der Wind*:

Der Text der *Bohemian Rhapsody* von Freddie Mercury ist wortwörtlich kaum zu übersetzen: *Ist das das wahre Leben?/ Ist das nur eine Fantasie?/ Gefangen in einem Erdrutsch/ Kein Ausweg aus der Wirklichkeit// Öffne Deine Augen/ Schau in den Himmel hinauf und sieh/ Ich bin nur ein armer Junge/ Ich brauche kein Mitleid [...] Mama, ich habe gerade einen Mann getötet/ Hielt eine Knarre an seinen Kopf/ Drückte den Abzug, jetzt ist er tot/ Mama, das Leben hat erst begonnen [...] Manchmal wünschte ich, ich wäre überhaupt nie geboren [...] Ich muss nur raus, ich muss nur sofort hier raus[...]*

Der Textauszug *Ein Mann kommt nach Deutschland* ist das Vorwort zu Wolfgang Borcherts Theaterstück *Draußen vor der Tür*, das er im Spätherbst 1946 in wenigen Tagen schrieb.

zum Kapitel *Auferstanden*:

Alois Boheim gehörte als Pionier zur *Waffen-SS* den ersten, die im Feindesland einrückten und an vorderster Front kämpften.

Das Gedicht am Ende des Kapitels ist eine Überarbeitung des Gedichts »vater komm erzähl vom krieg« von Ernst Jandl (1973).

zum Kapitel *Rulaman*:

Die Überschrift des Kapitels weist die Bezugsquelle schon aus. Der Roman *Rulaman* von David Friedrich Weinland, der 1878 erstmals im Otto Spamer Verlag Leipzig erschienen ist, war nach

Angaben meines Vaters noch 1956 Schullektüre im Leonberger Progymnasium.

Einige Informationen über Leonberg Mitte 1945 sind dem Beitrag *Die Besetzung Leonbergs* von Joachim Baur aus dem Band *Zwischen Hunger und Hoffnung. Nachkriegsalltag in Leonberg* entnommen, herausgegeben von Cornelia Kaiser und Ingrid Katz 1998.

zum Kapitel *Renntage*:

Das ›leuchtrote Heft‹ zu den Solituderennen 1956 gibt es tatsächlich.

zum Kapitel *Zirkus*:

Der Panther von Rainer Maria Rilke aus dem Jahr 1902:

Sein Blick ist vom Vorübergehn der Stäbe/ so müd geworden, dass er nichts mehr hält./ Ihm ist, als ob es tausend Stäbe gäbe/ und hinter tausend Stäben keine Welt […]

Die Geschichte von Franz Kafka, an die sich Alfred beim Training der Trapezkünstler erinnert, heißt *Erstes Leid* und wurde 1921 in der Zeitschrift *Genius* in München erstmals abgedruckt. 1924 erschien sie dann zusammen mit drei weiteren Geschichten unter dem Titel *Der Hungerkünstler* im Berliner Verlag *Die Schmiede* (in: Franz Kafka, Gesammelte Werke, herausgegeben von Max Brod, Band Erzählungen, Frankfurt a. M.: Fischer Taschenbuch Verlag, S. 181ff).

zum Kapitel *Ein Brief in der Schublade*:

Da es keine authentischen Aufzeichnungen meines Großvaters aus dem Krieg gibt, basiert der Brief des Vaters in diesem Kapitel auf einem Feldpostbrief aus dem Konvolut von Klaus Becker an seine Ehefrau am 17.2.1942 (Nr. 3.2002.0224). Bestand der Museumsstiftung Post und Telekommunikation Berlin. URL: museumsstiftung.de (Zugriff 02.01.13) zum Kapitel *Weihnachtsbäckerei:*

Die leckeren Plätzchenrezepte aus Böhmen, die Alfred und seine Mutter in diesem Kapitel backen, kann man unter chefkoch.de (Zugriff 04.01.13) genau nachlesen und am besten gleich nachbacken.

»Der Glöckner von Notre Dame« in der Verfilmung von Jean Delannoy kam 1956 in die Kinos und basiert auf dem 1831 erschienen, historischen Roman »Notre-Dame de Paris« von Victor Hugo.

zum Kapitel *Feuerwerk*:

Das Märchen »Von der einäugigen Not«, das Anna Boheim am Sylvesterabend im Familienkreis erzählt, stammt aus der Sammlung »Tschechische Volksmärchen«, die 1969 von Oldřich Sirovátka herausgegeben, in deutscher Übersetzung von Gertud Oberdorffer beim Eugen Diederichs Verlag erschienen ist (S. 92-94). In den Anmerkungen des Bandes ist zu lesen, dass das Märchen um 1900 in Raduň bei Opava (Troppau) in Schlesien aufgezeichnet worden ist und slowakischen und polnischen Varianten ähnelt.

zum Kapitel *Pferdemarkt*:

Bärbel Häcker berichtet 2004 in ihren Kindheitserinnerungen Bei uns daheim vom *Leonberger Pferdemarkt* 1955:

Die Pferde waren schön hergerichtet. Ihre Mähnen waren kunstvoll geflochten und ihre Schweife mit Gebinden verziert. Mit Roßdecken versuchte man die Pferde vor der oft allzu großen Kälte zu schützen. [...]

1955 erstreckte sich der Pferdemarkt – es war der 184. – zum ersten Mal in der langen Markttradition über drei Tage. [...]

(In: Bärbel Häcker (2004): *Bei uns daheim. Kindheitserinnerungen an die Aufbau- und Umbruchjahre in Leonberg*. Schwetzingen: Selbstverlag Dr. Bärbel Häcker, S. 46f.)

Für Alfred und seine Freunde wurden in der Geschichte der

Reitplatz und der Jahrmarkt daneben an der Steinstraße also schon 1957 eingeweiht und aus der Schiffschaukel wurde ein Autoskooter.

zum Kapitel *Die Großmutter*:

Alfreds Großmutter und sein Mutter unterhalten sich über die Gründung der *Europäischen Wirtschaftsgemeinschaft* am 25. März 1957 in Rom. Die Staaten Westeuropas wollten nach dem Zweiten Weltkrieg wirtschaftlich und politisch enger zusammenarbeiten. Das sollte den Frieden langfristig sichern, Handelsbeziehungen verbessern, Wirtschaftswachstum garantieren, Arbeitsplätze sichern und dem *Wirtschaftswunder* auch am Ende der 1950er Jahre Schub verleihen.

zum Kapitel *Inventur*:

Das Gedicht »Inventur« von Günter Eich, das Klassenlehrer Seifert in diesem Kapitel mit seiner Klasse 5c behandelt, wurde erstmals 1947 veröffentlicht in dem Band *Deine Söhne, Europa. Gedichte deutscher Kriegsgefangener*. Herausgegeben von Hans-Werner Richter im Nymphenburger Verlag, München, S. 17. Danach fand es Eingang in zahlreiche Schulbücher.

»Die Abenteuer des braven Soldaten Schwejk«, den Schelmenroman des tschechischen Autors Jaroslav Hašek, den Alfred am Ende des Kapitels Inventur liest, erschien 1926 in deutscher Übersetzung von Grete Reiner beim Verlag Adolf Synek, Prag. Aktuell liegt der Roman beim Rowohlt-Verlag, Reinbek bei Hamburg in einer zweibändigen Ausgabe vor.

Die Rezension »Herr Schwejk« von Kurt Tucholsky alias Ignaz Wrobel erschien zur Veröffentlichung der deutschsprachigen Erstausgabe des Romans am 08.06.1926 in Heft Nr. 23 der *Weltbühne* auf Seite 892.

zum Kapitel *In Vaters Betrieb*:

Die Geschichten von ›Meister Eder und seinem Pumuckl‹ von Ellis Kaut startete 1962 als Hörspielreihe im Bayrischen Rundfunk Zwischen 1965 und 1978 erschienen 60 Geschichten im Stuttgarter Herold-Verlag. Ab 1979 wurden die Episoden für Kino und Fernsehen verfilmt.

zum Kapitel *In der Mühle*:

Die Geschichte von Krabat, an die sich Alfred in Kapitel 20 erinnert, geht auf eine alte sorbische Sage zurück. Bevor Krabat durch den gleichnamigen Roman von Otfried Preußler 1971 weltberühmt wurde, gab es bereits andere literarische Verarbeitungen. 1954 veröffentlichte Měrćin Nowak-Njechorński (sein deutscher Name war ab 1958 Martin Nowak-Neumann) den Roman *Mišter Krabat* in sorbischer Sprache. Jurij Brězan übersetzte die Geschichte ins Deutsche, allerdings erst 1978. Brězan selbst verarbeitete den Stoff in seinen sorbischen Romanen *Die schwarze Mühle* (1968) und *Krabat oder die Verwandlung der Welt* (1976). Preußlers Roman wurde mehrfach verfilmt.

zum Kapitel *Die Spritztour:*

Bei ›Spritztour‹ könnte man an alte Zeiten denken, als schlechte Straßen voller Schlaglöcher die Fahrt zu einer spritzigen Angelegenheit gemacht haben, wenn die Räder durch Pfützen fuhren. Das Wort ›spritzen‹ hatte früher aber noch andere Bedeutungen. So sprach man im militärischen Bereich von ›spritzen‹, wenn eine große Menge Menschen rasch auseinander floh. Studenten übernahmen im 18. Jahrhundert den Ausdruck ›spritzen‹ als Bezeichnung dafür, einen Ausflug zu machen. Die ›Spritztour‹ ist also eigentlich doppelt gemoppelt, wie ein weißer Schimmel und meint schlicht eine Ausflugtour.

... denn sie wissen nicht, was sie tun (Rebel Without a Cause), an den sich Peter im Kapitel erinnert, ist ein amerikanischer Spielfilm aus dem Jahr 1955 mit James Dean in der Hauptrolle

des Jugendlichen Jim Stark (Regie: Nicholas Ray).

Christian Felix Weiße (1726-1804) war ein deutscher Schriftsteller und Pädagoge. Er lebte im Zeitalter der Aufklärung und gilt als Begründer der deutschen Kinder- und Jugendliteratur. Sein Gedicht *Die schöne Aussicht*, das Claudia im Kapitel auf dem Stuttgarter Fernsehturm rezitiert, hat noch eine letzte Strophe: »*Da duften Blumen ohne Zahl/ Die Ros im Garten hier, die Veilchen dort im Thal,/ Hier – – doch laßt mich erst Doris sehn,/ Ist ohne Doris etwas schön?*«

zum Kapitel *Untergang der Pamir*:

Theodor Fontane (1819-1998) war ein deutscher Schriftsteller und Apotheker. Er gilt als bedeutender Vertreter des poetischen Realismus in Deutschland. Seine berühmte Ballade *John Maynard* geht auf die Nacht vom 8. zum 9. August 1841 zurück. Damals geriet der Raddampfer ›Erie‹ auf der Fahrt von Buffalo nach Erie (Pennsylvania) in Brand, nachdem eine Ladung von Terpentin und Farbe, die bei den Kesseln gelagert worden war, Feuer gefangen hatte. Das Schiff nahm daraufhin Kurs auf die acht Meilen entfernte Küste, ohne sie jedoch zu erreichen. Von den über 200 Menschen an Bord wurden nur 29 gerettet. Der diensthabende Rudergänger Luther Fuller, der bis zuletzt auf seinem Posten ausgeharrt haben soll, wurde vom Kapitän in der Liste der Toten verzeichnet.

zum Kapitel *Sputnik*:

»Der kleine Prinz« (Originaltitel: Le petit prince) ist eine mit eigenen Illustrationen versehene Erzählung des französischen Autors Antoine de Saint-Exupéry und sein bekanntestes Werk. Das Buch erschien zuerst 1943 in New York, wo Saint-Exupéry sich im Exil aufhielt. *Der kleine Prinz* gilt als literarische Umsetzung des moralischen Denkens und der Welterkenntnis seines Autors. Das Werk ist ein modernes Märchen und wird fast immer als Plädoyer für Freundschaft und Menschlichkeit interpretiert.

zum Kapitel *Herbstlaub*:

Über- und *Untermenschen* sind Begriffe der so genannten *Rassenlehre*, mit der die Nationalsozialisten wissenschaftlich nachweisen wollten, warum die *arische* Rasse angeblich allen anderen überlegen war Dieser *Rassenwahn* sollte u. a. die Ausrottung der Juden in Europa rechtfertigen.